Schwarzwaldbahn

ERNST OBERMAIER /
DIETER STEIN

Schwarzwaldbahn

ERNST OBERMAIER / DIETER STEIN

Schwarzwaldbahn

Ein historischer Kriminalroman um Robert Gerwig

GMEINER SPANNUNG

Bisherige Veröffentlichungen im Gmeiner-Verlag (Ernst Obermaier):
Mörderischer Schwarzwald? (2017),
Mörderischer Bodensee? (2017), Tödliches Asyl (2016)

Besuchen Sie uns im Internet:
www.gmeiner-verlag.de

Im Ehnried 5, 88605 Meßkirch
Telefon 07575/2095-0
info@gmeiner-verlag.de

1. Auflage 2018

Lektorat: Claudia Senghaas, Kirchardt
Herstellung: Mirjam Hecht
Umschlaggestaltung: U.O.R.G. Lutz Eberle, Stuttgart
unter Verwendung eines Bildes von: © Schwarzwaldmuseum
Triberg, Wallfahrtstraße 4, 78098 Triberg
Druck: CPI books GmbH, Leck
Printed in Germany
ISBN 978-3-8392-2258-4

VORWORT

Als der damalige Kultur- und Verkehrsamtsleiter der Stadt St. Georgen im Schwarzwald Ernst Obermaier im November 1973 als einer der fünf Ehrengäste der Stadt an der Hundertjahrfeier anlässlich der Eröffnung der Schwarzwaldbahn in Triberg teilnahm, ahnte er noch nicht, dass ihm vier Jahrzehnte später die Idee zu einem Kriminalroman rund um Robert Gerwig kommen sollte. Seiner Meinung nach fehlte neben den zahlreichen Veröffentlichungen zu Gerwig und der Schwarzwaldbahn ein Kriminalroman, der den Leserinnen und Lesern in spannender Form die historische Bedeutung dieses Jahrhundertwerks näherbringt. Vor Ort suchte er sich mit Dieter Stein einen kompetenten Partner. Seit Jahren sind Stein und Obermaier nicht nur beruflich, sondern auch freundschaftlich und schriftstellerisch verbunden.

Nun: Es folgten Stunden umfangreicher Recherchen im Internet, und die Autoren begeisterten sich immer mehr für die damalige industrielle Revolution nach dem Krieg gegen Frankreich und der Gründung des Deutschen Reiches unter Kaiser Wilhelm I. mit seinem Reichskanzler Otto von Bismarck. Zahlreiche Erfindungen und vor allem der Bau von Straßen und Eisenbahnlinien prägten diese Zeit. Herausragend dabei war sicher der 1867 begonnene Bau der Bergstrecke von Hausach nach Villingen und die am 10. November 1873 fertiggestellte Schwarzwaldbahn, die auf die Entwicklung dieser Region einen entscheidenden Einfluss hatte. Dass die umfangreichen Sammlungen der Badischen Landesbibliothek Karlsruhe zu Gerwig und der Schwarzwaldbahn im September 1942 bei einem Luftangriff verbrannten, verdeutlichen die Schwierigkeiten einer detaillierten historischen Beschreibung.

Ein Artikel des Gremmelsbachers Karl Volk im Begleitbuch zum Musical der Schwarzwaldbahn, das im Jahre 2011 mit neun ausverkauften Vorstellungen in Triberg aufgeführt wurde, half bei den ersten Formulierungen. Als eine wahre Fundgrube erwies sich das Privatarchiv von Werner Oppelt in Triberg. Darin vor allem die Nachforschungen von Albert Kuntzemüller, die er in seinem Buch »Robert Gerwig« 1949 im Freiburger Verlag von Erwin Burda veröffentlichte, unterstützten die schwierige Suche nach belegten historischen Daten. Die Einblicke dieses Autors in die Archive von Luzern und Bern, der Schweizerischen Bundesbahnen und dem Eidgenössischen Bundesarchiv lieferten Hintergrundmaterial zu Gerwigs Tätigkeit als Oberingenieur der Gotthardbahn. Stein befragte außerdem die in Triberg lebenden Nachkommen der damaligen italienischen Bauarbeiter der Schwarzwaldbahn. So entstand dieses Buch rund um die Schwarzwaldbahn und ihren genialen Erbauer Robert Gerwig mit historischen Fakten in einer erfundenen und hoffentlich spannenden Kriminalgeschichte.

Als fachlicher Lektor konnte der Triberger Eisenbahnexperte Armin Kienzler gewonnen werden. Mit seinem fundierten Fachwissen und als exzellenter Kenner der Historie unterstützte er die Autoren mit Rat und Tat.

Allen weiteren Mitwirkenden gilt ebenfalls ein herzlicher Dank, besonders Stadtmarketingleiter Nikolaus Arnold und dem Schwarzwaldmuseum Triberg für die Einblicke ins Archiv.

SEPTEMBER 1871

Kopfüber stürzte Sergio vom hohen Holzgerüst. Seine rechte Stiefelspitze touchierte noch den Balken, auf dem er und sein Arbeitskollege soeben sicher gestanden waren. Dies änderte zwar die Fallrichtung, doch es verhinderte seinen Sturz nicht. Glücklicherweise bekam er nach wenigen Metern mit einer Hand ein hervorstehendes Teil des Gerüsts zu fassen. Sofort griff er mit seiner zweiten Hand zu und konnte sich schwingend in die aufrechte Lage pendeln. Die Rinde des Fichtenstammes scheuerte an seinen Händen. Er blutete. Egal! Überlebt! Laut schrie er um Hilfe. Nun wurden auch die anderen italienischen Bauarbeiter auf Sergio aufmerksam, die mit ihm im Schwarzwald am Aufbau der Stahlbrücke arbeiteten, die nach ihrer Fertigstellung das Reichenbachtal bei Hornberg überspannen sollte. Neugierig beobachteten sie, wie ihr Kollege Giuseppe vorsichtig abwärts zu Sergio kletterte. Zwischen den beiden entspann sich dabei eine lautstarke Diskussion, die wegen der Entfernung und dem vorherrschenden Baulärm unterging. Gespannt verfolgten die Augenzeugen die Rettungsaktion. Giuseppe zog Sergio an den Händen, doch dieser wollte diese Hilfe nicht annehmen und krallte sich stattdessen fester an das Gerüst. Irgendwie gelang es Giuseppe, Sergios Hände vom Stamm zu lösen. Mit dem durchdringenden Schrei »Mordio!« fiel Sergio 20 Meter talwärts und prallte auf dem steilen Wiesenhang auf. Sein Körper überschlug sich mehrmals und blieb dann regungslos liegen. Gespannt beobachteten die Männer auf dem Gerüst, wie sofort einige Helfer zum Verunglückten eilten. Vorneweg Antonio, Sergios bester Freund. Er beugte sich über den liegenden Körper, bekreuzigte sich und faltete die Hände zum Gebet.

Antonio war starr vor Schreck. Sein bester Freund: tot! Erst nach einer Weile wurde er sich der Tragweite dieses Ereignisses vollauf bewusst. Am Abend vorher hatte ihm Sergio überglücklich von seiner Liebe zu der jungen Schwarzwälderin Maria Winterhalder erzählt. Und was sollte nun aus ihrem geplanten »Aufstand« werden, bei dem sie für bessere Arbeitsbedingungen kämpfen wollten, schoss es ihm blitzartig durch den Kopf. Nun hatte er einen für ihn äußerst wertvollen Menschen auf eine so tragische Weise verloren.

Der leitende Oberingenieur Walter Grieshaber, der für einen reibungslosen und möglichst unfallfreien Arbeitsablauf vor Ort verantwortlich zeichnete, traf ein. Nicht, dass dies hier der erste Todesfall war, doch jeder Tote war einer zu viel. Natürlich waren sich alle bewusst, dass es auf einer Baustelle immer wieder zu Unfällen kommen kann, wie beispielsweise beim Bau der österreichischen Semmeringbahn, wo über tausend Menschen ihr Leben, jedoch meist krankheitsbedingt, verloren hatten. Dagegen hielten sich die bisherigen Todesfälle beim Bau der Schwarzwaldbahn in Grenzen. Mit knappen Kommandos befahl der Oberingenieur einigen Umherstehenden, Sergios Leiche mit einer Bauplane zu bedecken, um den Leichnam nicht den Blicken der mittlerweile großen Anzahl von Gaffern auszusetzen.

»Ich gehe jetzt zur Bauleitung, um Gerwig von diesem schrecklichen Unfall zu berichten«, informierte Grieshaber Antonio, welcher den Schock noch nicht ganz überwunden hatte.

»In Ordnung, Capitano«, gab Antonio zur Antwort und der Oberingenieur machte sich unverzüglich auf den Weg zum Büro von Robert Gerwig. Obwohl das Planungsbüro in der Nähe des Unfallortes lag, dauerte es einige Minuten, denn er musste sich zwischen herumliegendem Baumaterial und Baugerätschaften und um die Pferdeställe herum den kürzesten Weg suchen. Ganz wohl in seiner Haut war ihm nicht, denn er wusste genau, welche unangenehmen Konsequenzen dieser tragische Unfall mit sich bringen würde. Von einem von ihm zu verfassenden ausführlichen Protokoll über den Hergang des Unfalls, bis hin zur ausgedehnten polizeilichen Untersuchung ganz abzusehen. Nun würde eine weitere wichtige Arbeitskraft fehlen. Kam es doch im Vorjahr aufgrund des Krieges gegen Napoleon III., der in der Schlacht bei Sedan am 1. September 1870 entscheidend besiegt wurde, schon zu einer eklatanten Zeitverzögerung, da die deutschen Arbeiter zum Militär eingezogen und die italienischen Bauarbeiter entlassen wurden. Grieshaber fürchtete insgeheim schon die cholerische Reaktion von Robert Gerwig. Er wusste aus eigener Erfahrung, dass Gerwig durchaus zu heftigen Ausbrüchen neigte und schon bei geringeren Vorfällen die Contenance verlor.

Wahrscheinlich, so dachte er, brütet Gerwig wieder mit seinem Tunnelblick über den Bauplänen und lässt dabei jegliches Gefühl für die Außenwelt vermissen. Dabei geriet Grieshaber trotz seiner angespannten Verfassung leicht ins Schmunzeln, denn ihm schien sein Wortspiel mit dem Tunnelblick sehr passend. Diesen Tunnelblick des Oberbaurats kannten seine engsten Mitarbeiter nur zu gut. Akribisch arbeitete Gerwig seine Pläne aus und verlangte anschließend eine exakte und detailgetreue Umsetzung.

ROBERT GERWIG

DER AM 2. Mai 1820 in Karlsruhe geborene Robert Gerwig kannte den Schwarzwald gut. Berief ihn doch das badische Innenministerium bereits 1850 zum provisorischen Direktor der neuen Uhrmacherschule von Furtwangen. Er entwarf und baute unter anderem die Albtalstraße von Albbruck nach St. Blasien, die Straße von Vöhrenbach über die Friedrichshöhe nach Villingen sowie die Hochrheinbahn von Waldshut nach Konstanz. Planungen für die Schwarzwaldbahn gab es bereits in den 1840er-Jahren. Doch fehlten damals noch die technischen Voraussetzungen, um die schwierigen geologischen Formationen, besonders bei der vorgesehenen Linie durch die Wutachschlucht, zu überwinden. Der Verlauf der Trasse über Schiltach und Schramberg wäre bautechnisch einfacher gewesen, doch führte dieser über württembergisches Gebiet und wurde deshalb aus militärstrategischen Gründen verworfen. Um einen Anschluss an die geplante Gotthardbahn zu schaffen und vor allem aus kriegstechnischen Überlegungen, beauftragte das badische Wasser- und Straßenbauamt den Ingenieur Robert Gerwig mit der Planung der Schwarzwaldbahn. Zuerst baute man die einfacheren Streckenabschnitte von Offenburg bis Hausach und von Engen bis Singen. Dann erst folgte die schwierige Verbindung dieser beiden Trassen mit dem problematischen Streckenabschnitt zwischen Hausach und St. Georgen. Die Überwindung von 650 Höhenmetern auf 40 Kilometern ermöglichte erst die damals revolutionäre industrielle Entwicklung der Schwerindustrie und des Bergbaus. Die machte sich Robert Gerwig zunutze und schuf für die damalige Zeit geniale Lösungen. Und nun lag ihm ein angebot als leitender Oberingenieur für den Bau der Gotthardbahn vor. Er fühlte sich geehrt und geschmeichelt und innerlich formulierte er bereits eine Zusage.

Ohne anzuklopfen, stürmte Oberingenieur Walter Grieshaber in Gerwigs Büro. Verwundert schaute Gerwig zu seinem engsten Mitarbeiter auf, einem mittelgroßen, rothaarigen und sommersprossigen Mann. Schnell überdeckte Gerwig den Brief, den er vom Präsidenten des Verwaltungsrats der im Bau begriffenen Gotthardbahn, Dr. Alfred Escher aus Zürich, erhalten hatte, mit einem Bauplan. Er herrschte seinen Adjutanten an: »Kann er nicht etwas gesitteter eintreten!«

Grieshaber wunderte sich, dass Gerwig ganz allein anzutreffen war, denn meistens scharte er ein paar wichtige Mitarbeiter um sich, mit denen er die aktuelle Situation an der Baustelle besprechen konnte. Dass bei einem Projekt wie diesem für ausreichend Gesprächsstoff gesorgt sein würde, dessen war sich der Oberingenieur bewusst, zumal er oft mit am Tisch saß, wenn es um wichtige logistische Themen wie die Koordination der Baugerätschaften oder die termingerechte Materialdisposition ging. Natürlich stand immer auch der Einsatz von Mitarbeitern im Mittelpunkt, denn ein reibungsloser Ablauf des vorgegebenen Zeitplans war nur durch akribische Personaldisposition gewährleistet. Grieshaber informierte seinen Vorgesetzten Robert Gerwig aufgeregt über den Unfall.

Dieser, ärgerlich über diese Störung, weil er den für ihn so wichtigen Brief aus Zürich nicht vollständig lesen konnte, herrschte seinen Untergebenen an: »Müssen Sie mich stören? Es ist nicht der erste Todesfall, und es wird auch nicht der letzte sein. Derartige Bauwerke fordern einfach ihre Opfer.«

»Ich dachte, es wäre in diesem Fall für Sie wichtig. Sie pflegen sehr wenig Kontakt zu den Arbeitern. Nur zu den Vorarbeitern Giuseppe Bredari und Sergio Pantone, deshalb …«

»Wer ist es denn?« Ungeduldig unterbrach ihn Gerwig.

»Sergio Pantone!«

»Ausgerechnet Sergio Pantone, ausgerechnet er. Warum gerade er«, fluchte Gerwig vor sich hin, denn er wusste, dass außer dem unsäglichen menschlichen Verlust auch das Arbeitsklima gewaltig leiden würde. Sergio war, im Gegensatz zu den meisten italienischen Arbeitskollegen, der deutschen Sprache etwas besser mächtig, manche Wörter sogar mit einer leichten Schwarzwälder Dialektfärbung. Auch sprach Pantone das bessere und dialektfreiere Italienisch, was eine einfachere Verständigung mit den Vorgesetzten ermöglichte. Für Gerwig zählte Sergio im Gegensatz zu dem ihm unsympathischen Giuseppe zu den Arbeitern mit der höchsten Bildung. Oft wunderte er sich über die ausgezeichneten Kenntnisse dieses einfachen Arbeiters.

Er wandte sich an Grieshaber: »Bitte kümmern Sie sich um alles Notwendige. Veranlassen Sie, dass die Angehörigen durch unseren italienischen Kontaktmann vor Ort informiert werden und vor allen Dingen, sagen Sie jegliche Unterstützung für eine angemessene Beerdigung von Sergio hier auf dem Friedhof zu. Außerdem ordern Sie unverzüglich weitere Arbeiter zur Verstärkung an, denn wir brauchen jeden Mann, um die zeitlichen Vorgaben zu erfüllen«, beauftragte Gerwig seinen Oberingenieur.

»Wird erledigt«, gab ihm dieser zur Antwort und verließ genauso hektisch, wie er gekommen war, Gerwigs Büro.

Als Grieshaber wieder an der Unfallstelle eintraf, fand er die Situation völlig verändert vor. Außer den immer noch vorhandenen Schaulustigen fanden sich mittlerweile mehrere Beamte des Polizeireviers aus dem zuständigen Distrikt Wolfach ein, um möglichst genau den Unfall zu protokollieren. Dies verwunderte ihn doch sehr, denn er hätte nicht damit gerechnet, dass die polizeiliche Obrigkeit so kurzfristig in Hornberg eintreffen würde.

»Ach, das ist reiner Zufall, wir waren anderweitig in der Nähe, da wir in einem Gasthaus einen Streitfall zu klären hatten. Und dieser Baustellenunfall sprach sich schnell herum, deshalb sind wir so bald am Unglücksort. Wir sind ja hier auf dem Land«, bedeutete ihm der dienstbeflissene Beamte süffisant lächelnd.

Der ist aber für einen Polizisten sehr gesprächig, obwohl wir uns überhaupt nicht kennen, dachte Grieshaber, denn er fand es eigenartig, dass ein Uniformträger so redselig war und ohne Aufforderung über Dienstgeheimnisse plauderte. Anhand der schicken Uniform vermutete Grieshaber, dass es sich hier um einen höheren Beamten handeln musste. Er kannte sich in der Rangordnung der polizeilichen Staatsdiener nicht aus, was ihm normalerweise keinerlei Kopfzerbrechen verursachte. Im Grunde seines Herzens waren ihm sämtliche Uniformträger von vorneherein äußerst suspekt. Immer wenn er einen sah, rührte sich bei ihm sein schlechtes Gewissen.

Dabei verschwieg ihm der Gendarm den tatsächlichen Grund seiner Anwesenheit. Gerwig hatte ihn brieflich vor zwei Tagen gebeten, sich diskret um den in letzter Zeit vermehrt auftretenden Schwund von Baumaterialien zu kümmern.

Bevor sich Walter Grieshaber weiteren Gedanken hingeben konnte, sprach ihn der Polizist jetzt wesentlich ernster an: »Sind Sie für diese Baustelle verantwortlich? Und wie hat sich das Ereignis eigentlich zugetragen?«, wollte der Polizeibeamte wissen, der seinen Dienstausweis zückte und dem verblüfften Oberingenieur möglichst nahe unter die Nase hielt. Er wies sich als zuständiger Polizeihauptmann Friedrich Schuler aus.

»Das sind gleich zwei Fragen auf einmal«, meinte Grieshaber und versuchte dem Hauptmann, der ihm nicht mehr so sympathisch erschien, so gut er konnte, zu antworten. »Sie haben recht. Ich bin der Baustellenleiter hier, doch ich war nicht direkt am Unfallort. Sie sehen ja, was auf dieser Baustelle los ist und ich muss überall zur gleichen Zeit sein«, meinte er und zeigte mit seinem Zeigefinger und nicht ganz ohne Stolz auf die im Bau befindliche Stahlkonstruktion, welche nach Fertigstellung der Eisenbahn die Züge über den Schwarzwald führen sollte. Grieshaber erklärte dem Beamten in groben Zügen wie sich das tragische Geschehen seiner Meinung nach ereignet hatte, denn er selbst befand sich nicht in unmittelbarer Nähe der Absturzstelle. Deshalb rief er Antonio herbei, der dem Polizisten Rede und Antwort stehen sollte. Dieses Unterfangen schlug erwartungsgemäß fehl, denn der Italiener verharrte immer noch im Schockzustand und brachte fast keine Silbe heraus. Dazu kamen erschwerend die fehlenden Sprachkenntnisse des Polizisten sowie des italienischen Gastarbeiters hinzu. Deshalb bat Oberingenieur Grieshaber den Hauptmann, die weitere Befragung durch die Polizei zu verschieben, obwohl er selbst ein wenig Italienisch sprach.

»Wir müssen uns um einen Dolmetscher kümmern«, stellte der Gendarm fest und gab einem seiner Beamten entsprechende Anweisungen.

»Wir sehen uns wieder, wenn wir einen Übersetzer gefunden haben.«

Der Beamte entfernte sich militärisch grüßend von Grieshaber.

WIEDER IN GERWIGS BÜRO

Gerwig war sichtlich erleichtert, dass er die Leiche von Sergio nicht in Augenschein nehmen musste, denn dieser Sturz ging ihm gewaltig an die Nerven. Er war jedoch Pragmatiker genug, um sich von solch außergewöhnlichen Umständen nicht aus der Bahn werfen zu lassen. Schließlich beklagten sie schon einige tote Arbeiter beim Bau der Schwarzwaldbahn. Während er sich dem Brief von Doktor Escher nochmals intensiv widmete, der sein Interesse bekundete, ihn als Oberingenieur an die geplante Gotthardbahn zu berufen, rief der Kuckuck der hölzernen Uhr an der Wand zur vollen Stunde.

Dieses Angebot ehrt mich sehr und wäre ein weiterer Schritt in meiner Karriere. Ich werde es mit meiner Frau besprechen und Lina wird nicht gerade begeistert sein, denn wenn ich in der Schweiz bin, sieht sie mich noch weniger, dachte er und steckte den Brief in seine Jackentasche. Der Ruf des Kuckucks erinnerte Gerwig an einen dringenden Sitzungstermin bei der Oberdirektion des Straßen- und Wasserbauamts wegen der Finanzierung des gewaltigen Bauvorhabens am nächsten Tag in Karlsruhe, auf den er sich noch intensiv vorbereiten musste. Als Abgeordneter der Zweiten Kammer der Badischen Ständeversammlung und Projektleiter der Schwarzwaldbahn war für ihn diese Ausschusssitzung von unerhörter Wichtigkeit, denn Gerwig musste Fakten schaffen, um seine Geldgeber von der Notwendigkeit zusätzlicher Mittel zu überzeugen. Dass er noch eine Menge Geld benötigen würde, war ihm klar. Doch dass die Fertigstellung aller drei Bauabschnitte der Strecke der Schwarzwaldbahn im Jahre 1873 die damals unvorstellbare Summe von 50 Millionen Mark verschlingen würde, war ihm in diesem Augenblick nicht bewusst.

Nochmals ging sein Blick auf die reich verzierte Kuckucksuhr, die Gerwig als Geschenk von Johann Baptist Beha aus Eisenbach erhalten hatte. Dieser stattete 1862 zum ersten Mal die bis dahin schmucklosen Uhren mit allerlei Schnitzwerk sowie geschnitzten Elfenbeinzeigern und Eisengewichten in Tannenzapfenform aus. Zu dieser Kuckucksuhr hatte Gerwig ein fast schon intimes Verhältnis, denn sie erinnerte ihn an Beha, mit dem er sich noch immer freundschaftlich verbunden fühlte, obwohl die meisten diesen Mann als knorrigen Eigenbrötler bezeichneten. Aber da Robert Gerwig nach der Devise »nur Nullen sind rund« lebte, kümmerte er sich nicht um deren Geschwätz. Deshalb liebte Gerwig seine »Beha-Uhr« in seinem Baustellenbüro. Auch in seiner Karlsruher Privatwohnung hing ein besonderes Exemplar an der Wand. Doch seine Kuckucksuhr im Büro war ein wirklich einzigartiges Exemplar, denn Beha hatte ihm eine persönliche Widmung auf die Rückwand geschrieben. Und darauf war er besonders stolz. Gerwig erinnerte sich, wie er 1850 als eine der ersten Aktionen in seiner Funktion als Schulleiter der neuen Uhrmacherschule Furtwangen den Wettbewerb »vaterländische Künstler« startete, aus dem die jetzige »Bahnhäusleform« der Kuckucksuhr hervorging.

Mit der Produktion dieser Uhr konnten die Schwarzwälder Bauern den langen Winter überbrücken und ihr karges Einkommen aufbessern.

Jäh wurden seine Gedanken unterbrochen, als sich Grieshaber nochmals meldete.

»Das ging aber schnell!« Unwirsch blickte Gerwig von seinen Plänen hoch.

»Sie werden es nicht glauben, Herr Oberbaurat, aber die Polizei ermittelt schon vor Ort und die kümmern sich jetzt um alles. Die Leiche soll möglichst schnell zur Untersuchung nach Wolfach geschafft werden. Für was das gut ist, weiß ich nicht. Vermutlich hat sich Sergio das Genick gebrochen, denn einen Sturz aus 20 Meter Höhe überlebt wohl keiner. Eine Befragung der Zeugen wurde wegen Sprachschwierigkeiten auf später verschoben.«

»Mit der Polizei würde ich auch gerne sprechen, doch«, mit einem kurzen Blick auf die Uhr, »dafür reicht leider meine Zeit nicht mehr. Ein dringender Termin in Karlsruhe.«

Ungeduldig hörte sich nun Gerwig den knappen Bericht von Grieshaber über das Gespräch mit der Polizei und der Situation am Unfallort an und verabschiedete dann barsch seinen Oberingenieur mit der Zusage, sich bei der Eisenbahngesellschaft um Gelder für neue Arbeiter und um die fälligen Abschlagszahlungen zu bemühen. Das bereitete Gerwig allerdings die wenigsten Sorgen.

Nach dem Sieg über Frankreich dürfte es auch dem letzten Antimilitaristen klar sein, wie wichtig eine funktionierende Eisenbahn für die Truppenbewegungen und den damit verbundenen Nachschub ist. Seit der Gründung des Deutschen Reiches herrschte eine euphorische Aufbruchsstimmung im ganzen Land. Er als nationalliberaler Abgeordneter war sich sicher, egal was die Schwarzwaldbahn einmal kosten würde, am Geld sollte die Fertigstellung nicht scheitern. Schließlich schöpfte die Staatsbahn aus öffentlichen Geldern sowie aus den Reparationszahlungen der Franzosen für den verlorenen Krieg. Außerdem berief man sich im Karlsruher Gremium der Staatsbahn immer auf »Allerhöchstherrliche Verordnungen«.

»Vergessen Sie auf keinen Fall, wie besprochen, sich um den Personalnachschub zu kümmern. Und erledigen Sie auch den Papierkram mit der Polizei. Berichten Sie mir, wenn ich zurück bin«, rief Gerwig dem hinauseilenden Grieshaber noch nach. Gerwig zog seinen weißen Arbeitsmantel aus und da er immer auf ein gepflegtes Äußeres Wert legte, stellte er sich vor den Spiegel, tupfte mit einem Stofftaschentuch seine hohe Stirn trocken, kämmte seine welligen Haare und zupfte ein hervorstehendes Härchen aus einer Augenbraue. Ein gepflegter kurz geschorener Vollbart umrahmte sein markantes Gesicht. Umständlich putzte er sich noch seine markante Nase, rückte seine Fliege zurecht, knöpfte seinen Rock zu und setzte seinen Hut auf. Endlich kam die bestellte Einspännerkutsche mit Klappverdeck. Er stieg in das Gefährt und rief dem Kutscher zu: »Beeile er sich!«

DIE FAHRT NACH KARLSRUHE

Rechtzeitig erreichten sie den Bahnhof von Hausach. Der Kessel der Lokomotive stand bereits unter Volldampf und zur Abfahrt nach Offenburg bereit. Gerwig machte es sich in seinem Abteil der ersten Klasse gemütlich und fand sogar die Muße, sich seinen Unterlagen zu widmen. Später hing er seinen Gedanken nach. Am Bahnhof Offenburg stieg er um auf die 1852 fertiggestellte Rheinstrecke Mannheim–Basel, bei der nur noch die Rheinbrücke fehlte, um den badischen mit dem Schweizer Bahnhof zu verbinden. Heute Abend, nach der Sitzung, kann ich nach Tagen endlich wieder bei meiner Frau in Karlsruhe sein, dachte er. Gerwig sehnte sich nach seiner Ehefrau Caroline, die er liebevoll Lina nannte, und freute sich auf das Wiedersehen mit ihr. Damals, im Juli 1846, heiratete er die Tochter des großherzoglichen badischen Direktors der Hofdomänenkammer Carl Ludwig Beger. Dass daraus noch eine große Liebe zu der um ein Jahr älteren Frau entstehen würde, konnte er damals nicht ahnen.

Kurz erinnerte er sich an seinen beruflichen Aufstieg. Sein aus Pforzheim stammender Vater, Ministerialrevisor Christian Gerwig, schickte ihn auf die polytechnische Schule in Karlsruhe, wo er 1841 sein Ingenieurstudium mit dem Prädikat »Vorzüglich« abschloss. Noch im gleichen Jahr begann er als Praktikant bei der Großherzoglichen Oberdirektion des Wasser- und Straßenbauamts. Dieser Behörde unterstellte man auch den Eisenbahnbau.

Anfang 1844 berief ihn der Landesherr als Ingenieur in die Oberdirektion des badischen Wasser- und Straßenbaus. Bereits zwei Jahre später leitete er ein selbstständiges Referat, das sich neben dem Straßenbau auch mit dem Eisenbahnbau beschäftigte. Zwischendurch bewährte er sich als Schulleiter der Uhrmacherschule in Furtwangen und förderte den Bau von Kuckucksuhren im Schwarzwald. Zu Beginn des Jahres 1857 erhielt er den amtlichen Auftrag, den Entwurf von Oberbaurat Johann Sauerbeck zum Bau einer Eisenbahnlinie an den Bodensee über den Schwarzwald zu überarbeiten. Sein Vorgänger Sauerbeck hatte zu diesem Zeitpunkt bereits die badische Hauptbahn von Mannheim nach Basel geplant und gebaut. Bereits Ende des Jahres legte er einen Entwurf mit neuartigen Kehrtunnels vor. Dies brachte ihm zwar eine hohe Aufmerksamkeit ein, doch schienen den Experten seine geplanten engen Kurven mit einem Radius von nur 180 Metern für einen Langholztransport ungeeignet. Dies musste auch der junge Ingenieur einsehen. Doch diese Niederlage ließ ihm keine Ruhe und so legte er 1865 nach gründlichen Untersuchungen eine verbesserte Lösung mit zwei Doppelschleifen bei Niederwasser und Triberg sowie einem Kurvenradius von 300 Metern vor. Dies überzeugte die Verantwortlichen und er erhielt den Auftrag zum Bau der Schwarzwaldbahn.

Seine Gedanken schweiften nun wieder zurück zu seiner Ehefrau. Sie und der Schwiegervater waren für ihn Familie, da seine Mutter bereits 1842 und sein Vater 1850 verstorben war.

Sein Bruder Leopold starb im letzten Jahr und sein um ein Jahr jüngerer Bruder Lothar bereits 1844 im Alter von nur 23 Jahren. Seine drei Schwestern waren aus Karlsruhe weggezogen, deshalb sah er sie selten. Er, der älteste Sohn, lebte noch und er wollte sein zukünftiges Leben der Eisenbahn widmen.

In Baden-Oos stieg ein älterer Herr zu, der den Zubringer aus der Kurstadt Baden-Baden genommen hatte, um hier auf die Hauptbahn in Richtung Karlsruhe–Mannheim umzusteigen. Er nahm neben Gerwig Platz und begann sofort ein Gespräch: »Das hätten Sie sehen sollen. Diese glänzenden Augen der Knaben und Mädchen, als das Dampfross in den Bahnhof einlief. Ich glaube, zukünftig wollen alle Knaben Lokomotivführer werden.«

»Das wäre gut«, antwortete Gerwig. »Der Bedarf an Lokomotivführern wird stetig steigen. Denken Sie nur, wenn erst die Schwarzwaldbahn fertig ist.«

»Und wissen Sie, gnädiger Herr, wann das sein wird?«

»Dies dürfte in etwa zwei Jahren so weit sein.«

Die beiden Männer diskutierten nun ausgiebig über das Thema »Schwarzwaldbahn« und der ältere Herr wunderte sich über die Kenntnisse des – seiner Schätzung nach – etwa 50-jährigen Mannes. Dabei verschwieg Gerwig dem Kurgast aus Baden-Baden nicht nur, dass er der Erbauer der Schwarzwaldbahn war, sondern auch, dass er den erst kürzlich fertiggestellten Friedrichstollen der Kurstadt von den Thermalquellen am Florentinerberg zum Friedrichsbad geplant hatte.

Kurz vor Rastatt stand der Herr plötzlich auf und wollte das Fenster etwas öffnen. Sofort zeigte Gerwig auf ein Schild:

Bekanntmachung
Das reisende Publikum wird zur Verhütung von Unglücksfällen darauf aufmerksam gemacht, daß es gefahrbringend sein kann, sich während der Fahrt seitwärts aus dem Wagen zu biegen, oder gegen die Thüren sich anzulehnen, was auch durch §. 25 des Transport-Reglements ausdrücklich untersagt ist.

»Ich wollte nur etwas frische Luft schnappen«, entschuldigte sich der Mann.

Gerwig lächelte. »Frische Luft schnappen? Das wäre Ihnen nicht gut bekommen. Unser Erste-Klasse-Waggon hängt direkt hinter der Lokomotive.«

Als der Zug in den Karlsruher Bahnhof einfuhr, begann es leicht zu regnen und Gerwig ärgerte sich darüber, weil er keinen Schirm im Gepäck hatte. Aber zum Glück trug er einen breitrandigen Hut, sodass er nicht befürchten musste, auf dem Bahnsteig nass zu werden. Er blickte auf seine Taschenuhr. Eile war nicht angesagt. Ihm blieb noch genügend Zeit bis zum Termin bei den badischen Staatsbahnen. Er entschloss sich, vor dem Bahnhof eine Pferdedroschke zu nehmen, denn der Weg von der Kriegstraße, die südlich außerhalb der Stadt lag, bis zum Gebäude der Großherzoglichen Oberdirektion schien ihm doch bei diesem Wetter zu lang und zu nass. Der

Kutscher verlängerte diesen Weg noch mehr. In der irrigen Annahme, sein Fahrgast wäre ein Fremder, fuhr er, auf ein größeres Salär hoffend, so manchen Umweg. Vorbei am 1865 gegründeten Karlsruher Thiergarten, an der imposanten evangelischen Stadtkirche mit den Säulen und der klassizistischen Dachkonstruktion und vorbei am mächtigen Ständehaus. Gerwig bereitete es sichtlich Spaß, gemächlich durch die Straßen seiner fächerförmigen Heimatstadt Karlsruhe zu kutschieren. Bei der Sicht auf das Schloss erinnerte er sich an die vermutlich erfundene Geschichte, wonach der Markgraf Karl Wilhelm bei der Suche nach dem Fächer seiner Frau eingeschlafen sei und von einer fächerförmigen Stadt träumte, die er 1725 gründete. Schon von Weitem sah er endlich das Verwaltungsgebäude der Oberdirektion mit dem großen Portal und dem darüber liegenden Balkon, welcher links und rechts von zwei riesigen Karyatiden aus Sandstein getragen wurde. Im Inneren begrüßte ihn Geheimrat Hermann Zimmer, der Direktor der Oberdirektion des Wasser- und Straßenbaus mit der unterstellten Eisenbahnabteilung, und gab ihm die Hand. »Guten Tag, Robert, bist aber pünktlich!«

Gerwig dankte für den freundlichen Empfang.

Geheimrat Zimmer führte den Ankömmling in sein Büro. »Leg ab! Ich denke, unsere Vorbesprechung dauert vielleicht eine knappe Stunde. Ich möchte dir nicht zu nahe treten, aber ich finde, du siehst müde aus. War die Reise so anstrengend?«

»I wo! Das Reisen mit der Eisenbahn ist entspannend, doch die Vorgänge auf der Baustelle beschäftigen mich sehr.«

»Erzähl!«

»Heute Morgen stürzte ein italienischer Arbeiter, der mir sehr nahestand, vom Gerüst. Tot! Die Materialdiebstähle mehren sich und die Polizei bleibt untätig. Dazu kommen technische Probleme beim Tunnelbau, besonders im langen Sommerauer Tunnel. Kopfzerbrechen bereitet mir auch die Wasserscheide zwischen dem Donautal und dem Hegau mit dem bröckelnden Juragestein. Doch diese Probleme kann ich sicher demnächst lösen.«

»Nichts davon morgen in der Sitzung. Nur Positives! Dafür erwartet dich dann eine Überraschung.«

Gerwig konnte sich diese Überraschung bereits ausmalen, denn sein Schwiegervater deutete beim letzten Treffen an, er hätte da seit Juni etwas angestoßen.

Die beiden Männer einigten sich nun schnell auf die Vorgehensweise für die am nächsten Tag stattfindende Aufsichtsratssitzung. Gerwig bat Geheimrat Hermann Zimmer noch um die Einstellung eines zusätzlichen Ingenieurs für den Bereich Hornberg. Innerlich dachte er dabei an das Angebot der Gotthardbahn. Direktor Zimmer versprach, sich dafür einzusetzen, zumal ihm eine Bewerbung eines jungen und sehr versierten Ingenieurs vorlag. Eine Einladung des Direktors zum Abendessen oder Umtrunk schlug Gerwig aus. Er wollte möglichst schnell zu seiner geliebten Frrau.

Kurz vor Einbruch der Dunkelheit klopfte er an die Tür seines Hauses. Freudig öffnete seine Frau, stürzte auf ihn zu, umarmte und küsste ihn stürmisch.

»Robert, endlich bist du wieder einmal zu Hause. Ich hoffe du bleibst lange. Ich bin immer so allein.«

»Lina, du tust mir unrecht. Wenn es nur irgendwie machbar ist, arbeite ich von zu Hause aus. Du hast doch viele Freundinnen und Personal.«

»Kein Ersatz für dich, mein liebster Robert. Auch wenn du zu Hause arbeitest, brütest du Tag und Nacht über deinen Plänen oder du beschäftigst dich mit deiner botanischen Sammlung. Sag, wie lange bleibst du nun dieses Mal?«

»Leider nur zwei Nächte. Es gibt Probleme auf der Baustelle.«

»Oh wie schade. Komm herein und mach dich frisch. Ich wärme dir inzwischen dein Leibgericht auf: Schäufele, Schupfnudeln und Sauerkraut.«

Gerwig blickte sich in seiner Wohnung um. Wie immer vermisste er diesen Komfort auf der Baustelle, deshalb arbeitete er an seinen Planungen meist von zu Hause aus. Die Schränke, Kommoden, Anrichten und das Sofa im Biedermeierstil, die mit den von Michael Thonet entworfenen Bugholzmöbeln eine harmonische und trotzdem schlichte Eleganz bildeten. Nur einen Blick ins ursprünglich vorgesehene Kinderzimmer wagte er nicht. Schenkte ihm doch seine Frau aufgrund ihrer Unfruchtbarkeit während ihrer nun inzwischen 25 Jahre dauernden Ehe keine Nachkommen. Während seine Frau in der Küche das Essen zubereitete, legte er schnell den Brief der Gotthardbahn in eine Schublade seines Sekretärs. Heute Abend wollte er mit diesem Inhalt nicht die Wiedersehensfreude stören. Nach dem Essen öffneten sie in trauter Zweisamkeit eine Flasche köstlichen 1865er Muscat Trollinger, ein Geschenk seines Schwiegervaters. Trotz des bisher sehr harmonisch verlaufenden Abends fühlte sich Gerwig nicht sehr wohl in seiner Haut, denn das Verschweigen des Stellenangebots der Gotthardbahn und der heutige Unfall auf der Baustelle gingen ihm nicht aus dem Sinn.

»Lina, wie geht es deinem Vater«, wollte Gerwig von seiner Frau wissen.

»Altersgerecht würde ich sagen. Immer wieder klagt er über kleine Zipperleins. Du wirst ihn morgen sowieso treffen«, meinte sie. Lina kuschelte sich immer enger an Robert und gab ihm einen langen Kuss. Zärtlich knöpfte Gerwig ihr Mieder auf und seine Begierde wuchs gleichzeitig mit ihrer Erregung. Während sie sich liebten, ertappte sich Gerwig immer wieder dabei, dass er sehr oft an seine zweite große Liebe dachte: an seine Eisenbahn!

IM LAGER DER ITALIENER

Schneller als erwartet ging dieser unangenehme Tag mit dem Sturz von Sergio Pantone für Walter Grieshaber zu Ende und er freute sich, als das Signal endlich das Arbeitsende verkündete.

»Nur noch schnell nach Hause«, war seine einzige Intension. Ob jedoch der Abend im Familienkreis harmonisch verlaufen würde, dessen war er sich nicht sicher. Gingen ihm doch die Ereignisse der vergangenen Stunden nicht mehr aus dem Kopf. Auch das Protokoll, das er für Gerwig schreiben musste, diente kaum dazu, seine Stimmung anzuheben. Dieser Papierkram war für ihn ein rotes Tuch, auch wenn er im Besitz einer dieser neumodischen Schreibmaschinen war, die ihm die handschriftliche Arbeit ersetzte. Gewiss, es bereitete ihm kein Problem, sich korrekt in Wort und Schrift zu artikulieren, doch er setzte sich lieber mit Bauplänen und mathematischen Berechnungen auseinander. Nicht umsonst zählte er zu den Besten seiner Abschlussklasse. Er wohnte mit seiner Familie im nahe gelegenen Gutach und konnte deshalb die kurze Strecke mit seinem in Offenburg erworbenen Fahrrad mit revolutionärem Pedalantrieb bewältigen. Er liebte diesen Ort, so, wie er seine Schwarzwälder Heimat über alles liebte. Schon aus diesem Grund war er überglücklich, dass er sich als Ingenieur für den Bau der Schwarzwaldbahn hatte bewerben können und Gerwig ihn in sein Team geholt hatte. Durch die Liebe zu seinem Heimatort betätigte sich Grieshaber aktiv auch kommunalpolitisch und er zählte zu den Ersten, die dafür stimmten, dass die Gemeinde Gutach einen Bahnhof erhielt. Als leitender Ingenieur hatte Grieshaber das Privileg, nicht in der Barackensiedlung wohnen zu müssen, sondern konnte nach Arbeitsende die Baustelle verlassen.

Auch für Antonio Ferdani begann der Feierabend. Er lag auf seinem Bett und starrte an die Decke. Sein bester Freund Sergio war tot. Antonio hatte ihn im Frühjahr überredet, mit ihm nach Deutschland zu gehen. Sie arbeiteten als Zimmerleute mit einer sehr schlechten Bezahlung in ihrem Heimatort San Giacomo Filippo, einem armseligen Bergdorf nördlich des Comer Sees. Die für ihre Verhältnisse gute Verdienstmöglichkeit beim Bau der Schwarzwaldbahn und eine gewisse Abenteuerlust lockten sie. Sergios Mutter, die ehrenamtliche Dorfschullehrerin, flehte ihren Sohn vergebens an, am Ort zu bleiben, denn der jüngere Bruder Francesco war noch in der Ausbildung und ihr Mann bei Straßenbauarbeiten ums Leben gekommen. Antonio wollte nicht alleine gehen und überzeugte schließlich Sergio davon, das inständige Bitten der Mutter zu ignorieren. Und jetzt war Sergio tot. Verunglückt? Er konnte es fast nicht glauben, dass ein so sicherer Zimmermann einfach auf dem Gerüst das Gleichgewicht verlor. Sergio lebte sich in Deutschland problemlos ein. Dank seiner offenen und freundlichen Art stieg er rasch zum Vorarbeiter auf. Beliebt bei den Kollegen und auch bei den Vorgesetzten verschaffte er sich schnell Anerkennung und Respekt.

Fleißig lernte er die deutsche Sprache, denn seit er in ein deutsches Mädchen verliebt war, stellte er sich seine Zukunft in Deutschland vor. Zu seinen Plänen gehörte auch der Kampf für eine gleiche Bezahlung von deutschen und italienischen Arbeitern. Bei den Unterkünften gab es kaum Unterschiede. Insgesamt befanden sich im Bereich der Baustelle Reichenbacher Stahlbrücke zwei Lagerhütten mit jeweils 40 Schlafplätzen. Eine davon voll mit Italienern, die andere mit 30 deutschen Arbeitern belegt. Die einfachen Holzbaracken, ausgestattet mit Doppelstockbetten, nahe dem Flüsschen Gutach, boten keinerlei Luxus. Von den unzureichenden hygienischen Bedingungen ganz zu schweigen. Einige flackernde Petroleumlampen oder Stalllaternen mit Kerzen sorgten im Innern für eine schwache Beleuchtung. Laut Grieshaber sollte eine neuartige Beleuchtung demnächst die Schlafstätten erhellen. Er wusste, ein Werner von Siemens experimentierte gerade an seinen von ihm erfundenen elektrischen Generatoren herum, die noch nicht einsatzbereit waren. Sobald die Erfindung ausgereift auf den Markt käme, würde er, dem technischen Fortschritt aufgeschlossen, das elektrische Licht installieren lassen. Zwischen den beiden Schlafbaracken befand sich ein weiteres Gebäude mit einer Küche und einem Gemeinschaftsraum für die Arbeiter. Abends nutzten ihn meist nur die Italiener, da sich die Deutschen in den nahegelegenen Wirtshäusern vergnügten. Entlang der Neubaustrecke zwischen Hausach und Engen gab es mehrere derartige Unterkünfte, denn die Eisenbahngesellschaft beschäftigte weit über tausend Arbeiter.

Antonio blickte auf das leere Bett von Sergio. Ihm wurde deutlich bewusst, sein Freund würde hier nie mehr nächtigen. Eigentlich bedeutete das leere Bett nichts Ungewöhnliches, denn entweder ging der gesellige Sergio zum Karten- oder Würfelspiel in die Kantine oder er besuchte seine deutsche Amica. Auch heute Abend wollte er sich mit seiner großen Liebe treffen. Entgegen seiner sonstigen Gewohnheit kleidete sich Antonio nochmals an und machte sich auf den Weg zum Aufenthaltsraum. Die für einen Werktag ungewöhnlich gut besuchte Kantine zeigte ihm, dass einige der Arbeiter nach dem Todesfall von Sergio Gesprächsbedarf hatten. An einem Tisch spielten Männer »Scopa«, ein bei Italienern besonders beliebtes Kartenspiel. Hier hatte auch sein Freund Sergio mitgespielt und gewann oft. Meist verlor Giuseppe Bredari, der, wie Sergio Antonio gestern mitteilte, hohe Spielschulden bei ihm hatte. Antonios Warnung, er solle sich nicht auf den leicht erregbaren Giuseppe einlassen, konterte Sergio lachend mit den Worten: »Ich komme gut mit ihm klar und wegen der Spielschulden, die will Giuseppe bereits in den nächsten Tagen zahlen.«

In der Ecke fand Antonio noch einen freien Tisch. Der Gemeinschaftsraum war sehr spärlich mit einfachen Tischen und Bänken sowie einer selbst gezimmerten hölzernen Getränketheke eingerichtet. Die ehemals weißen Vorhänge hingen grau und verraucht vor den kleinen Fenstern. An der Wand klebten ein paar vergilbte Drucke von unbekannten Künstlern, die von den Arbeitern kaum beachtet wurden. Lediglich eine an einer Seitenwand angebrachte überdimensionale italienische Flagge zeugte vom Stolz der Männer auf ihre Herkunft. Diese

Fahne bot den deutschen Arbeitern schon öfters Anlass zur Beschwerde, denn sie wollten ihr Frühstück und das Essen nicht unter italienischer Hoheit einnehmen. Erst als die Italiener drohten, die Arbeit niederzulegen, lenkte Oberingenieur Grieshaber ein. Er wollte auf die Arbeitskraft der Italiener nicht verzichten, denn erstens hatten sie mit Bahn- und Tunnelbauten mehr Erfahrung als die Deutschen und zweitens waren sie als billigere Arbeitskräfte sehr begehrt.

Aus der Ferne beobachtete Antonio die Kartenspieler. Rund um den Tisch saßen vier Männer, davon der aus der Nähe von Venedig stammende Rocco Lorenzi und Giuseppe Bredari. Auf dem Tisch standen einige Bierkrüge. Obwohl die Bauleitung strenge Disziplin beim Alkoholgenuss verlangte, hatten die Spieler wohl schon ziemlich über den Durst getrunken. Offiziell gab es im Aufenthaltsraum keinen Ausschank, doch duldete Grieshaber die Lieferungen aus den benachbarten Gaststätten. Antonio wunderte sich über die gute Laune von Giuseppe. Er wollte doch nach seinen Aussagen Sergio retten, wobei dieser ihm aus den Händen glitt. Von Trauer keine Spur. Vermutlich freute sich Giuseppe, dass er nun seine hohen Spielschulden nicht mehr begleichen musste. Mit der Zeit steigerte sich am Tisch der Kartenspieler der Lärmpegel. Rocco beschuldigte Giuseppe der Falschspielerei, was dieser entrüstet zurückwies. Doch die Nerven des als aggressiv bekannten Rocco lagen blank. Lauthals beschuldigte er nun Giuseppe, er hätte genau gesehen, wie er dem Kollegen Sergio die Hände vom Stamm gelöst hatte und ganz bewusst den

Todessturz herbeiführte. Der Angesprochene fühlte sich nach dieser unbewiesenen Behauptung in seiner Ehre angegriffen. Er packte Rocco am Kragen und stellte ihn zur Rede. Nach einem kurzen Wortwechsel flogen die Fäuste. Schnell bildete sich ein Halbkreis um die Kämpfenden. Die Menge des konsumierten Alkohols tat jedoch ein Übriges, sodass Giuseppe den Kürzeren zog, denn auch er hatte, wie der starke Rocco, dem Bier und Schnaps über seinen Durst zugesprochen. Rocco schleuderte ihn in die Ecke, wo er mit blutendem Schädel liegen blieb.

Auch Antonio musste wieder an Sergios Unfall denken. An diesem Unfall wirkte für ihn einiges suspekt. Er hatte den Hergang nicht gesehen, er hörte nur den Schrei seines Freundes. Doch dass ein so erfahrener Zimmermann wie Sergio einfach vom Gerüst stürzt, konnte er sich nicht vorstellen. Und nun die Anschuldigungen des betrunkenen Rocco an Giuseppe. Schließlich kannte jeder Roccos unbeherrschte Gefühlsausbrüche. Diese waren zwar noch lange kein Indiz für einen Mord, aber irgendwie konnte er sich des Gefühls nicht erwehren, dass irgendetwas nicht stimmte. Ungeachtet seines Verdachtes eilte er dem verletzten Giuseppe zu Hilfe und wischte ihm mit einem Tuch das Blut vom Kopf ab. Zum Glück hörte die Wunde bald auf zu bluten, Zum Glück hörte die Wunde bald auf zu bluten – sein spontaner Einfall, einen Arzt zu rufen, war nicht notwendig. Dies gäbe bestimmt Ärger mit dem Oberingenieur Walter Grieshaber, der in solchen Sachen kein Pardon kannte und verhältnismäßig schnell mit einer fristlosen Kündigung drohte. Und das wollte letztendlich niemand riskieren, denn die Eisenbahngesellschaft zahlte guten Lohn und so konnten die meisten Arbeiter ihre in Italien gebliebenen Familienangehörigen finanziell unterstützen.

Antonio half Giuseppe beim Aufstehen.

»Bist du wieder in Ordnung?«

Um zu demonstrieren, dass dies der Fall war, setzte sich Giuseppe wieder an den Kartentisch. Nach einer Stunde und wieder einmal mit großen Spielverlusten stand er vom Tisch auf und rief seinen Mitspielern zu: »Ich zahle morgen.«

DUBIOSE GESCHÄFTE

Obwohl Giuseppe als äußerst trinkfester Bursche galt, hatte er nun doch kleine Probleme mit dem Gleichgewicht und benötigte deshalb zwei Anläufe, sich von seinem Platz am Kartentisch zu erheben. Nicht, dass er sturzbetrunken war. Doch es war ihm deutlich anzusehen, dass er etwas zu tief ins Glas geschaut und sein Quantum an alkoholhaltigen Getränken erreicht hatte. Natürlich gab es durch den schrecklichen Unfall, zumindest für ihn, einen triftigen Grund, sich unter der Woche dermaßen zu benebeln. Doch ob der Verlust seines Kollegen Sergio für ihn wirklich so schwer war, daran zweifelte so mancher seiner Arbeitskameraden und besonders Antonio. Das Verhältnis zwischen Giuseppe und Sergio schien am Morgen des Unfalls doch sehr angespannt zu sein. Auch wunderten sich die Kollegen, dass Giuseppe wegen seiner ständigen Trinkerei noch nie größere Probleme mit dem Oberingenieur Grieshaber bekommen hatte, denn Nüchternheit während der Arbeitszeiten war bekanntlich auf der Baustelle oberstes Gebot. Andererseits leistete Giuseppe gute Arbeit, war überaus fleißig, sodass ihm sein Chef manche Eskapade verzieh. Grieshaber schien hier jedoch mit zweierlei Maß zu messen, denn er entließ schon aus nichtigeren Gründen Kollegen von der Baustelle und diese mussten vorzeitig ihr Bündel packen, um in ihre Heimat abzureisen.

Irgendwie schien der Italiener Giuseppe ein bevorzugter Liebling des Oberingenieurs zu sein. Gerwig hätte in solchen Fällen bestimmt durchgreifender reagiert, doch ob er so einen guten Mitarbeiter wie Giuseppe bei dem Mangel an guten Fachkräften entlassen hätte, wäre ebenfalls fraglich gewesen.

Bevor Giuseppe den Aufenthaltsraum leicht schwankend in Richtung der Schlafplätze verließ, konnte er es sich nicht verkneifen, nochmals Rocco, der am Nebentisch gerade aufstand, kräftig auf die Schulter zu klopfen. Der Grund für dieses scheinheilige Gebaren blieb den meisten jedoch verborgen, denn sie kannten die beiden nur als Streithähne, die sich stets wegen ihrer Spielsucht und des Alkohols in die Haare kriegten. Die Formel für die permanenten Hahnenkämpfe war demnach ganz einfach: Giuseppe wollte jedes Spiel gewinnen und Rocco nie eines verlieren. Dabei wussten viele, dass beide, Giuseppe wie Rocco, beim Würfel- wie auch beim Kartenspiel, ihre Mitspieler betrogen.

Rocco machte keinerlei Anstalten, sich mit Giuseppe auf den Weg zur Schlafstätte zu begeben, obwohl er sich bewusst war, dass man für die geplante nächtliche Unternehmung einen kühlen Kopf brauchte. Doch Rocco wäre nicht Rocco gewesen, wenn ihn dies belastet hätte. Er lebte in den Tag hinein, verprasste den Großteil seines Lohns und war ständig mit der zu Hause dringend erwarteten Unterstützung im Rückstand.

»Zuerst komme ich, und dann kommt lange nichts«, war seine Lebensmaxime. Ständig war er aufgrund seines Lebenswandels auf der Suche nach zusätzlichen Einnahmequellen. Er nahm jede Gelegenheit wahr, neben seinem Lohn an weiteres Geld heranzukommen. Natürlich hatte auch Giuseppe einige Laster, doch dieser war besonnener als sein Kollege und dachte zumindest an seine Frau und die beiden Kinder, die im fernen Italien ihr überaus bescheidenes Dasein fristeten. Er kümmerte sich mit voller Hingabe darum, dass seine Angehörigen gut versorgt wurden. Doch da auch er nicht auf manche Annehmlichkeit in der Fremde verzichten wollte, befand er sich in ständiger Geldnot. Ab und zu verabredete er sich in der Dorfkneipe mit einem drallen Schwarzwaldmädchen zu einem Schäferstündchen. Doch er wollte, im Gegensatz zu Sergio, keine feste Beziehung eingehen. Beim Hinausgehen flüsterte Giuseppe Rocco etwas ins Ohr und erinnerte ihn nochmals an das vereinbarte nächtliche Geheimtreffen zur Beschaffung von Diebesgut. Dieser nahm mit dem Kopf nickend und mit einem breiten Grinsen das Gesagte zur Kenntnis. Zusätzlich trug ihm Giuseppe auf, auch die anderen gedungenen Komplizen zu informieren. Alle sollten pünktlich an der vereinbarten Stelle warten. Anstatt zu antworten, winkte Rocco nur ab, als sei dies von ihm längst erledigt. Giuseppe wollte Rocco dazu bewegen, mit ihm zur Schlafbaracke aufzubrechen. Denn bei diesem illegalen Unterfangen sollten alle Beteiligten klaren Verstandes sein.

Mit einem unguten Gefühl verließ Giuseppe den Raum, und als ihm die kühle Nachtluft um die Nase wehte, ging es ihm leidlich besser. Er ging, so schnell es sein Zustand zuließ, zu seinem Schlafplatz, der nur etwa 50 Meter vom Aufenthaltsraum entfernt war. Er hatte noch eine knappe Stunde Zeit und war sich sicher, dann wieder nüchtern zu sein. In der Schlafhalle brannte so gut wie kein Licht. Lediglich ein paar Petroleumlampen leuchteten spärlich, doch Giuseppe fand sicher sein Bett. Der Alkoholdunst, der den Raum durchzog, kam eindeutig daher, dass auch weitere Kollegen genügend Sprit intus hatten. Marco hingegen, der seine Schlafstätte direkt neben Giuseppe hatte, war wie immer total nüchtern. Es war bekannt, dass dieser so gut wie nichts trank und deshalb als Außenseiter galt. Außerdem warf man ihm vor, die verschworene Gemeinschaft der Arbeiter mit seinem dauernden Gequatsche und Gejammer empfindlich zu stören. Dazu kam noch die lästige Eigenschaft von Marco, sich bei den Oberen einzuschmeicheln, indem er immer wieder Details aus den Unterhaltungen der Arbeiter ausplauderte. Er schlich oft um den Oberingenieur herum, um ihm irgendetwas vertraulich zu erzählen. Sämtliche Kollegen, die mit ihm direkt zusammenarbeiteten, nannten ihn nicht umsonst »Agente della foresta nera«, den »Schwarzwaldspion«.

Giuseppes innere Uhr schien perfekt zu funktionieren, denn eine Viertelstunde vor dem verabredeten Zeitpunkt erwachte er wieder. So blieb ihm genügend Zeit, sich auf den Weg zu machen. Leise wollte er sich davonschleichen, doch der ihm gegenüber schlafende Marco bemerkte sein Vorhaben. Giuseppe gelang es aber, unter einem spontan erfundenen Vorwand die Halle zu verlassen. Pünktlich zum verabredeten Zeitpunkt war er am vereinbarten Ort, doch von seinen Mitstreitern war noch weit und breit keine Spur zu sehen. Giuseppe, schon sichtlich nervös, sah den Beutezug bereits als gescheitert an. Dabei gab es heute Nacht, bedingt durch den vorherrschenden Mondschein, ideale Sichtbedingungen. Vor ihm lag ein kaum übersehbarer Materialbestand der Baustelle. Doch ohne seine Komplizen wäre ein Abtransport der schweren Eisen- und Stahlteile nicht möglich. Auch nicht mit dem von ihm organisierten klapprigen Leiterwagen mit seinen quietschenden Rädern, von dem man nicht wusste, ob er die Lasten überhaupt tragen konnte. Nach etwa zehn Minuten Wartezeit rührte sich etwas und drei dunkle Gestalten kamen auf ihn zu. Jetzt waren sie zu viert und das Unternehmen konnte endlich beginnen. Giuseppe wollte, wie es seine Art war, die Kollegen für ihre Verspätung zuerst mit verbalen Beschuldigungen attackieren. Dann besann er sich eines Besseren und verzichtete auf eine Beschimpfung, stand doch der Erfolg dieser geheimen Mission im Vordergrund. Dennoch fragte Giuseppe: »Wo bleibt ihr denn? Ich dachte schon, ihr habt im Suff alles vergessen.«

»Und ich dachte, du bist zu besoffen, um den Diebstahl zu starten«, konterte Rocco. »Aber wenn es um Geld geht, dann sind wir wohl alle nüchtern.«

»Leiser«, mahnte Giuseppe.

Lautlos schlichen die Gauner in das durch einen Gitterzaun von der Baustelle abgetrennte Areal, um sich dort an den nach Länge sortierten herumliegenden Eisen- und Stahlteilen zu bedienen. Giuseppe mahnte immer wieder zur Ruhe, doch ein gewisser Lärmpegel ließ sich kaum vermeiden. Zum Glück lag das Gebüsch, welches sie für die kurzfristige Lagerung des Diebesgutes auserkoren hatten, nicht allzu weit vom Lager entfernt, sodass das Risiko, entdeckt zu werden, nicht sehr hoch war. Eine Nachtwache war im gesamten Baustellenareal nicht zu erwarten, denn Gerwig hatte, um Geld zu sparen, darauf verzichtet. Nachdem die ersten Transporte ohne Probleme bewerkstelligt waren, überkam die Mannschaft ein richtiger Rausch, denn sie wollten möglichst viel Material auf die Seite schaffen. Lediglich Giuseppe behielt den Überblick und gebot den Kollegen Einhalt.

»Basta! Fertig! Finito!«, beendete er das muntere Treiben. Er trieb seine Leute zur Eile an und befahl, das Diebesgut mit Tannenzweigen abzudecken, damit es vor dem Abtransport in ein paar Tagen nicht entdeckt werden konnte. Niemand außer Giuseppe wusste, wer den Raub abholen und sie bezahlen würde, doch das spielte für die Diebesmannschaft überhaupt keine Rolle. Sogar Rocco hielt sich sehr bedeckt. Hauptsache war, dass der Lohn für diese ruchlose Tat möglichst bald in der eigenen Tasche landen würde.

Nach getaner Arbeit war die verschworene Gemeinschaft mit dem Verlauf der Erbeutung, mit sich und der Welt zufrieden. Sie gaben sich die Hand und machten sich auf den kurzen Rückweg ins Lager.

Kaum lag Giuseppe wieder in seinem Bett, als ihn jemand am Ärmel zupfte. Marco fragte nochmals nach dem Grund, warum er den Schlafraum so spät verlassen hatte. Giuseppe schwieg wohlweislich, denn er hatte keine Lust, sich mit dem unbeliebten Kollegen mitten in der Nacht auseinanderzusetzen.

»Ich habe euch gesehen. Ich weiß, dass du jemanden getroffen hast«, quatschte er ihn an.

Giuseppe sagte dazu nichts. Er wusste, dass der Kerl den Beutezug nicht gesehen haben konnte, sonst hätte er ihm das direkt ins Gesicht gesagt. Dass Marco jedoch am nächsten Tag dem Oberingenieur Grieshaber Bericht erstatten würde, war ihm klar, doch es ließ ihn ungerührt.

MARIA WINTERHALDER

In der Nacht, es war bereits weit nach 23.00 Uhr, machte sich Maria Winterhalder schön, um ihren Liebhaber noch vor Mitternacht zu empfangen. Die 23-Jährige wohnte zusammen mit ihren Eltern, Großmutter und Geschwistern auf einem kleinen Bauernhof in Reichenbach, der etwas abseits der Straße nach Lauterbach lag. Unbemerkt von der neben ihr liegenden zwölfjährigen Schwester Paula, wollte sie auf Zehenspitzen die gemeinsame ebenerdige Schlafkammer verlassen.

»Maria, wo gehst du hin?«, fragte Paula schlaftrunken.

»Schlaf ruhig weiter, ich geh nur aufs Klo«, beruhigte sie die jüngere Schwester, die davon überzeugt war, dass Maria wirklich nur das Plumpsklo aufsuchen wollte. Das Gemeinschaftsklo wurde für kleinere und größere Geschäfte aufgesucht. Nachdem man das Brett, das lediglich mit einem Loch zur Verrichtung der Notdurft versehen war, verlassen hatte, nahm man einen an einer Schnur aufgehängten Lappen, um sich am Brunnen zu reinigen. In kalten Nächten musste man den durchgefrorenen Lappen erst mit den Händen auftauen. Deshalb verzichtete man besonders im Winter darauf, in der Nacht das stille Örtchen aufzusuchen und schob sich dann lieber den Nachttopf, der unter dem Bett stand, unter den Hintern. Das Geschäft konnte ja am Morgen entsorgt werden.

Maria schlich aus dem Haus. Das Plumpsklo im Hof über der Güllegrube ignorierte sie. Leise öffnete sie das Scheunentor und machte es sich in Erwartung ihres Liebhabers im Heu bequem. Die junge Schwarzwälderin Maria Winterhalder galt nicht als klassische Schönheit. Mit ihren langen schwarzen Haaren, den großen Brüsten und etwas üppig um die Hüften, von der Feldarbeit gebräunter Haut und den auffallend grünen Augen zog sie jedoch oft die begehrlichen Blicke der Männer auf sich. Dank ihres sonnigen Gemüts und ihrer freundlichen Art war sie überall gern gesehen. Angestellt als Leiterin der Hornberger Kantine konnte sie sich über mangelnde Annäherungsversuche von Männern nicht beklagen. Zum Leidwesen vieler Arbeiter galt ihr Interesse jedoch nur dem schwarz gelockten Sergio. Nach vorsichtigen vertraulichen Berührungen und aufmunternden Blicken traute sich der Italiener, ein heimliches Treffen mit dem Traum seiner schlaflosen Nächte zu vereinbaren. Wöchentlich trafen sie sich zuerst auf einer Bank am Waldrand und dann im Nebengebäude vom Winterhalderhof. Auch diese Nacht erwartete Maria ihren Liebhaber am vereinbarten Treffpunkt. Entgegen der gewohnten Pünktlichkeit ließ Sergio heute auf sich warten. Dies schien ihr recht ungewöhnlich, denn normalerweise war ihr Liebhaber stets überpünktlich. Sie freute sich wie immer auf ihn, bereit, sich voller Inbrunst hinzugeben und ihm ihre große Liebe zu zeigen. Wie er an diesem Abend auf ihre Nachricht reagieren würde, dass er Vaterfreuden entgegensähe, wusste sie nicht einzuschätzen. Immer wieder fragte sie sich:

»Wie soll ich es ihm sagen? Wie wird er reagieren?«

Nachdem ihre monatlichen Blutungen zweimal ausgeblieben waren, gratulierte ihr gestern der Arzt, den sie deswegen aufsuchte, sehr herzlich zur Schwangerschaft. Und mit dieser hoffentlich freudigen Nachricht wollte sie ihren Liebhaber an diesem Abend überraschen. Sie lauschte in die Nacht, doch außer dem Wind, der an den Wänden der Scheune rüttelte, hörte sie keinen Laut. Sie dachte an die schönen Stunden mit Sergio, der oft von seiner Heimat erzählte. Seine Mutter unterrichtete als Lehrerin und sein Bruder Francesco machte eine Ausbildung zum Zimmermann. Der Vater war bei Straßenarbeiten verunglückt. Hier taten sich Parallelen auf, denn auch Marias Mutter unterrichtete als Lehrerin, bevor sie auf den Winterhalderhof einheiratete, und Großvater kam bei Holzfällerarbeiten ums Leben. Zwischen den Umarmungen und Küssen wollte der lernbegierige Bahnarbeiter immer wieder etwas Deutsch lernen, für eine gemeinsame Zukunft in Deutschland. Einige Italiener heirateten Bauerntöchter aus der Region und Sergio wollte es ihnen gleichtun. Ob allerdings Vater Winterhalder mit einem italienischen Schwiegersohn einverstanden wäre, daran hatte sie berechtigte Zweifel. Die Eltern wollten, dass ihre Tochter Maria, genau wie ihre ältere Schwester Klara, die den reichen Heinrich Gurtler geheiratet hatte, eine gute Partie machte. Eine stattliche Truhe mit qualitativ guter Aussteuer an Wäsche und Geschirr stand schon bereit. In den Armen des feurigen Sergios fühlte sich Maria jedoch glücklich und gemeinsam schmiedeten sie Pläne für ihre Zukunft.

Sergio erzählte ihr von dem armen Bergdorf San Giacomo Filippo, das sich so gar nicht mit ihren Vorstellungen eines sonnigen Italiens deckte. Auch im Schwarzwald gab es viele arme Bauern und der Winterhalderhof zählte mit seinen wenigen Tieren und den kargen Wiesen eher zu den ärmlicheren. Doch der Reichtum einer wahren Liebe bestand eben nicht aus Geld. Davon war sie fest überzeugt.

Da Sergio noch immer auf sich warten ließ, dachte sie an die Bauernhochzeit ihrer Schwester Klara, die damals als eine »räächte Schwarzwälder Hochzit« gefeiert wurde. Die geladenen Gäste erschienen in feiner Tracht und feierten ausgiebig. Die Braut und die Brautjungfern trugen traditionsgemäß ihre wertvollen, mit zahlreichen Glasperlen und Pailletten verzierten Schäppel auf dem Kopf. Verheiratete und ledige Frauen unterschieden sich im Tragen von schwarzen und roten Bollenhüten. Die Männer trugen unter dem dunklen Rock schwarze, rot abgefütterte Samtkittel und bedeckten ihr Haupt mit einem schwarzen breitrandigen Filzhut. Alles, was in der Region Rang und Namen hatte, war eingeladen. Darunter auch der Flößersohn Jonathan Weis. Der trinkfreudige Pfarrer, der die kirchliche Trauung vornahm, gab beim anschließenden Festessen ein nicht ganz keusches Gedicht zum Besten. Eine zwölfköpfige Blaskapelle, dirigiert vom Schullehrer, spielte nach dem Essen fleißig zum Tanze auf. Von dieser Möglichkeit, die Verdauung in Gang zu bringen, wurde reger Gebrauch gemacht und so mancher eingerostete Altbauer schwang dank seiner Gattin das Tanzbein. Nachdem die Stimmung den Höhepunkt erreichte und das Bier in Strömen floss und so einige Gläser Kirschwasser die Gäste in Höchstform brachten, forderte Jonathan Weis Maria zu einer Polka auf. Sie willigte ein. Sie kannte ihn bereits von einem früheren Treffen der Trachtenträger. Schon damals machte er ihr Komplimente. Sie hatte ihn schnell vergessen und aus den Augen verloren. Eigentlich mochte sie ihn nicht besonders, denn seine forsche Art war ihr nicht ganz geheuer. Während des Tanzes und ohne auf die anderen Gäste zu achten, drückte er Maria an sich und gab ihr in aller Öffentlichkeit einen Kuss auf den Mund. Völlig verblüfft über diese Dreistigkeit, hatte sie sich schnell wieder im Griff. Mit einer schallenden Ohrfeige bedankte sie sich bei ihm und verließ mit hochrotem Kopf die Tanzfläche. Marias Mutter entging diese öffentliche Szene nicht und sie machte ihr hinterher kräftige Vorwürfe, denn die Flößerei Weis aus Wolfach zählte zu den reichsten Familien im Kinzigtal. Maria verschwendete an die Möglichkeit einer Heirat mit dem frechen Flößer Jonathan Weis keinen Gedanken, denn sie fühlte sich bereits vergeben. Vergeben und versprochen, nicht an einen Schwarzwälder Bauernlümmel, nein, an einen feurigen Italiener, der derzeit am Bau der neuen Schwarzwaldbahn arbeitete. Sie lernte ihn während ihrer Arbeit in der Kantine Hornberg kennen. Sie und weitere Helferinnen verköstigten täglich beinahe 80 Arbeiter. Für sie gab es nur diesen Mann, der ihr in den ersten heißen Sommertagen am Waldrand die Unschuld raubte und sich, dank seines heißen Temperaments, als idealer Liebhaber erwies. Ja, Sergio war für sie die einzig wahre Liebe.

Was ist bloß mit Sergio los? Ob sie es wollte oder nicht, sie musste das Ausbleiben ihres Geliebten hinnehmen.

»Am Morgen werde ich ihn wiedersehen, dann kann er mir sicher alles erklären, entschuldigte sie im Geiste ihren Geliebten. Sie griff sich dabei an ihren Unterleib. Noch zeigte ihre Schwangerschaft keine Spuren, deshalb konnte sie ihren Zustand gut verbergen. Doch lange würde es nicht mehr dauern, bis die Wölbung anschwoll. Nicht auszudenken, was dann geschehen würde. Sie fröstelte. Enttäuscht machte sie sich wieder auf den Rückweg. Als sie leise die Schlafkammer betrat, ließ es sich nicht vermeiden, dass die hölzernen Dielen knarrten und Paula deshalb wieder erwachte. Ihre Schwester hatte einen leichten Schlaf und somit konnte niemand in der Kammer hin und her gehen, ohne dass sie es nicht bemerkt hätte.

»Du warst aber lange auf dem Klo«, empfing ihre Schwester sie vorwurfsvoll. Maria konnte sie beruhigen, obwohl sie selbst innerlich sehr aufgewühlt war. Trotz aller Unruhe schlief Maria endlich ein. Nach wenigen Stunden Schlaf begab sie sich noch in der Dunkelheit zu Fuß auf den Weg nach Hornberg, um das Frühstück für die Arbeiter vorzubereiten.

AM MORGEN

Ein Hornsignal weckte die Arbeiter bereits am frühen Morgen. Verschlafen erledigten sie ihre Morgenwäsche am Brunnen vor der Baracke. Einige rasierten sich noch, bevor Maria in der Kantine das Frühstück servierte. Obwohl der Küchentrakt nicht zur Baustelleneinrichtung gehörte, legte Oberingenieur Grieshaber allergrößten Wert auf eine gute und pünktliche Verpflegung seiner Arbeiter. »Nur wer gut gegessen hat, kann auch gut arbeiten«, lautete seine Devise und deshalb musste sich das Küchenpersonal strikt nach seinen Anweisungen richten. Auch fand er es wichtig, ab und zu mit den Arbeitern das Frühstück gemeinsam einzunehmen. Dies wäre gut für das Zusammengehörigkeitsgefühl, ließ er seine Frau wissen. In der Zwischenzeit füllte sich die Kantine und Maria fiel auf, dass heute unter den Arbeitern eine bedrückte Stimmung herrschte. Ihre Augen suchten Sergio.

»Was ist los, ihr seid alle so still«, fragte sie Antonio, der gerade in der Schlange stand und sich mit frischem Kaffee oder zumindest einem Kaffee ähnlichen Getränk, einigen Scheiben Brot mit Butter und Zwetschgenmus eindeckte.

»Maria, weißt du nicht, was passiert ist? Du bist doch seine Amica«, versuchte er Maria in seinem sprachlichen Kauderwelsch zu berichten. Sie stutzte und verstand zunächst nicht.

»Sergio isse tot, isse von Gerüst gefalle …«, versuchte er Maria den Sachverhalt zu erklären.

Nun bemerkte Antonio, was seine unbedachte Aussage auslöste.

Maria stand da, kreidebleich und wankte. Sie setzte sich hin, um diese Nachricht zu verdauen. Dann brach sie in Tränen aus. Sie konnte ihre Arbeit nicht mehr weiterführen. Oberingenieur Grieshaber betrat inzwischen mit einem fröhlichen »Bon giorno« die Kantine und registrierte sofort, dass Maria über Sergios Tod Bescheid wusste. Er ging auf sie zu, nahm sie in den Arm, um sie zu trösten.

Deshalb ist er gestern Nacht nicht gekommen. Und was wird aus unserem Kind werden?, schoss es ihr durch den Kopf. Absolute Gewissheit bekam sie erst, als ihr Grieshaber den schlimmen Unfall bestätigte. Obwohl Grieshaber nicht gerade zimperlich war, tat ihm das Mädchen wirklich leid, als sie zusammengekauert und hilflos weinend auf dem Boden saß. Auch er hätte sich der Schwarzwälderin gerne angenähert, wenn Aussicht auf Erfolg bestanden hätte. Er nahm es mit seiner Ehe nicht so genau und war amourösen Abenteuern nicht abgeneigt. Maria war einem Nervenzusammenbruch nahe und musste sich plötzlich übergeben. Der Oberingenieur gab ihr für den Rest des Tages frei, denn ihm war bekannt, dass Sergio schon längere Zeit mit Maria befreundet war und sie diesen herben Verlust nicht ohne Weiteres verkraften würde. Er rief einen Arbeiter herbei und gab diesem den Auftrag, das Mädchen auf ihrem Heimweg zu begleiten.

Auf der Baustelle nahm alles wieder seinen gewohnten Lauf. Bereits ab 7.00 Uhr herrschte reges Treiben. Antonio und Rocco versuchten schweißüberströmt den dampfbetriebenen Baukran in Gang zu bringen, während Marco wie schon erwartet um Grieshaber herumschlich. Giuseppe war sich dabei völlig im Klaren, dass ihn der »Schwarzwaldspion« verpetzen würde. Doch dieser Petzer ließ ihn kalt. Nicht lange dauerte es, bis Grieshaber aus der Bauhütte brüllte: »Giuseppe Bredari, zu mir, aber dalli«, und schlug die Tür kräftig zu. Bei allen, die dies vernahmen, kam eine gewisse Schadenfreude auf, denn sie waren sich einig, dass Giuseppe wieder mal eine kräftige Abmahnung oder sogar die Entlassung verdient hätte. Als er an der Tür anklopfte, rief ihm Grieshaber entgegen: »Komm herein. Es ist offen, aber mach die Tür wieder zu.«

Was sich im Innern des Wagens abspielte, bekamen die Kollegen zum Glück nicht mit. Grieshaber begrüßte Giuseppe wie einen alten Freund. Seine erste Frage lautete: »Wie lief es gestern Nacht?«

»Formidàbile! Drei Fuhren. Alles, wie gewohnt, am üblichen Platz deponiert. Du kannst es abholen lassen.«

Nun deutete Grieshaber auf den Kopf des Italieners: »Hast du dich dabei verletzt?«

»Nur eine kleine Auseinandersetzung gestern Abend mit Rocco.«

»Ich denke, ihr arbeitet zusammen?«

»Richtig, dennoch gibt es manchmal Streit mit dem Hitzkopf. Unser italienisches Temperament. Sag mal, sprach Marco vorher mit dir? Was wollte er?«

»Er hat euch in der Nacht aus dem Fenster heraus beobachtet und äußerte den Verdacht, ihr steht vielleicht mit den Diebstählen in Verbindung. Aber Genaues sah er nicht.«

»Wir müssen in Zukunft vorsichtiger sein«, antwortete Giuseppe ihm. Doch Grieshaber winkte gelangweilt ab.

»Mario hat nichts Konkretes bemerkt. Willst du einen Schnaps?«

Giuseppe nickte.

Grieshaber holte aus einem Schränkchen neben seinem Arbeitstisch eine Flasche Topinambur hervor. Er suchte zwei Gläser aus und füllte sie mit dem Kartoffelschnaps, der gerade in Mode war und auch gerne getrunken wurde.

»Dieser ›Rossler‹, wie wir ihn hier nennen, ist ein besonders hochprozentiges Tröpfchen. Lass uns anstoßen.« Grieshaber streckte Giuseppe sein bis an den Rand gefülltes Glas entgegen. »Salute!

Schenk noch mal ein«, rief er Giuseppe zu und machte sich an der Schublade seines Tisches zu schaffen. Er holte ein pralles Bündel mit Geldscheinen hervor, das er Giuseppe mit einem Handschlag übergab. »Euer Lohn, ihr habt gute Arbeit geleistet und hier noch das Extrageld für dich, du weißt schon für was.«

Von Grieshabers Idee, neues Diebesgut zu beschaffen, war Giuseppe nicht begeistert. Gewiss, er hatte Geld stets dringend nötig wie kein anderer, doch er konnte es sich im Moment leisten, auf eine zweite Einnahmequelle zu verzichten. Schließlich war sein Hauptgläubiger Sergio tot.

DIE SITZUNG IN KARLSRUHE

GEGEN 7.00 UHR STAND Gerwig am nächsten Morgen auf. Er hatte nicht besonders gut geschlafen, denn sein kleines »Briefgeheimnis« zehrte mehr als er gedacht hatte an seinen Nerven. Nun wollte er die leidige Angelegenheit hinter sich bringen und nahm sich vor, seine Frau nach dem Frühstück zu informieren. Er hörte sie schon mit der Kaffeemühle mahlen und nahm am Frühstückstisch Platz. Harmonisch nahmen sie das gemeinsame Frühstück ein. Doch unausweichlich kam die Minute der Wahrheit näher. Gerwig holte den Brief aus dem Sekretär und begann das Schreiben aus Zürich laut vorzulesen. Währenddessen hörte seine Frau ungläubig zu. Der Streit, der danach mit seiner Gattin entbrannte, war heftiger als von Gerwig erwartet. Lina brach in Tränen aus, denn ihr war klar, dass, wenn ihr Gatte dieses Amt als Oberingenieur in der Schweiz annehmen würde, er noch seltener zu Hause wäre. Laut Brief sollte diese Tätigkeit etwa neun Jahre beanspruchen. Er versuchte sie zu besänftigen. Ohne Erfolg. Sein Argument, eine gemeinsamen Wohnung in der Schweiz, wollte sie einfach nicht hören. Er versuchte ihr beruhigend über das Haar zu streichen. Zornig warf sie ihren Kopf zurück, stampfte mit dem Fuß auf, nahm ihren Mantel vom Kleiderhaken und ging zur Tür. Immer noch heulend lief sie aus der Wohnung in Richtung nahegelegenes Elternhaus.

Gerwig, der bereits innerlich die Zusage an die Gesellschaft der Gotthardbahn formuliert hatte, verstand ihre Reaktion nicht. Deprimiert verstaute er den Brief, nahm seine lederne Arbeitstasche und verließ ebenfalls das Haus.

Kurz vor 9.00 Uhr traf er im Sitzungssaal ein, in dem sich bereits die meisten der Aufsichtsräte versammelt hatten. Das Gremium war nahezu komplett, lediglich der Schwiegervater Gerwigs, Domänendirektor Beger, ließ noch auf sich warten, was allgemeines Unverständnis hervorrief, denn er galt eigentlich als die Pünktlichkeit in Person. Man beschloss gerade, ohne Beger mit der Sitzung zu beginnen, als dieser im letzten Moment eintraf. Er entschuldigte sich für sein Zuspätkommen und ging auf Gerwig zu, um ihn mit einem Handschlag zu begrüßen. Dabei ließ er ihn wissen, dass er nach der Sitzung dringend mit ihm reden müsse.

Hermann Zimmer, der zuständige Direktor für die badischen Eisenbahnen, eröffnete die Sitzung. »Meine Herren Aufsichtsräte! Gleich zu Beginn stelle ich einen Antrag, die Tagesordnung um einen Punkt zu erweitern. Um noch schneller und effektiver zu arbeiten, kamen Herr Gerwig und ich überein, einen zusätzlichen Ingenieur für den Bereich Hornberg anzuwerben. Auf Ihre Aufgeschlossenheit und Flexibilität vertrauend, die Sie bisher beim Bau der Schwarzwaldbahn zeigten, möchte ich diesen Punkt zur Abstimmung ans Ende der Tagesordnung anfügen. Gibt es Stimmen dagegen?«

Ohne Gegenstimmen genehmigte das Gremium diesen Wunsch. Wie bei der Vorbesprechung vereinbart, begann Gerwig mit seiner Rede und schilderte in den rosigsten Farben den gewaltigen Fortschritt beim Bau der Schwarzwaldbahn. Wie nicht anders erwartet, wurden seine Wünsche nach weiteren Geldmitteln für den nächsten Streckenabschnitt ohne Gegenstimmen bewilligt. Ein Grund für diese unkonventionelle Zusage war unter anderem ein druckfrischer Zeitungsbericht im »Karlsruher Intelligenzblatt«, einer Zeitung für die gesellschaftliche Oberschicht. In der Mitte des Artikels prangte eine Abbildung über den Streckenverlauf mit Gerwigs genialer Idee einer Doppelschleife, mit der er den Höhenunterschied zwischen Hornberg und St. Georgen meistern wollte. Die Begeisterung im Gremium über den positiven Bericht von Gerwigs genialer Trassenführung führte zu einem langanhaltenden Applaus.

»Meine Herren, ich bin überzeugt, dass wir mit der Idee, den Schwarzwald auf diese Weise wirtschaftlich wie touristisch zu erschließen, auf dem richtigen Weg sind. Die Zukunft wird uns recht geben!« Gerwig bedankte sich bei den Anwesenden für das große Vertrauen, das ihm bisher bei seiner Arbeit entgegengebracht wurde.

»Gratuliere, Herr Oberbaurat Gerwig, Sie werden immer berühmter, wir sind alle stolz auf Sie«, sagte der Vorsitzende Geheimrat Zimmer. »Und Herr Oberbaurat, eine Überraschung für Sie, das Gremium kam in seiner letzten Sitzung im Juni einstimmig überein: Sie werden zum Baudirektor befördert.«

Tosender Applaus begleitete die Übergabe der Urkunde. Nun rief der Vorsitzende den nächsten Punkt der Tagesordnung auf. Es ging um den Bau von Bahnhofsgebäuden sowie Bahnwärterhäuschen und deren Fertigstellung zur geplanten Eröffnung im Jahre 1873.

Der Aufsichtsrat legte außerdem die Höhe der jährlichen Ausschüttung an die Aktionäre fest, die ab 1845 die »Badische Prämienanleihe« zur Finanzierung des Eisenbahnbaus zeichneten. Am Schluss genehmigten alle Aufsichtsräte die Einstellung eines zusätzlichen Ingenieurs.

Domänendirektor Beger ließ es sich nicht nehmen, seinen Schwiegersohn Robert gleich nach der Beendigung der Sitzung nach Hause zu begleiten. Seine Tochter Lina hatte ihren Vater bereits über Gerwigs lukratives Angebot zum Gotthardbahn-Projekt informiert. Dies war schließlich der Grund, warum er sich zur Sitzung verspätete. Unterwegs sprach er auf seinen Eidam ein: »Gratuliere nochmals zur Beförderung. Ich wusste schon immer, aus dir wird was. Robert, meine Tochter hat mich informiert, du musst dieses Angebot aus der Schweiz unbedingt annehmen. Welch eine Ehre für uns, für das deutsche Volk und für die Eisenbahngesellschaft, wenn deine Ideen in der Schweiz verwirklicht werden.«

»Und deine Tochter?«

»Ach, die kommt schon klar. Der Dienst am Vaterland hat Vorrang. Vielleicht kann sie für diese Zeit bei dir in der Schweiz wohnen.«

Im Haus Gerwig angekommen fanden beide eine verheulte Lina vor. Sie ließ sich nicht beruhigen, obwohl ihr Mann ihr versicherte, noch gebe es keine Zusage.

»Es ist nur eine Anfrage und wer weiß, ob die meinen hohen Forderungen nachkommen. Ich verlange bedeutend mehr Geld und dazu noch ein Haus, damit du bei mir wohnen kannst. Sollte ich bei der Schwarzwaldbahn bleiben, arbeite ich demnächst wieder öfters hier im Haus. Der Aufsichtsrat genehmigte mir heute einen weiteren Ingenieur. Meine Planungen zur Schwarzwaldbahn sind bald abgeschlossen und meine Ingenieure überwachen dann die Umsetzung.«

Ehefrau Lina ignorierte diese Beteuerung ihres Ehemannes. Auch seinen Hinweis, er wolle im nächsten Jahr für mehr Privatleben sein Abgeordnetenmandat bei der Zweiten Kammer in Baden niederlegen, ließ sie nicht gelten. Gerwig berichtete nun von seiner Beförderung und wollte dieses freudige Ereignis zusammen mit ihr und dem Schwiegervater feiern. Lina lehnte verschnupft ab. Die Stimmung zwischen dem Ehepaar verschlechterte sich zusehends. Schnell verabschiedete sich Beger aufgrund der ungemütlichen Atmosphäre, die im Hause herrschte. Auch der Abend verlief zwischen dem Ehepaar sehr frostig und Gerwig war froh, als er am nächsten Tag den Zug besteigen konnte, um nach einem Umstieg in Offenburg wieder den vorläufigen Endpunkt der Bahn in Hausach zu erreichen.

DAS VERHÖR

Gleich nach seiner Ankunft in Hornberg, ließ Robert Gerwig seinen Oberingenieur Grieshaber rufen. Er informierte ihn über die Karlsruher Sitzung, über seine Beförderung sowie über die zusätzlich bewilligten Gelder. Dabei verschwieg er ihm die Anstellung eines weiteren Ingenieurs.

»Die neuen Gelder sind auch dringend nötig, denn während Ihrer Abwesenheit verschwand wieder eine größere Menge Material, Herr …, Herr Baudirektor.«

Zornig reagierte Gerwig auf diese Aussage: »Herr Grieshaber, Sie persönlich sind verantwortlich und stellen diese ständigen Materialverluste umgehend ab. Das ist ein Befehl! Teilen Sie für die nächste Nacht eine Wache ein.«

Grieshaber nickte zustimmend, wohl wissend, dass er letztendlich für diese Diebstähle selber die Hauptverantwortung trug.

»Sind Sie meinen Anordnungen nachgekommen und haben Sie die weiteren Arbeiter aus Italien angefordert?«

»Sofort nach Ihrer Abreise nach Karlsruhe verfasste ich einen Brief an unseren Kontaktmann in Italien. Er solle umgehend weitere 30 Arbeiter anwerben und Sergios Mutter den restlichen Lohn auszahlen. Noch am gleichen Tag ging der Brief mit der Postkutsche weg. Übrigens, wegen Sergio, heute Nachmittag ist ein Verhör auf der Polizeiwache in Wolfach bei Herrn Polizeihauptmann Schuler. Wenn Sie wollen, Herr Gerwig, in der Kutsche ist noch ein Platz frei.«

»Das kommt mir sehr gelegen. Dem Hauptmann werde ich Beine machen, wegen seiner Unfähigkeit, die Materialdiebe zu fassen. Wer fährt mit?«

»Neben meiner Person natürlich Giuseppe, der neben Sergio auf dem Gerüst stand, Rocco als Augenzeuge und Antonio, der als Erster zum Verunglückten eilte.«

»Gut, ich fahre mit! Aber nun wieder an die Arbeit und denken Sie an die Nachtwache im Materiallager.«

Grieshaber verließ das Büro und informierte den Kutscher über den weiteren Fahrgast am Nachmittag.

Der bestellte Dolmetscher stand bereits vor der Tür, als die Kutsche aus Hornberg vor der Polizeiwache in Wolfach hielt. Die Tür öffnete sich und Polizeihauptmann Schuler winkte mit einer einladenden Geste herein.

Gleich nach dem Eintritt überreichte Grieshaber sein getipptes Protokoll. Friedrich Schuler warf kurz einen Blick darauf und fragte erstaunt: »Wie können Sie diese schöne Schrift auf das Papier malen?«

»Eine technische Neuheit. Schreibmaschine sagt man dazu. Sie können sich vorstellen, wir vom Bau der Schwarzwaldbahn sind allen neuen Techniken gegenüber sehr aufgeschlossen. Es geht bedeutend schneller und sieht besser aus.«

»Und wir Beamte«, dabei deutete er auf den Protokollführer, der in der Ecke saß, »mühen uns noch handschriftlich mit dem Bleistift und bei besonderen Dokumenten mit Federkiel und Tinte ab.«

Nach der Aufnahme der Personalien, der Dolmetscher übersetzte größtenteils simultan, begann das Verhör.

»Herr Baudirektor Robert Gerwig. Bitte Ihre Aussage zum Tode von Sergio Pantone.«

»Herr Polizeihauptmann, ich saß in meinem Büro und erfuhr erst von meinem Adjutanten von dem schrecklichen Unfall. Ich bin nur mitgekommen, um Sie nochmals an Ihre Aufgaben zu erinnern. Erst vor zwei Tagen verschwand wieder wichtiges Baumaterial. Aber dies interessiert unsere Polizei nicht. Sie beschäftigt sich ausführlich mit einem Unglück, dessen Ablauf kein Verhör rechtfertigt. Sergio, Gott hab ihn selig, ist vom Gerüst gefallen. Fertig!«

»Herr Gerwig, Ihre Person in Ehren, doch was wichtig ist, entscheidet immer noch die Polizei. Soviel ich am Unglücksort erfuhr, stand Herr Giuseppe Bredari mit Sergio auf dem Gerüst. Herr Bredari, geben Sie nun Ihre Aussage zu Protokoll.«

»Nur Sergio und ich standen auf dem Balken. Sergio klagte bereits am Morgen über Schwindelgefühle und kippte plötzlich weg. Er konnte nach wenigen Metern einen hervorstehenden Teil des Gerüsts fassen und hing dort senkrecht über dem Abgrund. Ich kletterte zu ihm und wollte ihn retten, doch er sträubte sich und dadurch glitt er mir aus den Händen und stürzte ab.«

Nun begann Rocco mit seiner Aussage: »Ich arbeitete mit Kollegen ebenfalls auf dem Gerüst, etwa in 20 Metern Entfernung. Ich kann als Augenzeuge nur die Aussage von meinem Kollegen Giuseppe bestätigen.«

Polizeihauptmann Schuler strich sich über seinen ausladenden Schnurrbart.

»Herr Grieshaber, Sie haben den Sturz gesehen?«

»Nein, Herr Polizeihauptmann. Ich hörte einen Schrei und lief zur Unfallstelle und sah, wie sich der hier anwesende Antonio bereits über den Gestürzten beugte.«

»Und Sie, Herr Ferdani«, dabei zeigte er auf Antonio, »waren der Erste beim toten Sergio? Und sahen Sie auch den Hergang des Sturzes von Anfang an?«

»Das nicht! Ich wurde erst durch den Schrei ›Mordio!‹ auf den Sturz aufmerksam und rannte zu meinem gestürzten Freund. Aufgrund des lauten Schreis von Sergio bin ich überzeugt, es war Mord.«

»Seien Sie vorsichtig mit Ihrer Anschuldigung. Die Untersuchung unseres Arztes ergab keinerlei äußere Anzeichen für eine Gewalttat. Und ein Schrei in Todesangst lässt nicht unbedingt stichhaltige Rückschlüsse auf den Hergang des Geschehens zu. Nochmals zu Ihnen, wie ist Ihr Name, ach ja, Rocco Lorenzi. Sie konnten keinerlei Anzeichen eines absichtlichen Herabstoßens bei der versuchten Rettung von Herrn Giuseppe Bredari erkennen?«

»Mit Sicherheit nicht!«

»Dann dürfte der Fall geklärt sein und ich erkläre die Befragung für beendet. Wir geben die Leiche frei. Bleibt nur die Frage, wohin? Bei Einheimischen stellt sich diese Frage nicht. Hier bahrt man den Toten im Schlaf- oder Wohnzimmer auf. So können sich die Trauernden verabschieden. Aber hier bei einem ausländischen Bauarbeiter, der zusammen mit weiteren in einer Baracke wohnt? Wohin mit ihm?«

Nun meldete sich Grieshaber: »Wir räumen einen Lagerschuppen leer und unsere Zimmerleute zimmern einen einfachen Sarg. So können die Kollegen dem Toten die letzte Ehre erweisen. Damit müsste die Pietät um den Tod von Sergio gewahrt bleiben. Wir verständigen noch die Angehörigen in Italien, die aufgrund der Entfernung nicht rechtzeitig an der Beerdigung teilnehmen können.«

»Sind alle Herren damit einverstanden?«

Die Anwesenden nickten.

»Dann bringen wir morgen den Leichnam nach Hornberg. Sonst noch Fragen?«

»Nun können Sie sich endlich um die Materialdiebstähle kümmern«, murmelte Gerwig und verabschiedete sich zusammen mit den anderen Herren mit einem kräftigen Handschlag vom Polizeibeamten.

Bau der Reichentalbrücke in Hornberg
Foto: Sammlung Werner Oppelt

SERGIOS BEERDIGUNG

NACH FEIERABEND ERWIESEN alle italienischen Arbeiter dem in einer Lagerhalle aufgebahrten Kollegen Sergio Pantone ihre Aufwartung. Oberingenieur Grieshaber erledigte gleich nach Ankunft der Kutsche aus Wolfach den Auftrag seines Chefs und ließ einen schlichten Sarg aus dem vorhandenen Bauholz zimmern. Neben dem offenen Sarg standen zwei Kerzenleuchter und ein kleines Blumengebinde lag davor. Gerwig spritzte als Erster etwas Weihwasser in Richtung des Toten, bekreuzigte sich und verließ dann sofort den umfunktionierten Lagerraum. Als Grieshaber an der Reihe war, blieb er etwas länger vor dem Sarg stehen und dachte: Dieser blöde Tölpel! Überraschte er doch die Diebe bei seiner nächtlichen Heimkehr und wollte ausgerechnet von mir einen Termin bei Gerwig, um den Raub aufzudecken. Welch ein Glück für mich. Er hätte sich direkt an Gerwig wenden können, dann wäre es unweigerlich zur unehrenhaften Entlassung meiner Funktion als Oberingenieur und zur Haft aller Beteiligten gekommen. Dieser Sturz vom Gerüst kam mir sehr gelegen.

Eine Sorge blieb ihm allerdings noch. Leider trug er nun die Verantwortung für das Verhindern der Materialdiebstähle. Wie ein Fuchs, der auf die Hühner aufpassen sollte, so fühlte er sich. Damit dürfte das lukrative Zusatzgeschäft zu Ende sein. Aber er wäre nicht Grieshaber, wenn er nicht eine neue Geldquelle fände. Er glaubte nur an sich selbst. Nicht wie sein Vorgesetzter Gerwig und die vielen italienischen Bauarbeiter, die auf Gott vertrauten. Obwohl evangelisch getauft, konnte er dem religiösen Brimborium nichts abgewinnen und schon gar nicht einer vorgesehenen katholischen Liturgie. Zusammen mit dem Priester legte er den Beerdigungstermin auf Sonntagvormittag fest, den einzigen freien Arbeitstag. So gingen wenigstens die Bauarbeiten ungestört weiter.

Eine große Anzahl von Trauernden versammelte sich am Sonntag auf dem Friedhof, darunter auch einige deutsche Arbeiter, um den Verstorbenen auf seinem Weg ins Jenseits zu begleiten. Die meisten der deutschen Kollegen kamen wohl mehr aus Neugierde als aus Mitgefühl. Gerwig hielt eine ergreifende Rede, die Grieshaber Satz für Satz mit seinen eingeschränkten Italienischkenntnissen so gut es eben ging übersetzte.

Der Baudirektor lobte Sergio Pantone als ehrlichen, fleißigen und umgänglichen Mitarbeiter. Dabei bekam niemand das Gefühl, dass er nur gedankenlose Plattitüden sprach. Er bedauerte auch die Abwesenheit direkter Angehöriger, die wegen der großen Entfernung nicht nach Hornberg kommen konnten und vermutlich von seinem Ableben noch keinerlei Kenntnis besaßen.

»Er war nicht der Erste und wird vermutlich nicht der Letzte sein, der bei der Mitwirkung bei diesem Jahrhundertobjekt für die Schwarzwaldbahn sein Leben opferte. Der ewige Friede sei mit ihm«, mit diesen Worten schloss er seine Trauerrede.

Nun nahm der Priester die Einsegnungszeremonie vor. Zum Schluss betete der Geistliche noch für den Nächsten, den Gott zu sich rufen würde. Sachte versenkten nun vier Männer den Sarg ins Grab. Die Trauernden stellten sich der Reihe nach an und einer nach dem anderen warf eine Schaufel Erde auf den Sarg als Symbol, dass alle wieder zu Staub werden. Rocco zupfte Antonio am Ärmel. Giuseppe blieb extra lange am offenen Grab stehen und betete auffallend inbrünstig für den Verstorbenen. »Schau dir diesen Scheinheiligen an! Für mich ist er der Mörder.«

Antonio drehte sich zu Rocco um und deutete mit dem Finger auf den Mund. »Psst!«

»Und woher hat Giuseppe plötzlich das Geld, um seine Spielschulden zu bezahlen?«

Ein weiteres »Psst« mahnte ihn zu schweigen. Einige der Umstehenden drehten sich schon um. Unbeirrt ob der ungewollten Aufmerksamkeit flüsterte Rocco weiter: »Die hohen Spielschulden bei Sergio muss er ja nun nicht mehr bezahlen.«

»Silenzio!«, rief jemand und Rocco sagte ab diesem Zeitpunkt nichts mehr, doch für Antonio verfestigte sich immer mehr die Meinung: Giuseppe war der Mörder.

Gerwig lud am Schluss alle Anwesenden zu einem Umtrunk in die nahegelegene Gastwirtschaft ein.

Maria wartete, bis sich der Friedhof leerte. Erst jetzt, ganz in Schwarz gekleidet, ging sie zum Grab, um ihrem Sergio die letzte Ehre zu erweisen. In der Hand hielt sie eine rote Rose. Sie stand an der Ruhestätte ihres Geliebten, sprach ein stilles Gebet, was ihre Trauer noch verstärkte. Tränen liefen ihr über das Gesicht. Ihre gesamte Zukunft schien in Gefahr, denn ein Leben ohne Sergio, und dass ihr Kind jetzt ohne Vater aufwachsen würde, sprengte ihre momentane Vorstellungskraft. Sie sprach mit dem Toten: »Wenn es ein Sohn wird, lasse ich ihn auf den Namen ›Sergio‹ taufen, das verspreche ich dir.« Wie es nun weitergehen sollte, wusste sie nicht, doch sie hoffte, mit Gottvertrauen würde sie ihr Leben meistern. Im stillen Gedenken an den Toten legte sie die Rose nieder und verließ, ungesehen, wie sie kam, den Friedhof.

In der vollen Gaststätte ging es hoch her. Wie meist bei Trauerfeiern üblich, trat nach einer gewissen Zeit der eigentliche Anlass in den Hintergrund, weil der Genuss von Alkohol diesen schnell vergessen ließ. Getrennt saßen die italienischen und deutschen Arbeiter an den Tischen. Zeitig verabschiedete sich Gerwig und ließ sich nach Triberg kutschieren. Dort wartete bereits sein Ingenieur Grabendörfer auf ihn. Anschließend wollte er noch seinen Freund Beha, den Erfinder der modernen Kuckucksuhr, treffen. Kaum war die Respektsperson verschwunden, kam es in der Wirtschaft zwischen den Italienern und den Deutschen zu heftigen Tumulten. Schon während der Anwesenheit von Gerwig deuteten die deutschen Gäste immer wieder auf die gestenreichen Italiener und lachten. Soeben erzählte wieder einer einen Witz: »Wisst ihr, warum die italienischen Männer so klein sind? Weil die Mama zu ihren Söhnen sagt: Wenn ihr groß seid, dann müsst ihr arbeiten.«

Lautes Gelächter schallte durch den Saal. Rocco, der am Nebentisch saß, bat Grieshaber, diesen Witz zu übersetzen, was der aber aus verständlichen Gründen ablehnte.

Ein korpulenter deutscher Arbeiter hörte diese Bitte und rief: »Na, Tschinggele, hast wieder nix verstanden?«

Rocco kannte diese abwertende Dialektbezeichnung »Tschinggele« für Italiener von der Baustelle. Oft genug hörte er sich diese Beschimpfung an. Äußerlich ruhig stand Rocco auf, ging an den Tisch der Deutschen und schüttete dem Schreier den Rest des Bieres aus seinem Steinkrug ins Gesicht. Im Nu begann in der Wirtschaft eine wüste Schlägerei. Deutsche gegen Italiener und Italiener gegen Deutsche. Selbst der sonst so besonnene Antonio nahm einen Stuhl und hieb auf die Angreifer ein. Holz krachte, Gläser splitterten, Bierkrüge gingen zu Bruch. Die Bedienungen suchten längst Deckung hinter dem Schanktisch. Der Wirt versuchte zwei am Boden liegende Raufbolde zu trennen. Vergeblich!

Grieshaber versuchte den Streit zu schlichten, indem er lauthals in die Menge brüllte: »Schluss! Basta! Ich entlasse euch alle!«

Daraufhin beruhigten sich die Streithähne und der Wirt verhandelte mit Grieshaber über die Schadensbegleichung des beschädigten Mobiliars. Zusammen mit den zerbrochenen Krügen und Gläsern summierte sich die Rechnung deutlich über die Kosten des Umtrunks. Grieshaber malte sich jetzt schon die Reaktion seines Vorgesetzten aus. Weniger die Rechnungssumme würde den Zorn des frisch ernannten Baudirektors entfachen, denn zu Geld hatte sein Vorgesetzter eher ein gestörtes Verhältnis, sondern mehr die Schlägerei. Legte doch Gerwig Wert auf ein gutes Miteinander zwischen den beiden Völkern.

GERWIG IN TRIBERG

Mit seinem tüchtigen Ingenieur Grabendörfer, der bisher gute Arbeit im Streckenbereich zwischen Triberg und St. Georgen leistete, sprach Robert Gerwig sehr gerne. Er berichtete ihm von der Aufsichtsratssitzung in Karlsruhe, von seiner Beförderung und von den zusätzlich bewilligten Geldern. Dann kam er auf sein eigentliches Thema zu sprechen.

»Sie sollten dringend zwei weitere Unterkunftsbaracken bauen. Bald kommt der Winter und damit stellen wir den Bau der Brücke von Hornberg ein. Ich möchte dann diese Arbeiter zusätzlich für den Tunnelbau einsetzen. Dazu kommen demnächst schon weitere 30 neu angeworbene Arbeiter aus Italien.«

»Die nehme ich gerne«, warf Grabendörfer ein.

»Italiener sind fleißiger und umgänglicher als die deutschen Arbeiter.«

»Das höre ich gerne! Von den 30 Arbeitern bekommen Sie 20. Die anderen zehn quartieren wir vorerst in Hornberg ein. In der deutschen Baracke sind noch zehn Plätze frei.«

»Herr Oberbau…, Verzeihung, Herr Baudirektor. Das gibt Ärger!«

»Möglich! Doch fehlt momentan eine Alternative. Und wie läuft es in Ihrem Bereich?«

»Dank den immer besser werdenden Techniken kommen wir gut voran, auch im Sommerauer Tunnel vor St. Georgen.«

»So etwas wie am 16. Juni dieses Jahres darf uns nicht mehr passieren«, murmelte Gerwig und fuhr fort: »Ja, damals der schwere Einsturz, der einigermaßen glimpflich ausfiel. Zum Glück retteten sich die Arbeiter und es gab keine Toten. Nicht auszudenken, wenn die 20 Meter hoch über dem Tunnel verlaufende Landstraße und das dort stehende Bauernhaus ebenfalls mit eingebrochen wären.«

Grabendörfer ergänzte die Gedanken von Gerwig: »Außer ein paar unbedeutenden Quetschungen ist den Arbeitern damals nichts passiert. Nach dem vorsichtigen Abräumen der eingestürzten Felsmassen verstärkten wir nach Ihren Anordnungen die Tunnelgerüste. Bisher mit Erfolg. Der Schwarzwälder Gneis ist eben manchmal unberechenbar, mal ist der Fels feinkörnig, mal grobkörnig, mal trocken und hart, je nach Wasserführung und Verwitterung. Günstig für uns ist allerdings Ihre geniale Idee, zu den bisherigen eingleisigen Strecken, die Strecke zwischen Hornberg und St. Georgen mit einem zweigleisigen Bahnkörper auszubauen. So nutzen wir das Ausbruchmaterial zur Aufschüttung des zweiten Gleisbettes und sparen uns die Zeit, alles Felsgeröll aus dem Tunnel zu transportieren. Dazu kommt die bessere Belüftung durch die breiteren Tunnel. Dies erleichtert den Abzug des ausgestoßenen Qualms und verbessert gleichzeitig die Sicht der Lokomotivführer. Außerdem benötigen wir dadurch weniger Abluftkamine.«

»Aber den vorgesehenen einzelnen Schienenstrang verlegt ihr doch wie geplant aus Sicherheitsgründen jeweils zur Bergseite?«

»Klar, Herr Baudirektor! Wir richten uns exakt nach Ihren Plänen.«

»Wie ich Sie kenne, lösen Sie eventuelle weitere Probleme auch ohne mich.« Im Stillen dachte Gerwig bereits an die Anfrage zur Berufung an die Schweizer Gotthardbahn. Laut fuhr er fort: »Meine derzeitigen Planungen gelten immer noch der schwierigen Topografie bei Immendingen. Schon frühzeitig verabschiedete ich mich von dem kürzeren Streckenverlauf von Geisingen nach Engen und wählte den Umweg über Immendingen. Im Gegensatz zum Schwarzwald mit dem festen Fels, treffen wir dort auf instabiles Jurakalkgestein. Wird nicht ganz einfach werden. Trotz aller Schwierigkeiten bin ich nach wie vor von der Richtigkeit meiner Entscheidung überzeugt. Völlig gefahrlos lässt sich diese unberechenbare geologische Landschaft im nördlichen Hegau nicht überwinden.«

»Da habe ich bei Ihrer Genialität, Herr Gerwig, keine Sorge, dass Sie das nicht schaffen. Ich war 1867 bei der ersten Sprengung am Hattinger Tunnel dabei, als sich plötzlich Spalten zeigten und die Pulverdämpfe viele Kilometer nordwärts bei Möhringen wieder zutage traten.«

Gerwig nickte wissend. »Diese unterirdischen Zusammenhänge der Donauversickerung bei Immendingen sind eben nicht erforscht und unberechenbar. Diese Donau bereitet mir fast mehr Planungsschwierigkeiten als der Schwarzwald. Schon zwischen Pfohren und Neudingen mussten wir das Flussbett um ungefähr 240 Meter verlegen. Aber ich bin überzeugt, das Problem bei Immendingen löse ich auch noch.«

Gerwig schärfte Grabendörfer noch ein, möglichst

umgehend die Baracken für die neuen Arbeiter zu errichten und verabschiedete sich zufrieden mit dem Gespräch sehr schnell, denn sein Freund Beha wartete sicher schon im Hotel »Ochsen« auf ihn. Zu Fuß erreichte er den nahegelegenen Marktplatz mit dem gusseisernen Brunnen. In freudiger Erwartung auf seinen Freund Johann Baptist Beha betrat er die Gastwirtschaft, die neben den Gaststätten »Löwen«, »Post« und »Engel« als eines der besten Häuser in Triberg galt. Im vollbesetzten Gasthaus sah er im dicken Tabakqualm nur Pfeife rauchende Männer und keinen freien Platz zum Sitzen. Aus der hintersten Ecke winkte eine Hand, die, wie sich herausstellte, zu seinem Freund Beha gehörte.

»Robert, setz dich! Ist schon wieder eine Weile her, seit wir uns das letzte Mal gesehen haben. Bist wohl wenig im Schwarzwald?«

»Nur, wenn es bei der Planung Schwierigkeiten gibt. Meine Frau sieht mich lieber in Karlsruhe. Sie ist nicht gerne alleine. Zusätzlich beanspruchen mich mein Mandat als Abgeordneter der Nationalliberalen Partei bei der Zweiten Kammer des badischen Landtages sowie zahlreiche Planungen und geologische Untersuchungen für andere Eisenbahnstrecken und Brückenbauten. Beinahe hätte ich dich in dem Tabakqualm nicht gesehen.«

»Ist hier normal! Man sagt, geräuchertes Fleisch hält länger und je länger wir beide uns hier aufhalten, umso älter werden wir.« Beha lachte. »Und wie geht es dir und deiner Schwarzwaldbahn?«

»Gut«, erwiderte Gerwig. »Ich bekam erst vor wenigen Tagen in Karlsruhe meine Beförderung zum Baudirektor.«

»Gratuliere herzlichst! Du hast es verdient!« Beha schüttelte Gerwig kräftig die Hand.

Dieser wechselte schnell das Thema: »Doch, sehr geschätzter Freund, lass uns von dir reden. Was macht deine moderne Kuckucksuhr?«

»Du glaubst es kaum. Inzwischen ein Verkaufsschlager. Uhrenträger bringen diese donauabwärts bis ans Meer und sogar bis in die Türkei.«

Nach der Bestellung vom Rehbraten, den der Wirt als Jäger persönlich empfahl, und badischem Wein unterhielten sich die beiden Freunde weiter. Gerwig konnte mit dem intelligenten Beha stundenlang über fast alle Themen plaudern, zumal Gerwig als Technikbegeisterter bei ihm stets ein offenes Ohr fand. Und so wurden bei weiteren Gläsern Wein auch weltbewegende politische Vorkommnisse erörtert. Ebenso stand das Philosophieren über die Reichsgründung meist auf Behas Agenda, doch Gerwig wiegelte bei diesen politisch prekären Themen meistens ab, denn er wollte nicht mit seinem Freund über politische Ansichten reden. Die Männer trafen sich in unregelmäßigen Abständen, um ihre Seelenverwandtschaft wieder aufzufrischen. Aber nicht nur über Behas Lieblingsthema, dem kreativen und in seinen Gedanken längst noch nicht vollendeten Umbau der Schwarzwälder Kuckucksuhr, sprachen die beiden Techniker, nein, auch Gerwig durfte bei Beha mit seinen Eisenbahnvisionen glänzen, was ihm natürlich sehr zupasskam.

Er war nun mal ein fanatischer Befürworter der Eisenbahn und hätte am liebsten die Gleise durch jedes noch so hohe Gebirge dieser Welt getrieben. Instinktiv war ihm bewusst, dass dieses Fortbewegungsmittel eine glänzende Zukunft haben würde. Gerne erzählte er Beha die Anekdote der ersten Fahrt im Dezember des Jahres 1835 von Nürnberg nach Fürth mit der englischen Dampflokomotive »Adler«, der »Ludwigseisenbahn«, die mit etwas über 30 Stundenkilometern durch das Frankenland brauste und den damit verbundenen ärztlichen Bedenken, dass man bei einem solchen Tempo und der dadurch schnell vorbeirauschenden Landschaft dem Wahnsinn verfallen würde. Schon jetzt fuhren die Züge deutlich schneller und der Fortschritt würde sich durch diese Ängste nicht aufhalten lassen. Davon war Gerwig fest überzeugt. Nach Stunden angeregter Unterhaltung verabschiedeten sich die beiden mit einem kräftigen Händedruck. Gerwig rief seinen Kutscher und fuhr wieder nach Hornberg zurück.

IN ITALIEN

Lärmend verliessen die Kinder das Schulgebäude. Zufrieden mit ihrem Unterricht trat die Lehrerin Isabella Pantone hinaus in die wärmende Septembersonne. Jetzt, Ende September, zeigte sich der Herbst in seinen schönsten Farben. Die 3.000 Meter hohen Berge, die das Val San Giacomo nördlich des Comer Sees in der lombardischen Provinz Sondrio einrahmen, trugen auf ihren Gipfeln bereits den ersten Schnee und kündeten damit den nahen Winter an. Das Lachen der Kinder nahm Isabella Pantone als Lohn für ihre ehrenamtliche Tätigkeit als einzige Lehrerin in diesen Bergdörfern. Ohne Bezahlung unterrichtete sie die Kinder frei nach der pädagogischen Maxime des im Jahre 1847 verstorbenen Johann Heinrich Pestalozzi, dessen Vorfahren aus diesem Tal stammen. Dieses Konzept beinhaltete einen Schulunterricht mit einer sittlich-religiösen Erziehung und einer parallelen Ausbildung in einem Handwerksberuf. So hielt sie es auch mit ihren beiden Söhnen Sergio und Francesco, die neben dem Studium eine Zimmermannslehre absolvierten. Mehr Kinder als diese beiden Söhne vergönnte ihr das Leben nicht, denn ihr Mann verunglückte schon vor vielen Jahren tödlich bei Straßenbauarbeiten. Dank ihrer gut gelungenen Söhne schlug sie sich so leidlich durchs Leben. Bauernkinder brachten anstatt Schulgeld in dieser verarmten Bergregion Naturalien als Bezahlung mit in die Schule und seit Sergio beim Eisenbahnbau im fernen Germania arbeitete, ging es ihr und auch ihrem Sohn Francesco wirklich gut. Die Regelung der Eisenbahngesellschaft, wonach die Arbeiter nur einen Teil des Lohnes ausbezahlt bekamen und der größere Teil in regelmäßigen Abständen an die Familien ging, sorgte im Dorf für die Überwindung der ehemaligen Hungersnot. Das Geld reichte zum Leben und auch noch für das Lehrgeld, das sie für die vierjährige Zimmermannslehre ihres 17-jährigen Francesco zahlen musste. Aus der Ferne hörte sie den Ausscheller, der immer die wichtigen Bekanntmachungen im Dorf verkündete. Als er näherkam, hörte sie: »Attenzione! Signori e Signore! Alle mal herhören. Die Eisenbahn aus Alemagna sucht weitere 30 Arbeiter. Bewerber melden sich morgen ab 8.00 Uhr in der Taverna ›Cristallo‹ in San Giacomo Filippo zur Anwerbung.«

Nun ging der Ausscheller in die nächste Straße und wiederholte seine Meldung.

Das gibt für viele Familien wieder Brot, dachte sie. Welch ein Segen für die armen Regionen in der Lombardei von Trentino und Venetien, dass die Eisenbahngesellschaft in Deutschland so viele Arbeiter benötigt. Vielleicht, so hoffte sie, wenn die Anwerber im Dorf sind, bekomme ich heute wieder Geld von Sergio?

Tatsächlich wartete bereits der Agent vor ihrer armseligen Behausung. Sie bat ihn in die Wohnung.

»Ich hörte schon Ihren Ausrufer. Sie suchen noch weitere Arbeiter. Das ist gut für die armen Familien in unserer Region. Und jetzt bringen Sie mir sicher Sergios Lohn?«

»Geld gibt es heute reichlich, doch leider, Signora, auch eine schlechte Nachricht.«

Sorgenvoll fragte Mama Pantone: »Sergio wurde doch hoffentlich nicht entlassen?«

»Schlimmer, Signora! Schlimmer! Leider stürzte Ihr Sohn Sergio vom Baugerüst. Tot!«

Isabella Pantone schrie auf und sank in sich zusammen. Sie verharrte reglos und nach einer Weile legte der Agent den noch ausstehenden Lohn auf den Tisch und verließ wortlos die Wohnung.

Francesco Pantone traf nach einem schweren Arbeitstag auf seine heulende Mutter. Zusammengesunken, über den Küchentisch gebeugt, ignorierte sie die Ankunft ihres Sohnes. Irritiert über den Gefühlszustand der Mutter und über die vor ihr liegenden deutschen Geldscheine sowie ein paar Münzen, fehlte Francesco jegliches Verständnis und er fragte: »Mama mia, was ist passiert?«

Langsam hob die Mutter ihr verweintes Gesicht. »Sergio ..., Sergio, dein Bruder ist tot! Er ist vom Gerüst gefallen. Und beerdigt haben sie ihn auch schon. In fremder Erde!«

Francesco umarmte seine Mutter und tröstete sie. »Sergio, vom Gerüst gefallen, das kann ich mir nicht vorstellen. Mein Vorbild, mein Idol. Ein Sergio fällt nicht vom Gerüst. Bei uns in der Zimmerei balancierte er immer am sichersten auf dem Dachgebälk. Nie und nimmer fällt so ein guter Zimmermann vom Gerüst. Ausgeschlossen! Da steckt sicher mehr dahinter. Wie ist es passiert?«

»Darüber konnte oder wollte mir der Agent keine Auskunft geben. Er brachte nur die schlechte Nachricht und den ausstehenden Lohn. Jetzt suchen sie noch weitere 30 Arbeiter.«

Spontan reagierte Francesco: »Wann? Ich bewerbe mich und gehe dem Sturz auf den Grund.«

Die Mutter flehte ihren Sohn an: »Bitte verlass mich nicht! Mein Mann ist tot und nun Sergio. Lass mich nicht allein. Du bist noch der Einzige, der mir bleibt.«

»Und von was sollen wir leben? Denk an die vergangenen Hungerjahre, bevor Sergio diese Arbeit bekam. Ich bewerbe mich und damit basta!«

»Du bist erst 17, hast die Lehre noch nicht ganz beendet und außerdem suchen sie kräftige Männer und nicht so schmale Ragazzi, wie du einer bist.«

»Ich versuche es!«

Da die Mutter sich vehement weigerte, den Treffpunkt zu nennen, wartete Francesco ab, bis die Erschöpfung sie übermannte. Noch am Küchentisch schlief sie ein. Er trat vor die Tür und schaute sich um. In der Nachbarschaft bei den Ferdanis, dessen Sohn Antonio in Deutschland arbeitete, brannte noch Licht in der Stube.

»Nichts wie hin«, dachte Francesco.

Mit einem freudigen »Salute« begrüßte ihn das Ehepaar, das im Schein der Petroleumlampe gemütlich am Tisch saß und ihm zuprostete.

»Francesco, du kommst genau richtig. Die Kinder sind im Bett und wir probieren gerade den neuen Traubenmost. Erst heute lieferte uns der Winzer vom Comer See wie alle Jahre mit seinem Ochsenkarren ein Fass Most. Wir bekommen immer kurz vor dem Winter diese

Lieferung. Und heute passte es besonders gut, denn auch der Agent der Deutschen Eisenbahngesellschaft brachte uns das Geld von Antonio. Aber was ist mit dir? Du siehst so betrübt aus? So kennen wir dich nicht.«

Francesco schluckte. »Sergio …, Sergio ist tot. Vom Gerüst gefallen.«

»Mein Gott«, entfuhr es der Nachbarin und sie schlug die Hände über ihrem Kopf zusammen. »Welch ein Unglück. Und unser Sohn Antonio überredete ihn im Frühjahr, mit ihm nach Germania zu gehen. Wie ist es passiert? Wie hat es deine Mutter aufgenommen?«

»Schlimm! Mama ist außer sich. Wie es passiert ist, wissen wir nicht. Aber warum ich hier bin: Mama wollte mir nicht sagen, wo morgen die Anwerbung stattfindet. Ich will nach Deutschland und nachforschen, wie mein Bruder ums Leben kam. Wisst ihr den Treffpunkt?«

»Um 8.00 Uhr in der Taverna ›Cristallo‹, hier in San Giacomo Filippo. Aber dafür bist du viel zu jung.«

»Ich muss dahin!«

»Trink erst mal! Das beruhigt!« Der Nachbar schenkte ihm einen Becher süßen Traubenmost ein. Widerwillig nahm Francesco den Becher entgegen.

»Falls du genommen wirst, was ich nicht annehme, so meldest du dich bitte wieder bei uns. Du bist doch so freundlich und nimmst dann einen Brief an unseren Sohn Antonio mit?«

»Naturalmente!«

Schnell trank Francesco den Becher leer, verabschiedete sich und ging zurück in die Wohnung der Mutter, die immer noch am Küchentisch schlief.

Um 7.30 Uhr traf Francesco bei der Taverna ›Cristallo‹ ein. Eine lange Menschenschlange stand bereits vor dem Gebäude und wartete. Nicht nur aus den Dörfern San Giacomo Filippo, Campodolcino und Madesimo aus dem Tal San Giacomo, auch aus der weiteren Umgebung strömten die Bettinis, Aliprandis, Nicolettas und Colpis herbei, um einen dieser begehrten Arbeitsplätze zu bekommen. Francesco wollte sich vordrängeln, doch die Wartenden verhinderten dies und beschimpften ihn. Kurz nach 8.00 Uhr rief der Agent die Menschenmenge der Reihe nach herein. Je nach Ausbildung und Erscheinung legten er und sein Begleiter die Vergabe der Plätze fest. Nur langsam rückte die Reihe der Männer nach vorne, argwöhnisch darauf achtend, dass keiner sich vordrängte. Alle fünf bis zehn Minuten kam ihnen entweder ein abgelehnter oder freudestrahlender Bewerber entgegen. Beinahe vier Stunden wartete Francesco bereits, dann hörte er: »Nummer 28, Nummer 29 – jetzt brauchen wir nur noch einen«, rief der Begleiter des Agenten, der akribisch Buch führte und die Personalien und weitere Angaben zur Person aufnahm.

Francesco, der in der Reihe stand, stürmte nach vorne. »Ich bin die Nummer 30!«

Der Agent lachte: »Dafür bist du viel zu jung und zu schmächtig. Wir brauchen kräftige Leute für die schwere Arbeit. Und außerdem bist du nicht dran.«

Francesco wich nicht von der Stelle, obwohl weitere Bewerber nachdrängten.

»Ich bin der Bruder von Sergio. Sie müssen mich nehmen! Und ich bin Zimmermann. Und ich bin so gut wie Sergio. Und … und 20 Jahre bin ich auch«, log Francesco.

Der Agent besprach sich mit seinem Begleiter.

»Also gut! Ausnahmsweise! Und nur, weil du der Bruder von Sergio bist.«

Francesco blickte triumphierend um sich. Wütende Blicke der Nachstehenden und Verschmähten drosselten sofort seine gezeigte Euphorie. Etwas gedämpfter und doch innerlich freudig erregt beobachte er, wie der Mann am Tisch seinen Namen in die Liste eintrug. Nach diesem Eintrag faltete er die Anmeldeliste zusammen und rief laut: »Alle 30 Leute kommen übermorgen, dem 29. September, pünktlich um 7.00 Uhr zum Postgebäude nach Chiavenna. Ab da geht es dann mit Postkutschen über den Splügenpass. Nehmt warme Kleidung und Verpflegung mit, denn es dauert mehrere Tage, bis wir den Schwarzwald erreichen.«

Beschwingt und froh über die gelungene Bewerbung lief Francesco zur Mutter zurück. Sie hörte sich die für sie schreckliche Nachricht an und versuchte tapfer, ihre innerliche Erregung gegenüber ihrem Sohn zu verbergen. Nach einer schlaflosen Nacht überwog bei ihr die mütterliche Sorge. Sie reinigte Francescos Kleider und ging zur Zahlstelle der Provinzbank, die zweimal pro Woche für eine Stunde öffnete, um den größten Teil des erhaltenen Geldes in Lira einzutauschen. Einen deutschen Geldschein und die Münzen hob sie für die Reise ihres Sohnes auf. Der Bankbeamte nahm die deutsche Währung gerne entgegen.

»Wissen Sie, Signora Pantone, seit der Gründung des Deutschen Reiches zählt die Deutsche Mark zu einer der beliebtesten Währungen. Diese, wie wir sagen ›Reichsgoldwährung‹, ist zu einem Drittel mit Gold gedeckt. Nicht wie unsere Lira, die seit der Gründung des Königreiches Italien seit zehn Jahren gilt.«

Mama Pantone steckte die ausgezahlte Summe ein mit dem Wissen, das nächste Jahr dürfte für sie finanziell gesichert sein, zumal nun die Ausgaben für Francesco wegfielen. Für sich selbst benötigte sie kaum Geld. Im Alimentari kaufte sie als Reiseproviant eine ganze Salami, zwei Brote und einen kleinen Laib Pecorino ein. Nach der Bezahlung kondolierte ihr die Verkäuferin. Offenbar verbreitete sich die Nachricht vom Tod Sergios rasch im Dorf und alle wussten nun davon. Zu Hause teilte sie den kleinen Laib Schafskäse und packte eine Hälfte zusammen mit den anderen Naturalien in Francescos Rucksack. Die Feldflasche füllte sie mit Wasser aus dem Brunnen vor dem Haus. Neben dem Rucksack legte sie schon die Wäsche für ihren Sohn bereit. Nach kurzer Überlegung nahm sie das große Messer ihres verstorbenen Mannes, das er zu seinen Lebzeiten immer bei sich trug und das ihm so wichtig war. Sie steckte es in das Futteral, das an einem ledernen Gürtel hing. Mit dem Messer, so dachte sie, kann er das Brot, die Salami und den Käse während der Reise schneiden und sich auch bei Bedarf verteidigen. Wer weiß, wie gefährlich es in Deutschland ist. Anschließend besuchte sie die Kirche von San Giacomo Filippo. Ehrfurchtsvoll betrat sie die leere Kirche aus dem 12. Jahrhundert, zündete eine Kerze an, kniete nieder und betete einen Rosenkranz für den toten Sergio. Anschließend entzündete sie eine weitere Kerze für Francesco. Eine innige Fürbitte richtete sie an den Heiligen Jakob für eine gute Reise und für den Schutz ihres Sohnes im fernen Deutschland. Inzwischen kündigte Francesco fristlos in der Zimmerei und beendete seine Lehrzeit. Der Meister beschimpfte ihn, weil ihm nun eine billige Arbeitskraft und das gezahlte Lehrgeld fehlten. Bei den Ferdanis wartete er so lange, bis die Nachbarin den Brief an Antonio verfasst hatte. Ihr Mann schärfte ihm noch ein, sich an Antonio zu binden, denn er, Francesco, wäre doch noch sehr jung. Mit den besten Grüßen an ihren Sohn verabschiedeten die Nachbarn den ihrer Meinung nach viel zu leichtsinnigen Jungen, der sich nun auf eine abenteuerliche Reise begab. Fast wortlos verbrachte Francesco den letzten Abend vor der Abreise mit seiner Mutter.

ENDE SEPTEMBER 1871

Wie immer dachte Maria auf dem Heimweg nach Reichenbach an ihren Geliebten. Zu sehr wirkte der unvorhersehbare Tod ihres Freundes Sergio auch eine Woche nach seiner Beerdigung noch nach. Die Lage, in der sie sich jetzt befand, konnte sie noch gar nicht richtig einschätzen und sie war sich der Konsequenz, die dieses Ereignis zukünftig für sie bedeuten würde, noch in keiner Weise bewusst. Jetzt war sie völlig allein auf sich gestellt und ihr Geheimnis konnte sie mit niemandem teilen. Vielleicht mit ihrer verheirateten Schwester Klara, zu der sie noch das meiste Vertrauen hatte? Schnell verwarf sie diesen Gedanken, zu frisch war das Geschehene und sie zu sehr mit ihren Gefühlen im Unreinen. Eine Aussprache mit den Eltern schien ihr nicht möglich, denn sie ahnte, wie ihr überaus despotischer Vater auf die Mitteilung, dass sie ein Kind erwartete, reagieren würde. Als einziger Ausweg schien ihr, in den nächsten Tagen ein vertrauliches Gespräch mit ihrer Mutter zu führen. Lange konnte sie ihre Schwangerschaft nicht mehr verheimlichen, zumal die Schwellung ihres Bauches bei genauerem Hinsehen zu erahnen war.

Ich freue mich doch sehr auf mein Kind, aber die Umstände, die daraus entstehen, sind für mich kaum zu verkraften, dachte sie, denn sie konnte sich bereits den Spott und Hohn vorstellen, der nach Bekanntwerden einer normalerweise freudigen Neuigkeit über sie hereinbrechen würde. Völlig in Gedanken versunken erreichte Maria den Winterhalderhof. Ihre Eltern, die Oma und die Geschwister warteten bereits mit dem Abendessen. Im großen Kachelofen knisterte das trockene Reisig und große Scheite Tannenholz verbreiteten in dem großen Raum eine wohlige Wärme. Der prächtig ausgestattete Herrgottswinkel und die an einer Seitenwand der Stube hängende und gemächlich tickende große Schwarzwälder Lackschilderuhr mit den künstlerisch gestalteten Motiven auf der Frontseite sorgten für eine heimelige Atmosphäre. Erwartungsvoll saß die Familie um den kantigen und mit vielen Kerben versehenen Holztisch. Vor dem Essen sprach der Vater, als Familienoberhaupt, ein kurzes Tischgebet. Oma Frieda, die noch mehr dem christlichen Glauben verbunden war, wandte sich während des Gebets dem Herrgottswinkel zu. An diesem Abend schmeckte es besonders gut, denn die wärmende Kartoffelsuppe, zubereitet mit einem Stück Speck, bedeutete auf dem Winterhalderhof während der Wochentage schon etwas Besonderes. An den meisten Tagen gab es abends nur ein Vesper mit selbstgebackenem Brot und fettem Speck sowie selbstgemachten Würsten aus dem Rauch. Natürlich wusste die Familie Winterhalder Bescheid über den schrecklichen Unfall auf der Eisenbahnbaustelle, der in der Gegend als aktuelles Gesprächsthema die Runde machte. Marias Vater wunderte sich nur, warum seine Tochter bei der Beerdigung dieses angeblich völlig Fremden gewesen war. Maria überzeugte ihn davon, dass Sergio nur ein lieber Kollege war und es die Bauleitung wünschte, dass alle Mitarbeiter dem Toten die letzte Ehre erweisen sollten. Eine Notlüge, die sie später bitter bereuen würde. Obwohl der Vater, wie die meisten Schwarzwälder Bauern, als überaus wortkarg galt, wollte er von Maria mehr über die Bestattung wissen. Maria wunderte sich, war doch das Interesse des Vaters über Vorkommnisse außerhalb seines Hofes in der Regel nicht sehr groß, doch dieser bedauernswerte Unfall schien ihm nicht gleichgültig zu sein. Sie berichtete von einem überaus würdigen Begräbnis, bei dem Robert Gerwig, wie sie am Tage danach von Grieshaber erfuhr, eine ergreifende Rede am Sarg des Verstorbenen hielt.

Vater Winterhalder gab sich mit der Schilderung nicht zufrieden. »Mir kam zu Ohren, dass dieser Todesfall überhaupt kein Unfall gewesen sei. Weißt du mehr darüber? Man munkelt im Dorf so einiges und es gibt Gerüchte, es sei Mord gewesen.«

Maria schüttelte nur den Kopf und zuckte verlegen mit den Schultern.

»Anscheinend gab es in der Gastwirtschaft eine große Schlägerei«, fuhr er fort, doch auch hierzu konnte Maria nichts sagen. Stattdessen kämpfte sie mit den Tränen, was zum Glück der Vater nicht bemerkte. Ihre Arbeitsstelle beim Bahnbau mit den vielen Ausländern war ihrem Vater noch nie geheuer gewesen, doch aufgrund der Tatsache, dass seine Tochter ein paar Mark dazuverdienen konnte, ließ er sie gewähren. Lieber sähe er sie als Magd auf dem Hof, doch die selbstbewusste Maria hatte keinerlei Interesse daran, sich als billige Arbeitskraft auf dem Winterhalderhof zu verdingen.

»Ich treffe mich ja nachher noch mit Peter und Heinrich im ›Hirschen‹ zum Cegospiel. Vielleicht erfahre ich dort etwas«, meinte er und beendete das Thema.

Nach dem Abendessen, es wurde bereits dunkel, brachte die Mutter die beiden kleinen Kinder ins Bett. Karlchen durfte kurz zu Paula schlüpfen, denn die Mutter las ihnen, wie jeden Abend, eine Geschichte aus einem vergilbten Märchenbuch vor. Dies war nicht einfach, weil das flackernde Licht des Kerzenleuchters das Vorlesen doch sehr erschwerte. Anschließend sprach die Mutter mit den Kindern das Nachtgebet und zeichnete ihnen mit der rechten Hand ein Kreuz auf die Stirn. Dieser mütterliche Segen sollte die Kinder in der Nacht und während des nächsten Tages vor Not und Unbill verschonen. Danach nahm sie Karlchen auf den Arm und legte ihn ins kleine Kinderbett in der Schlafkammer der Eltern. Die Familie Winterhalder war, wie alle Bauern in Hornberg und Reichenbach sowie im gesamten Kinzigtal, äußerst fromm, und so konnte Maria nur erahnen, was geschehen würde, wenn sie den Eltern ihren moralischen Fehltritt beichten würde.

Vater Winterhalder verließ das Haus und machte sich auf den Weg in den Reichenbacher »Hirschen«. Oma Frieda holte ihre Nähmaschine hervor und Mutter Hedwig setzte sich an ihren Stickrahmen. Maria holte den beiden Frauen noch einen Krug Most aus dem Keller und wünschte ihnen eine gute Nacht. Unruhig wälzte sich Maria in ihrem Bett hin und her. Endlich schlief die neben ihr liegende kleine Schwester Paula ein. Jetzt nahm sie aus ihrem Nachtkästchen ihr Gebetbuch heraus, das sie als Versteck für eine Zeichnung von Sergio benutzte, hergestellt von einem künstlerisch begabten Kollegen. Dieses gut gelungene, mit Bleistift gezeichnete Porträt bekam sie bereits beim dritten Treffen mit Sergio von ihm geschenkt; für sie ein klarer Beweis, dass er es wirklich ernst mit ihr meinte. Sie drückte das Bild fest an ihre Brust und weinte. Trotz aller Verzweiflung war sie fest entschlossen, sobald wie möglich die Mutter einzuweihen. Sie hoffte auf ihr Verständnis, denn ihre Mutter war im Gegensatz zu ihrem Vater eine Seele von Mensch und bisher ihr stets wohlgesonnen und immer für sie da.

Während Marias Vater sich im »Hirschen« beim Cegospiel mit seinen beiden Saufkumpanen vergnügte, kamen, obwohl es schon fast Mitternacht war, zwei Arbeiter in die Gaststube, um sich noch ein Getränk zu gönnen.

»Wir sahen noch Licht«, war die Ausrede für ihren sehr späten Besuch in der Kneipe. Dies schien dem Wirt nichts auszumachen. Beide wurden von den noch anwesenden Gästen lautstark begrüßt, denn sie waren keine Unbekannten. Sie arbeiteten auf der Bahnbaustelle an der Stahlbrücke, wohnten in Reichenbach und übernachteten deshalb nach Feierabend bei ihren Familien. Es war unschwer zu erkennen, dass beide schon angetrunken waren, denn sie kamen direkt aus dem Wirtshaus in Hornberg, in dem der Leichenschmaus für Sergio vor einer Woche stattfand. Die Cegospieler winkten die beiden an ihren Tisch, denn sie waren neugierig und wollten die Gelegenheit nutzen, um sich nach dem aktuellen Stand der Dinge zu erkundigen. Sie legten ihre

Karten beiseite, um sich mit den Männern über den Unfall zu unterhalten. Es gab angeblich keine Neuigkeiten, jedoch auf Nachfragen bestätigten sie das Gerücht, dass anscheinend ein Mord geschehen sei, obwohl das polizeiliche Verhör keinerlei Anhaltspunkte dafür bot.

»Frag doch mal deine Tochter Maria, die weiß bestimmt Näheres über den Hergang und was sich auf der Baustelle abgespielt hat«, sprach einer der Männer Marias Vater an. Josef Winterhalder war darüber mehr als erstaunt, denn er konnte sich nicht erklären, was diese Angelegenheit mit seiner Tochter zu tun haben sollte.

»Josef, stell dich nicht dümmer an, als du bist. Du weißt doch, dass Maria mit Sergio zusammen war. Ja richtig verliebt waren sie und nutzten jede Gelegenheit, um sich heimlich zu treffen«, scherzte einer der Männer.

»Was, meine Tochter poussiert mit einem dreckigen Italiener? Sag, dass dies nicht wahr ist! Meine Frau weiß bestimmt nichts davon, sonst hätte sie mich darüber schon längst unterrichtet«, schrie Josef Winterhalder und verlor die Fassung. »Zahlen«, brüllte er in den Raum, kramte sein letztes Kleingeld aus der Hosentasche, warf es auf den Tisch, stand auf und ging grußlos hinaus. Knallend warf er die Gasthaustüre zu. Selbst nach Ankunft beim Winterhalderhof beruhigte er sich nicht. Im Gegenteil, seine Wut steigerte sich noch und Maria hörte deutlich, wie er schreiend das Haus betrat und sich in die eheliche Schlafkammer begab. Dieses Spektakel hörte sich für Maria deutlich lauter als sonst an. Oft kam Vater spät nachts betrunken nach Hause und brüllte umher. Ihre Mutter konnte ein Lied davon singen. Was sich in der Schlafkammer ihrer Eltern abspielte, war nicht zu überhören. Maria, die an der Tür lauschte, hörte einige Wortfetzen. Unmissverständlich ging es um ihre Freundschaft mit Sergio.

»Zum Glück ist der Kerl tot, sonst hätte ich ihn umgebracht. Muss der mit meiner Tochter anbandeln. Dieser Dreckskerl, der will sich doch nur …«, bekam Maria noch mit. In diesem Moment erwachte Karlchen und plärrte so laut, dass sie kein Wort mehr verstand. Sie schlich zurück in ihre Kammer, wo Paula sie nach dem Grund der Auseinandersetzung fragte. Maria antwortete ihr jedoch nicht. Sei meinte nur, dass sie wieder einschlafen solle und alles in Ordnung sei. Maria erwartete nun den Besuch ihres Vaters. Er würde sicher mehr wissen wollen und seinen Zorn an ihr auslassen. Ängstlich blickte sie immer wieder zur Kammertür. Anstatt des Vaters betrat jedoch ihre Mutter die Kammer, schickte Paula hinaus und setzte sich an Marias Bett.

»Hast du den Krach mitbekommen? Weißt du, was deinen Vater so aufregt«, fragte sie Maria tränenüberströmt. »Du hättest mit dem toten Italiener eine Liebschaft und der ganze Ort weiß davon? Ist an der Sache etwas dran, oder wurde er nur falsch informiert?«, fragte die Mutter.

Maria nickte und drückte ihr, anstatt zu antworten, Sergios Zeichnung in die Hand.

»Mein Gott, dann stimmt das wirklich! Kind, was hast du dir nur dabei gedacht, dich mit einem Ausländer einzulassen. Es gibt doch hier genügend Verehrer für dich. Zum Glück für dich und für uns ist der Italiener nun tot«, stellte die Mutter fest, ohne sich der Wirkung ihrer harten Worte bewusst zu sein. Trotzdem nahm sie

Maria fest in ihre Arme und versprach ihr, dass sie versuchen werde, beim Vater ein gutes Wort für sie einzulegen.

»Du musst uns aber hoch und heilig versprechen, niemals wieder etwas mit einem Ausländer anzufangen«, beschwor sie Maria, bevor sie ihre Kammer verließ.

Genau so kalt, wie die Temperatur am anderen Morgen in der Stube war, genau so kalt und unnahbar gab sich der Vater. Er würdigte seine Tochter keines Blickes und ignorierte ihre Anwesenheit. Plötzlich richtete er sich auf und schrie sie an: »Ich werde dafür sorgen, dass deine Stellung in der Baustellenkantine anderweitig besetzt wird, du hast auf jeden Fall dort unten in Hornberg nichts mehr zu suchen. Schluss! Aus! Gestern war dein letzter Arbeitstag. Ich gehe noch heute zur Bauleitung und melde dich ab.«

DIE REISE DER ITALIENER

In der Dunkelheit machte sich Francesco Pantone auf den kurzen Weg von San Giacomo Filippo nach Chiavenna. Er kannte den Weg gut. Seinen vollen Rucksack auf dem Rücken spürte er kaum. Ein kühler Ostwind strich durch das Val San Giacomo. Es roch nach Schnee. Francesco dachte an den herzlichen aber kurzen Abschied von seiner Mutter. Sie blieb nun allein in diesem Bergdorf, doch er wollte unbedingt zu seinem toten Bruder Sergio nach Deutschland. Auf dem Posthof von Chiavenna standen drei gelbe Postkutschen nebeneinander, davor jeweils angeschirrt vier kräftige Pferde, die unruhig mit den Hufen scharrten. Francesco blickte gespannt auf die wartenden Männer, doch ein bekanntes Gesicht fand er nicht darunter. Der Agent der Deutschen Eisenbahngesellschaft verlas die Namen und verteilte die 30 Männer zu jeweils zehn Personen auf die drei Postkutschen, davon zwei vom Modell »Gotthard Berline«, die wohl extra geordert wurden, sowie eine alte Postkutsche, die regelmäßig die Linie Sondrio–Splügen bediente. Francesco schwang sich auf den Kutschbock der älteren Kutsche.

»He, Ragazzo, nicht hier! Im Inneren der Kutsche ist der Platz für schlanke Burschen, wie du einer bist. Dann gibt es für die dicken Männer mehr Platz«, rief ihm der Kutscher zu und lachte. Bald setzte sich der Tross in

Bewegung und der Kutscher meinte: »Das dürfte für dieses Jahr die letzte Fahrt werden, bevor der Winter kommt.«

Brav zogen die Pferde in Richtung Splügenpass, galt es doch auf etwa 30 Kilometer einen Höhenunterschied von fast 1.800 Metern zwischen Chiavenna und der Splügenpasshöhe zu überwinden. In der Kutsche palaverten die Männer aufgeregt, machten sich gegenseitig bekannt und sprachen über ihre Hoffnungen und Wünsche. Francesco beteiligte sich an den Gesprächen nur sehr wenig. Seine Gedanken kreisten um seinen toten Bruder Sergio. Gleich nach der Ankunft im Schwarzwald würde er nach Antonio fragen, ihm den mitgebrachten Brief übergeben und sich nach dem Grab von Sergio erkundigen. Plötzlich, kurz vor Madesimo, knallte es. Der Kutscher fluchte und forderte alle Männer zum Aussteigen auf. Der Eisenbeschlag, der ein Rad umschloss, lag auf der Straße und eine Weiterfahrt war ausgeschlossen, ohne dass das hölzerne Rad zerbrach. Während die beiden anderen Kutschen ihre Fahrt unvermindert fortsetzten, suchte der Kutscher nach einem Schmied in Madesimo. Nach längerer Suche erklärte sich ein Schmied bereit, das Rad zu reparieren. Etwa nach einer guten Stunde setzte sich die Reisegruppe wieder in Bewegung in Richtung Passhöhe. Die durchschnittliche Steigung mit knapp unter sechs Prozent bereitete den Pferden keine große Mühe. Kehre um Kehre zogen sie die Kutsche bergauf. Doch bei der maximalen Steigung von 13 Prozent weigerten sie sich trotz der Peitschenhiebe durch den Kutscher und blieben einfach stehen. Kein Rufen und Ziehen zeigte irgendeine Wirkung. Derweil sammelte der Kutscher trockenes Reisig ein, schichtete einen Haufen unter den Pferden auf und entzündete diesen.

In Panik und ohne Kutscher galoppierten die Pferde davon. Der Fahrgast auf dem Kutschbock ergriff die Zügel und brachte nach etwa 100 Metern die zitternden Pferde zum Stehen. Nachdem der Kutscher wieder aufgesessen war, gehorchten die Pferde diesmal seiner Peitsche. Mit großer Verspätung erreichte die Gruppe die mit 2.115 Meter über dem Meer hoch gelegene Passhöhe. Hier gönnten sie sich und den Pferden eine Pause direkt an der Schweizer Grenze. Erste Schneeflocken fielen herab. Die neun Kilometer bergab bis zum Ort Splügen auf den Serpentinen der Nordrampe des Passes bildeten nun auch für die Bremsbeläge eine Herausforderung. Mit über zwei Stunden Verspätung trafen sie in Splügen ein. Die beiden anderen Kutscher spannten soeben die Pferde ein, für die Rückfahrt nach Chiavenna. Von den 20 mitgereisten Italienern war weit und breit nichts zu sehen.

»He«, rief der Kutscher seinen Kollegen zu. »Wo ist die dritte Kutsche nach Chur?«

»Weg! Wir holten im Stall Hafer für unsere Pferde, und als wir wiederkamen, war die Kutsche einfach weg. Vermutlich konnte der Kutscher kein Italienisch, denn er sprach weder mit uns noch mit den Fahrgästen. In der irrigen Annahme, es käme keine Kutsche mehr, fuhr er etwa eine Stunde nach den beiden anderen Kutschen ab.«

»Und was geschieht nun mit meinen zehn Fahrgästen?« Die Angesprochenen zuckten nur mit den Schultern.

Den Wunsch der verspäteten Reisegruppe an die Kutscher, sie doch noch nach Chur zu kutschieren, lehnten alle drei mit dem Blick auf den mit Schneewolken verhangenen Himmel ab.

Einer bemerkte noch: »Wenn das eintrifft, was ich sehe und vermute, ist in wenigen Stunden der Pass dicht verschneit und unpassierbar. Ich oder einer meiner Kollegen müssten dann den langen Winter auf der Nordseite der Alpen verbringen. Auf keinen Fall fährt jetzt noch einer von uns nach Chur.«

Etwa eine Viertelstunde nach Abfahrt der Kutschen setzte ein kräftiger Schneeregen ein. Bei einem Bauern fanden die zehn Männer ein Nachtlager im Heuschober. Ein starker Sturm heulte um die Hütte und blies seine Kälte durch die Ritzen. Einer der Männer holte eine Schnapsflasche aus dem Rucksack und bot jedem einen Schluck an. Francesco nahm vorsichtig einen kleinen Schluck aus der Flasche und schüttelte sich kräftig.

»Dein erster Schnaps?«, lachte der Mann.

Francesco nickte. Nur mühsam schliefen die Männer ein. Mitten in der Nacht hörte Francesco, den Albträume plagten, einen Wolf heulen. Am Morgen lag das Dorf Splügen unter einer etwa zehn Zentimeter dicken Schneedecke. Die ersten Sonnenstrahlen, die hinter den Berggipfeln hervorschienen, begannen den Schnee zu schmelzen und das Schneewasser floss in breiten Bächen bergab. Optimistisch äußerten sich die Einheimischen über eine mögliche Ankunft der Postkutsche gegen Mittag. Francesco fragte einen Bewohner: »Gibt es hier in der Gegend Wölfe?«

»Und ob«, antwortete dieser. »Erst vor zwei Tagen riss ein Rudel einige unserer Schafe. Nun bei dem einsetzenden Winter wird sich das Rudel mehr in die niederen Regionen begeben.

Ich rate euch dringend, nehmt zur Abwehr möglicher Wolfsangriffe Stöcke mit.«

Der Empfehlung des Bauern folgend, schnitten sie sich ein paar Stöcke zurecht. Gegen Mittag kam endlich eine zweispännige Kutsche. Offenbar um Kosten zu sparen, hielt die Schweizer Post zwei Pferde für die Talfahrt für ausreichend. In zügiger Fahrt ging es nun auf der schlechten Straße bergab entlang des Hinterrheins in Richtung Chur. Nach wenigen Kilometern folgte ihnen ein Rudel Wölfe. Aggressionslos trotteten die Tiere Kilometer um Kilometer hinter der Kutsche her. Schwer zu sagen, wer wen genauer beobachtete, die Wölfe die Kutsche mit den zwei Pferden oder die Reisenden die Wölfe. Nach dem Ort Zillis-Reischen begann die Einfahrt in die in den Felswänden tief eingegrabene wilde Schlucht der Via Mala. Für den Leitwolf schien nun der Zeitpunkt zum Angriff gekommen zu sein. Wie auf Kommando sprangen die Wölfe plötzlich nach vorne und versuchten die Pferde zu reißen. Darauf hatten Kutscher und Insassen schon lange gewartet. Der Kutscher verlangsamte das Tempo und die Männer sprangen mit Knüppeln bewaffnet aus der fahrenden Kutsche und prügelten auf die Wölfe ein. Derart überrascht stießen die Wölfe ein durch Mark und Bein gehendes Geheul aus und zogen sich zurück. Erschreckt vom Angriff der Wölfe galoppierten die Pferde mit der leeren Kutsche bergab. Am starken Straßenknick an der Wildener Brücke, die über den unter ihr tosenden Hinterrhein führte, schleuderte die Kutsche und kippte an das steinerne Brückengeländer. Vorsichtig stieg der Kutscher vom Kutschbock, beruhigte die Pferde und wartete auf seine Fahrgäste. Diese beglückwünschten sich gegenseitig zur erfolgreichen Wolfsvertreibung und gingen zu Fuß weiter in Richtung der Kutsche. Der Kutscher winkte schon von Weitem. Gemeinsam stellten sie die gekippte Kutsche wieder gerade. Auf der verschrammten Seite ließ sich die Türe nicht mehr öffnen. Nun gab es nur noch einen Einstieg auf der anderen Seite, was aber die Fahrgäste wenig störte, denn die Kutsche erwies sich zum Glück weiter als fahrtüchtig. Ab Reichenau, nahe dem Zusammenfluss von Hinter- und Vorderrhein, ging es dann auf ziemlich ebener Strecke die wenigen Kilometer bis Chur. Von da ab fuhren sie von Poststation zu Poststation, mit gelegentlichen Wartezeiten, ohne Zwischenfälle ihrem Ziel Schwarzwald entgegen. Deutschland empfing sie nicht besonders freundlich, denn entlang des Bodensees herrschte dichter Nebel und verhüllte die herrliche Landschaft. Erst bei Überlingen brach die Sonne durch die dicken Nebelbänke und die Männer erblickten in der Ferne die schneebedeckten Gipfel der Schweizer Alpen. Nach einer zum Teil abenteuerlichen Reise erreichten die zehn Italiener im Anschluss an einige Zwischenaufenthalte endlich nach fünf Tagen ihren Zielort Hornberg.

ANFANG OKTOBER 1871

GRIESHABER GRÜBELTE ÜBER das Ansinnen von Gerwig nach, ihm den Gebrauch dieser neumodischen Schreibmaschine zu erklären. Will jetzt mein Vorgesetzter selbst ein Protokoll für den Polizeihauptmann Schuler über den neuen Materialdiebstahl verfassen? Traut er mir nicht mehr? Erst letzte Nacht verschwanden wieder kleinere Teile aus dem Depot, doch davon konnte Gerwig nichts wissen. Ich unterrichtete ihn wohlweislich nicht, dachte Grieshaber. Er ahnte schon, wer den Diebstahl ausgeführt hatte. Sicher der Bauer, dem er gegen gute Bezahlung die großen Eisen- und Stahlteile beschaffte. Und nun fehlten ihm wohl einige Teile zum Zusammenbau. Seine von ihm eingeteilte Wache, so nahm er sich vor, würde er in einer der nächsten Nächte überraschen. Und wehe, wenn die nicht auf dem Posten war. Lärm riss ihn aus seinen Gedanken. Zwei Postkutschen mit 20 Italienern trafen ein.

Auch Gerwig unterbrach seine Arbeit und nachdem er die Ankömmlinge kurz in Augenschein genommen hatte, schrie er Grieshaber an: »Warum nur 20? Ich forderte 30! Diese 20 kommen sofort nach Triberg zu Grabendörfer. Der wurde von mir beauftragt, schnellstens eine weitere Unterkunft zu bauen.«

Grieshaber konnte sich das Fehlen der zehn Italiener auch nicht erklären und beorderte die Kutschen zurück nach Triberg.

Gerwig schrieb derweil seinen angefangenen Brief an den Direktor der Gotthardbahn, Dr. Alfred Escher, in Zürich weiter. Er stellte für eine mögliche Anstellung als Oberingenieur der Gotthardbahn-Nordrampe hohe Forderungen: ein Mehrfaches seines jetzigen Salärs, völlig freie Hand und ein Haus für sich und seine Frau am Züricher See. Schließlich ergänzte er sein Schreiben mit einer Kurzbeschreibung seiner Ausbildung und Auflistung seiner bisherigen Arbeiten.

Auch Grieshaber wollte seine Arbeit fortsetzen, doch Josef Winterhalder versperrte ihm den Weg. Zornig und mit hochrotem Kopf forderte dieser von Grieshaber die sofortige Entlassung von Maria. Grieshaber lehnte dies vehement ab.

»Schon heute gab es Ärger wegen zu wenig Personal, weil Maria, die Leiterin des Küchen- und Servicepersonals am Morgen nicht kam. Und ich erwarte weitere Italiener und, und, und. Und außerdem findet demnächst ein Empfang der Persönlichkeiten aus der Gegend statt. Maria ist für uns unverzichtbar.«

Grieshaber drohte dem Vater, wenn sie am nächsten Tag nicht käme, könne er mit einer hohen Konventionalstrafe wegen Nichteinhaltung des Arbeitsvertrages rechnen. Geknickt und innerlich aufgewühlt verließ Vater Winterhalder die Baustelle.

Am folgenden Tag kamen endlich die fehlenden zehn Italiener an. Gerwig war bereits wieder auf dem Weg nach Karlsruhe. Aus Mangel an einer anderen Möglichkeit quartierte Grieshaber die zehn Männer in die deutsche Baracke ein, wohl wissend, dass es wegen des Ausländerhasses der Deutschen Schwierigkeiten geben könnte. Er dachte an die Schlägerei nach Sergios Beerdigung zwischen den Deutschen und Italienern. Francesco suchte am Abend sofort Antonio auf und übergab ihm den Brief seiner Eltern. Antonio erzählte ihm von dem Unfall und von den hohen Spielschulden, die Giuseppe bei Sergio hatte. Vorsichtig erwähnte er seinen Verdacht, Giuseppe könnte der Mörder sein. Am Tag darauf teilte Grieshaber Francesco der Arbeitsgruppe von Giuseppe zu. In der Mittagspause verlangte Francesco von Giuseppe die Zahlung der Spielschulden, denn schließlich sei er der rechtmäßige Erbe seines Bruders.

»Die Spielschulden sind durch den Tod deines Bruders erloschen«, erwiderte Giuseppe gelassen, »und außerdem, woher weißt du das? Ach ich kann es mir denken, vermutlich von Antonio. Sei froh, schmächtiger Ragazzo, dass ich von dir kein Geld verlange, das mir dein Bruder noch schuldet.«

»Giuseppe, sei froh, wenn ich nicht noch eine andere Schuld bei dir begleiche«, erwiderte Francesco keck.

Am Abend suchte Giuseppe den Oberingenieur Grieshaber auf und verlangte von ihm, Antonio und Francesco nach Triberg zu versetzen. »Ich werde das Gefühl nicht los, die Zwei verdächtigen mich des Mordes an Sergio.«

Grieshaber versprach die baldige Versetzung.

Tage später besuchten Francesco und Antonio das Grab von Sergio. Francesco deutete auf eine verwelkte Rose. Antonio erzählte ihm von der Liebschaft Sergios zu Maria Winterhalder. Gerade als sich Antonio und Francesco am Grab von Sergio nach einem Gebet verabschieden wollten, kam Maria. In der Hand einen Tannenzweig, liebevoll gebunden mit einem Hagebutten- und einem Wacholderzweig.

»Francesco«, rief Antonio aufgeregt, »hier kommt die Amica von Sergio.«

Maria gab ihnen die Hand. Antonio stellte die beiden einander vor und versuchte den Redeschwall von Francesco der Deutschen zu übersetzen. Trotz der Sprachschwierigkeiten hatte Antonio den Eindruck, diese beiden verstehen sich gut. Nach einer herzlichen Verabschiedung ließen die beiden Maria alleine am Grab zurück.

MITTE OKTOBER 1871

Die letzten Wochen verliefen für Maria, die von inneren Zweifeln und Ängsten geplagt war, nicht besonders schön. Immerhin beruhigte sie die Erkenntnis, dass die ursprüngliche Drohung ihres Vaters, ihre Arbeit in der Baustellenkantine unverzüglich aufzugeben, nicht verwirklicht wurde. Auf dem Nachhauseweg kreisten ihre Gedanken um Francesco, den Bruder von Sergio. Das kurze Gespräch mit ihm am Grab, das wegen der Verständigungsschwierigkeiten mehr oder weniger gestenreich ablief, verdeutlichte ihr, wie sehr Francesco seinen Bruder verehrte. Nicht nachvollziehen konnte sie die vorgesehene Versetzung von Antonio und Francesco nach Triberg, die ihr Antonio radebrechend andeutete. Doch die Entscheidungen von Grieshaber gingen manchmal über ihr Verständnis hinaus. Neuerdings musste sie in der Kantine im Auftrag des Oberingenieurs auch noch Tabak an die Arbeiter verkaufen. Wie sie wusste, stark überteuert. Der geldgierige Grieshaber suchte wohl eine weitere Einnahmequelle. Zu ihrem großen Erstaunen schenkte Grieshaber ihr heute das Päckchen Tabak, das sie als Überraschung für ihren Vater kaufen wollte, mit einem Gruß an den Herrn Papa. Seit sie auf Anordnung ihres Vaters wieder in der Kantine arbeitete, schwänzelte Grieshaber bei jeder Gelegenheit um sie herum und belästigte sie manchmal mit zweideutigen Angeboten. Und nun das Geschenk und der Gruß an ihren Vater. Sie nahm sich fest vor, sich bei ihrer Mutter noch heute Abend nach den eventuellen Hintergründen zu erkundigen.

»Bist spät dran«, empfing sie ihre Mutter zu Hause.

Gleich nach dem Abendessen vernachlässigte Maria ihre Stallarbeit und half Mutter beim Abwasch in der Küche.

»Sag mal Mutter, Vater schickte mich damals ohne irgendeine Erklärung wieder nach Hornberg zum Arbeiten. Kennst du den Grund dafür?«

Ihre Mutter berichtete ihr nun von dem Gespräch zwischen Grieshaber und ihrem Vater:

»Der Oberingenieur erinnerte ihn dabei an die enormen Schwierigkeiten, bis du unter den vielen Bewerberinnen, für diese Stellung von der Bauleitung in Hornberg ausgewählt wurdest. Dank seiner Förderung bist du zur Leiterin des Küchenpersonals aufgestiegen. Bereits an jenem Morgen hatte es anscheinend wegen deiner Abwesenheit Engpässe beim Frühstück gegeben und außerdem erwartete Grieshaber weitere Arbeiter aus Italien, die verpflegt werden mussten. Außerdem gibt Gerwig demnächst einen Empfang für die Bürgermeister. Falls Vater die Kündigung nicht zurücknähme, müsste er mit einer hohen Geldstrafe rechnen.

Erbost betrank sich dein Vater in der nächsten Wirtschaft und kam angeheitert aus Hornberg zurück. Er berichtete mir vom erfolglosen Gespräch mit Grieshaber und von der drohenden Geldstrafe, wenn du nicht weiter für die Bahngesellschaft arbeitest.

Ich schrie ihn an:

Vater, lenk ein! Lass Maria in Hornberg weiterarbeiten! Unser Bauernhof erinnerte ihn daran, dass wir ohne deinen Verdienst mehr recht als schlecht lebten, zumal er fast jeden Abend zum Saufen und Kartenspielen geht. Ohne das Geld von Maria komme ich kaum über die Runden. Davon kann ich Stoff und Nähzeug kaufen, um deine Jacke, dein Hemd und deine einzige Arbeitshose auszubessern. Und denk dran, wie oft sie uns schon Essensreste und für den Hofhund einen Knochen mitbrachte. Näherinnen können wir uns nicht leisten. Wir profitieren nur von dieser Anstellung. Der Italiener ist nun tot und damit keine Gefahr mehr für unsere Tochter. Vater kam damals derart in Rage und ich bekam richtig Angst vor ihm. Er schrie mich an: Was heißt hier keine Gefahr mehr? Er erwiderte es gebe noch genügend Tschinggele im Lager, an die du dich ranschmeißen kannst. Ich bat ihn darum, und antwortete: Vielleicht sind auch wir schuld! Du teilst sie in ihrer knappen Freizeit zum Melken der Kühe und Füttern der Schweine und Hühner ein. Wenn sie abends müde nach Hause kommt, muss sie auch noch den Stall ausmisten, was frühmorgens deine Arbeit wäre. Gib ihr mehr Freizeit, dann könnte sie mehr deutsche Burschen kennenlernen. Nochmals, wenn du nicht so viel Geld versaufen würdest, könnten wir auch ohne Marias Geld auskommen. Wohl zornig wegen dieses Vorwurfs erhob er damals die Hand und holte zu einem Schlag gegen mich aus. Bevor er zuschlug, überlegte er es sich es anders. Schließlich gab er nach. Vor allem das letzte Argument und die drohende Geldstrafe überzeugten ihn wohl davon, dich in der Kantine vom Bahnbau zu belassen. So, nun weißt du, wie es kam. Aber wenn wir schon im Gespräch sind, wie stellst du dir deine weitere Zukunft vor? Willst du nicht bald heiraten?«

»Nach der Liebschaft mit Sergio will mich hier im Dorf und in der Umgebung wohl keiner mehr heiraten.« Dabei dachte Maria an ihre Schwangerschaft und es wurde ihr schwer ums Herz. Wie lange würde sich der »Fehltritt« noch verheimlichen lassen?

»Willst du eine alte Jungfer werden? Nimm dir ein Beispiel an deiner Schwester Klara, die heiratete den Bauernsohn auch nicht aus Liebe, sondern wegen der Versorgung. Gleich morgen schreibe ich einen Brief an den reichen Flößer Jonathan Weis und frage ihn, ob er noch Interesse an dir hat.«

Maria stampfte mit dem Fuß auf: »Unterlass das! Ich will keinen anderen!« Dabei dachte sie an Sergio.

GERWIG IN ZÜRICH

Ziemlich bald erhielt Gerwig Antwort auf seinen Brief, den er an Dr. Alfred Escher nach Zürich gesandt hatte. Dies verwunderte ihn nicht, denn der vielbeschäftigte Schweizer Politiker war bekannt für seine schnellen Entschlüsse. Das wusste Gerwig schon seit der Gotthardkonferenz 1868, bei der die Entscheidung zugunsten der Gotthardlinie fiel. Er war an dem entscheidenden Gutachten selbst beteiligt. Zuerst favorisierte Escher die Lukmanier-Verbindung, änderte dann aber aufgrund des Gutachtens seine Meinung und unterstützte das Gotthard-Projekt. Escher war nicht nur ein vielbeschäftigter Mann, er machte sich auch als radikaler Politiker in der Großen Kammer des Nationalrats einen Namen.

Wenn es um sein prestigeträchtiges Gotthard-Projekt geht, dann legt Escher ein enormes Tempo vor, so erklärte sich Gerwig Eschers schnelles Agieren. Ungeduldig brach er das Siegel auf, mit dem der Umschlag verschlossen war, und las den handschriftlich verfassten Inhalt. Darüber wunderte sich Gerwig, denn dass ein Mann wie Escher keine der neuen Schreibmaschinen verwendete, schien ihm unerklärbar. Als Gerwig den Inhalt des Briefes zur Kenntnis genommen hatte, war ihm Eschers Vorgehensweise klar, denn die Nachricht aus der Schweiz war doch sehr persönlich gehalten. Gerwig vermutete, dass Escher bestimmt Wert darauf legte, dass sein Sekretär von diesem Brief nichts erfuhr. Und dass Escher höchstpersönlich auf einer Schreibmaschine herumhantierte, schien ihm kaum vorstellbar. So zumindest schätzte er den Nationalrat aus der Schweiz ein, weil es sich dieser leisten konnte, Schreibpersonal für die »niederen Tätigkeiten« im Kontor zu beschäftigen. Der Inhalt der Botschaft stimmte Gerwig zuversichtlich, enthielt er doch die erwartete Einladung zu einem Treffen nach Zürich. Und dass auch seine Gattin in der Schweiz willkommen war, erhöhte seine Freude, bot sich doch für ihn eine gute Gelegenheit, mit ihr für ein paar Tage auszuspannen. Und dazu war die schöne Schweiz geradezu prädestiniert. Dank der großzügigen Beurlaubung durch seine Dienstbehörde durfte er für die Gutachten mehrmals das Land bereisen. Außer den unabdingbaren Höflichkeitsfloskeln beinhaltete Eschers Schreiben einige ihm bisher nicht vertraute Fakten zum geplanten Gotthard-Projekt. Wahrscheinlich, um Gerwigs Neugier für dieses Vorhaben weiter zu steigern.

Lina Gerwig reagierte erst abwartend, als ihr Mann sie über die Einladung in die Schweiz unterrichtete. Sie freute sich zwar mit ihm über dieses unerwartete Angebot, doch sie wusste genau, dass dieses Treffen mit Escher, wenn es positiv verlaufen und ihr Mann die Berufung zum Gotthard-Projekt annehmen würde, eine weitere Trennung auf Zeit von ihrem Mann bedeutete. Es sei denn, sie wohnte mit ihm in der Schweiz. Nachdem sie jedoch von ihrem Vater darin bestärkt wurde, dass ihr Mann eine Berufung in leitender Stellung beim Gotthard-Projekt nicht ausschlagen sollte, stand sie diesem

Vorhaben einigermaßen positiv gegenüber. Die Vorbereitungen für diese mehrere Stunden dauernde Fahrt über Offenburg bis Basel und weiter nach Zürich liefen auf Hochtouren und da sich Lina Gerwig über die Wahl ihrer Garderobe nicht schlüssig war, bat sie ihren Gatten, ihr bei der Auswahl der Reisebekleidung behilflich zu sein. Das Vergnügen, sie modisch zu beraten, hielt sich bei ihm in Grenzen, denn er war ein leidenschaftlicher Ingenieur und kein Modedesigner. In seinem Kopf kreisten andere Ideen. Für Gerwig war es nur wichtig, in Zürich mit Escher zu einem für ihn positiven Abschluss zu kommen und nicht mit welcher Aufmachung seine Frau Schweizer Boden betreten würde. Natürlich legte auch er auf ein gepflegtes Äußeres größten Wert. Deshalb war es ihm wichtig, dass für ihn ein zweiter Anzug und einige frisch gebügelte Hemden im Gepäck lagen.

Als endlich sämtliche Koffer gepackt und der Kutscher diese in der längst vor dem Haus wartenden Kutsche verstaut hatte, kam auch Gerwigs Schwiegervater hinzu, um das Paar zum Bahnhof zu begleiten. Domänendirektor Beger bestärkte Gerwig nochmals, ein mögliches lukratives Angebot in der Schweiz anzunehmen. Obwohl es noch sehr früh am Morgen war, herrschte auf den Bahnsteigen vor dem vom Architekten Friedrich Eisenlohr gestalteten Bahnhofsgebäude, der alle Pläne der Bahnhöfe der badischen Hauptbahn entworfen hatte, reges Treiben, was für Gerwig ein untrügliches Indiz war, dass der Eisenbahn grundsätzlich eine glänzende Zukunft beschert sein würde und in nicht mehr allzu weit entfernter Zukunft »seine« Schwarzwaldbahn die Reisenden bequem und ohne umzusteigen bis an den Bodensee bringen würde. Von Osten her graute der Morgen. Der Zug, der von Karlsruhe aus startete, wartete bereits auf Gleis eins und der Schaffner drängte die Reisenden zum Einsteigen, obwohl bis zur Abfahrt noch viele Minuten Zeit blieben. Außerdem war der Zug noch nicht abfahrbereit, da der Heizer den Tender der Dampflok mit Wasser befüllte. Gerwig und seine Frau nahmen im Abteil des Waggons der ersten Klasse ihren Platz ein. Lina Gerwig winkte aus dem Fenster ihrem Vater zu, während Gerwig es sich auf seinem Platz gemütlich machte. Er mochte keine Abschiedszeremonien und für die wenigen Tage, die der kurze Besuch in Zürich dauern sollte, schon gar nicht. Er steckte sich seine Pfeife an und genoss das Aroma des herb riechenden Tabaks. Lina Gerwig hatte sich mit Strickzeug eingedeckt, um sich die Fahrt möglichst kurzweilig zu gestalten. Ein kurzer, scharfer Pfiff des Fahrdienstleiters signalisierte dem Lokführer, dass der Zug zur Abfahrt bereit war und als dieser seine Kelle hob, setzte sich der Zug pünktlich auf die Minute um 7.00 Uhr ächzend und ruckelnd in Bewegung. »Wir fahren«, freute sich Lina Gerwig und winkte dem Vater kräftig zu, dessen Silhouette immer kleiner wurde, bis sie ihn ganz aus den Augen verlor. Anstatt sich auf ihre Strickarbeit zu konzentrieren, konnte sich Lina Gerwig an der vorbeirauschenden Umgebung nicht sattsehen, während sich Gerwig hinter seinem »Karlsruher Intelligenzblatt« versteckte. Ab und zu murmelte er Lina einige Worte zu, ohne jedoch allzu sehr auf ihre Fragen einzugehen. Wissbegierig, wie sie war, wollte sie dieses und jenes wissen, aber Gerwig zog es vor, lieber zu schweigen. Lediglich als Lina den mitgebrachten Proviant auspackte, nahm er die Brote mit einem Dankeschön entgegen.

Nach einer mehrstündigen Fahrt erreichte der Zug den Badischen Bahnhof von Basel. Hier endete vorerst die Zugfahrt. Die Weiterfahrt erfolgte erst etwa eine halbe Stunde später mit der Schweizerischen Nordbahn, im Volksmund »Spanisch-Brötli-Bahn« genannt, in Richtung Zürich. Den Namen bekam die Bahn, weil es den Bäckern im reformierten Zürich verboten wurde, das beliebte Gebäck »Spanischbrötli« herzustellen. Deshalb schickten reiche Zürcher Familien ihre Dienstboten am Abend vorher mit der Bahn zum Nachbarkanton ins etwa 25 Kilometer entfernte Städtchen Baden, um dann am Morgen diese Spezialität aus Blätterteig, Butter und mit Eigelb bestrichen frisch auf dem Frühstückstisch zu haben. Den kurzen Aufenthalt in Basel bis zur Weiterfahrt nach Zürich nutzte Gerwig und interessierte sich für die zur Abfahrt bereitstehende vierachsige Schlepptenderlokomotive »Rhein« und fachsimpelte mit dem Maschinisten, der Gerwig bereitwillig einige Fragen beantwortete. Ohne nennenswerte Zwischenfälle erreichten die Gerwigs Zürich. Beim Verlassen des Bahnhofs zeigte Gerwig auf die große Uhr mit den römischen Ziffern, die majestätisch und für alle sichtbar über dem Bahnhofsvorplatz thronte.

»Schau Lina, der Zug holte die halbe Stunde Verspätung ein und ist nun pünktlich in Zürich. Wegen der Eisenbahnfahrpläne werden Uhren immer wichtiger. Auch bei uns in Baden plante deshalb der Architekt

Friedrich Eisenlohr Uhrentürme in die Bahnhöfe von Konstanz, Freiburg, Karlsruhe, Heidelberg und Mannheim ein.«

Gerwig winkte einem Droschkenfahrer, der sie zum Hotel brachte. Nach kurzer Fahrt erreichten sie das direkt am See gelegene Hotel »Baur en Ville«, ein 1844 eröffnetes spektakuläres Luxushotel. Zahlreiche fremdländische Gäste, die vornehmlich englisch sprachen, belebten die Hotelhalle. Während das Ehepaar Gerwig an der Rezeption die Anmeldung erledigte, hörten sie die Klänge einer mit acht Musikern besetzten Tanzkapelle aus dem neben dem Eingangsbereich gelegenen Saal. Die Kapelle spielte gerade einen argentinischen Tango und dieser versetzte Lina Gerwig sofort in euphorische Stimmung. Sie freute sich schon auf einen Tanz mit ihrem »Herrn Baudirektor«, wie sie ihn in Gedanken nun immer spöttisch nannte. Wegen der beruflichen Verpflichtungen ihres Mannes gab es selten genug eine solche Gelegenheit. Derweil bekam Gerwig den Schlüssel für das reservierte Hotelzimmer mit einem herrlichen Ausblick vom Balkon aus auf den See und die Alpen.

Noch am frühen Abend unternahmen die Gerwigs einen kleinen Spaziergang. Sie flanierten auf der neu erbauten Bahnhofstraße vorbei an prächtigen Häusern, Bankgebäuden und streiften durch das moderne Geschäftshaus »Tiefenhöfe«. Immer wieder gab es auf dem Weg durch die Stadt einen Blick auf die beiden Türme des Fraunmünsters. Am Paradeplatz kaufte Lina Gerwig kurz vor Ladenschluss einige Süßigkeiten in der Zuckerbäckerei

»David Sprüngli« und ihre Begeisterung für die Stadt Zürich steigerte sich zusehends.

»Robert, hier möchte ich mit dir wohnen. Nimm diese Stelle aber nur an, wenn wir ein Haus in Zürich bekommen.«

»Keine Sorge Lina, ich trage meine Forderungen an Escher schon bei mir.«

Am See angelangt, zeigte Gerwig mit dem Finger in die südliche Richtung. »Irgendwo da hinten befindet sich der Gotthard. Für mich ist die Schweiz das schönste Alpenland und ich freue mich bereits über ausgedehnte Wanderungen mit dir in dieser schönen Landschaft.«

Eingehängt wie zwei Verliebte gingen sie zurück ins Hotel. Nach einem Abendessen und zwei halben Litern Rotwein begab sich das Ehepaar in das prunkvoll ausgestattete Hotelzimmer. Immer wieder wachte Gerwig nachts im ruhig gelegenen Zimmer auf, was seiner neben ihm schlafenden Ehefrau nicht verborgen blieb. Mehrfach ermahnte sie ihn, sich jetzt endlich zu beruhigen, jedoch ohne Erfolg. Zu sehr beschäftigte ihn das wichtige Gespräch am nächsten Tag. Escher war für Gerwig kein Unbekannter. Er traf ihn bei der Eröffnung der Rheinbrücke von Waldshut nach Koblenz im August 1859 zum ersten Mal. Sein erstes größeres Bauwerk für die badischen Staatsbahnen schaffte endlich eine durchgehende Eisenbahnverbindung zur Schweiz mit der Verbindung Waldshut–Thurgi. Er erinnerte sich an den wertvollen Chronometer, den ihm damals Escher, Präsident der Schweizerischen Nordostbahngesellschaft, als Anerkennung der Schweizer Eisenbahngesellschaft feierlich übergab. Hinterher musste er sich als deutscher Beamter rückversichern, ob er das Geschenk ohne Bestechungsverdacht annehmen durfte, was ihm allerdings umgehend gestattet wurde. 1863 genehmigte ihm die Großherzoglich Badische Oberdirektion des Wasser- und Straßenbauamts in Karlsruhe eine mehrwöchige Freistellung für die Untersuchungen zu geologischen Gutachten in der Schweiz, da er auch als Geologe und Botaniker und vor allem mit seinem Wissen über die Bedeutung der Moose für den Wasserverlauf in den Gesteinen über die Region hinaus bekannt war.

Pünktlich zur vereinbarten Zeit traf Gerwig im Gebäude der vorläufigen Gotthardbahn-Direktion ein. Direktor Alfred Escher empfing ihn freundlich mit einem kräftigen Händedruck wie einen alten Bekannten. Nun stand Gerwig dieser Persönlichkeit gegenüber: Johann Heinrich Alfred Escher von Glas, genannt Alfred Escher, der einflussreiche Schweizer Politiker, Wirtschaftsführer und Eisenbahnunternehmer. Er führte Gerwig in einen Besprechungsraum, bat ihn sich zu setzen und bot ihm eine Zigarre an. Gerwig lehnte dankend ab. Er stopfte lieber seine Pfeife und blies anschließend in kurzen Abständen kleine Rauchwolken in den Raum. Escher deutete dies als Unsicherheit des bekannten badischen Ingenieurs aus Karlsruhe, lies sich aber nichts anmerken.

»Hier sollen nach der Gründung der Gotthardbahngesellschaft einmal die Büroräume für die Züricher Direktion entstehen. Die Zentrale zieht dagegen nach Luzern«, begann Escher das Gespräch.

»Verzeihung, Herr Doktor Escher, ich wage fast nicht mich in Ihre Angelegenheit einzumischen, aber wäre eine zentrale Stelle im Hinblick auf die Abläufe einer konstruktiven Zusammenarbeit nicht sinnvoller?«

»Sicher, Herr Gerwig, doch wir hier in der Schweiz müssen die politischen Einflüsse der einzelnen Kantone berücksichtigen.«

»Das verstehe ich beim besten Willen nicht. Wenn ich richtig informiert bin, finanzieren sich die Schweizer Eisenbahnen überwiegend aus privaten Geldmitteln.«

»Das ist richtig! Leider schöpfen wir nicht aus dem Vollen wie ihre Staatsbahnen im Deutschen Reich. Doch ohne Rücksicht auf die Kantonspolitik können wir nicht bauen.«

Nach und nach gesellten sich weitere Herren zu den beiden und Escher stellte die Männer als Mitglieder der Kommission der neu zu gründenden Gesellschaft vor. Die Herren, teils Politiker, höhere Beamte, Mitglieder des Schweizer Militärs und ausgesuchte Geldgeber, darunter der Bankier der 1856 von Escher gegründeten Schweizerischen Kreditanstalt (SKA), wollten sich von Gerwig ein eigenes Bild verschaffen, denn bei der vorgesehenen Gründungsversammlung am 6. Dezember sollte unter den drei zur Wahl stehenden Kandidaten der geeignetste als Oberingenieur für das Gotthard-Projekt präsentiert werden.

»Meine Herren«, begann Doktor Escher seine Rede, »bei dieser Gelegenheit möchte ich Sie nochmals auf die Wichtigkeit unseres Gotthard-Projektes hinweisen. Überall entstehen neue Eisenbahnlinien und doch fehlt der Schweiz eine durchgehende Nord-Süd-Verbindung. Ich brauche Sie nicht auf die gewaltigen Nachteile für unser Land hinweisen, wenn die nördliche Schweiz über keine Verbindung zum Königreich Italien verfügt und über Frankreich oder über den österreichischen Brennerpass umfahren wird. Für unsere Wirtschaft und für den derzeit entstehenden Finanzplatz Zürich eine absolute Katastrophe. Außerdem benötigen wir dringend eine Anbindung an den bisher isolierten Kanton Tessin. Gar nicht zu sprechen von der militärischen Bedeutung dieser Linie. Zur Realisation dieses Projektes stelle ich Ihnen heute Herrn Baudirektor Robert Gerwig aus Karlsruhe vor, der mir sehr geeignet erscheint, die Probleme einer Überquerung des Gotthards zu meistern. Ich habe mich intensiv mit seinen Plänen der zurzeit entstehenden Schwarzwaldbahn beschäftigt und mir gefällt besonders seine Trassenführung, die meist im Fels verläuft und mit wenig Brücken auskommt. Seine Kehrtunnel und die Doppelschleife bei Niederwasser und Triberg könnte ich mir auch für unsere Gotthardbahn vorstellen. Eine geniale aber doch einfache Lösung, die ein Aufsehen bei allen Eisenbahnplanern in der Welt erzeugte. Er schaffte es, bei einem maximalen Radius von 300 Metern mit einer Höchstneigung von nur 1:50, das heißt für Sie zwei Prozent, die Steigung zu bewältigen. So etwas kann nur ein Ingenieur planen, der über gute Kenntnisse in der Geologie, Geografie, aber auch in der Botanik verfügt. Besonders hervorheben möchte ich seine Verbauungen gegen Steinschlag, Schneeverwehungen oder Lawinen, die einen ganzjährigen Betrieb des Zugverkehrs gewährleisten. Und dieser Punkt scheint mir für den Bau der Gotthardbahn besonders wichtig zu sein. Ich kenne und schätze Herrn Gerwig als ausgezeichneten Geologen und Botaniker, wie er bereits im Jahre 1863 auf Wunsch unserer Vereinigten Schweizerbahnen bei der Begutachtung des ursprünglich vorgesehenen Lukmanier-Projektes unter Beweis stellte. Dankenswerterweise genehmigte ihm seine Behörde einen weiteren Urlaub und so konnte er später auch die von mir inzwischen favorisierte Gotthardlinie begutachten. Sie sehen, ein kompetenter Ingenieur, der mit den schweizerischen Verhältnissen bestens vertraut ist.«

Escher skizzierte nun kurz den Lebenslauf von Gerwig, der von 1834 bis 1840 als exzellenter Schüler die Großherzoglich Badische Polytechnische Schule in Karlsruhe besuchte, die französische und englische Sprache beherrschte und im Frühherbst 1841 die Staatsprüfung zum Ingenieur mit Erfolg ablegte.

»Ich zitiere aus dem damaligen Prüfungsbericht: ›Robert Gerwig hat vor allen anderen am meisten Talent, Kenntnisse und Bildung und steht denselben weit voran. Er hat die Gewandtheit, das Gelernte richtig anzuwenden und ein klares praktisches Urteil. Seine Zeichnungen und Projekte sind mit Fleiß und Liebe behandelt; er verdient in Beziehung auf seine Kommittenten das Prädikat »Vorzüglich«. Escher ließ das Gesagte kurz wirken und fuhr dann fort: »Nicht alle seine Planungen und Tätigkeiten kann ich Ihnen hier aufführen. Ich nenne nur einige wenige: Rheinbrücke Waldshut–Koblenz, Hochrheinbahn Waldshut–Konstanz, Friedrichstollen Baden-Baden, verschiedene Straßenplanungen und Bauten im Schwarzwald, Ritterkreuzträger I. Klasse des Zähringer Löwenordens, Abgeordneter der nationalliberalen Partei und, und, und. Für mich ist, dank seiner geologischen

Kenntnisse, die er bei den vorangegangenen Gutachten für uns bereits unter Beweis stellte, Robert Gerwig der geeignetste Kandidat.«

Ohne Umschweife legte nun Gerwig seine Forderungen auf den Tisch: 40.000 Franken fixes Jahresgehalt, Zusicherung einer Gratifikation von 100.000 Franken nach Vollendung der Gotthardbahn, ein entsprechendes Ruhegehalt, ein Haus in Zürich und die Übernahme der Umzugskosten von Karlsruhe nach Zürich. Gerwig war sich nach dieser Lobrede von Doktor Escher sicher, die Anwesenden akzeptierten sämtliche Punkte seiner Forderungen ohne Einwand und es käme zu einer schnellen Einigung. Escher schaute kurz auf die Reaktion der Kommission. Doch niemand meldete sich zu Wort. Dennoch bemerkte er den Unmut, den diese hohen Forderungen auslösten.

»Herr Gerwig, ich bitte Sie, Ihre hohen Forderungen nochmals zu überdenken. Ungeachtet der herrschenden Wohnungsnot im aufstrebenden Zürich bin ich mir sicher, Ihren Wunsch für die neun Jahre der Bauzeit ein Haus zu mieten, kann ich Ihnen dank meines Einflusses erfüllen. Doch Ihre finanziellen Forderungen übersteigen bei Weitem unsere Vorstellungen und dürften bei der Gründerversammlung kaum einen Beschluss finden. Ich werde trotzdem bei der Versammlung ein gutes Wort für Sie einlegen, sofern ich im Dezember zum Direktionspräsidenten der Gesellschaft gewählt werde«, scherzte Escher.

Im Laufe der Gespräche entspannte sich die Situation, und als Escher bei seinem Sekretär Cognac und Zigarren für alle bestellte, herrschte eine entspannte Atmosphäre. Nach und nach verabschiedete sich die illustre Gesellschaft. Escher ließ es sich nicht nehmen, für seinen hohen Gast aus Deutschland und dessen Gattin eine Soiree in seiner Villa am See zu veranstalten. Abendveranstaltungen im Hause Doktor Escher galten in Zürich als ein Muss für alle wichtigen Persönlichkeiten. Gerwig, sichtlich froh, endlich den offiziellen Termin hinter sich zu haben, traf seine Frau im Hotel.

Ihre erste Frage lautete: »Robert, wie lief es?«

»Eigentlich gut! Nur bei meinen Forderungen reagierten die Schweizer Herren etwas pikiert.«

»Und das Haus in Zürich?«

»Scheint für Doktor Escher machbar zu sein. Wir sind heute Abend zu einem Konzertabend in seiner Villa geladen. Mach dich schön, damit wir einen guten Eindruck hinterlassen. Und was hast du in meiner Abwesenheit unternommen?«

»Ich trau es mich fast nicht zu sagen.«

»Sag schon!«

»Ich saß Stunden auf dem Balkon und genoss die herrliche Aussicht. Dabei aß ich eine Süßigkeit nach der anderen. Ein süßer Traum, sage ich dir.«

»Ist für mich noch etwas übrig?«

»Entschuldige, Robert! Wir haben noch Zeit und können mehr Leckereien kaufen. Außerdem möchte ich nochmals in das Kaufhaus, vielleicht finde ich etwas Schönes zum Anziehen für heute Abend.«

Die Tische für die Abendgesellschaft waren liebevoll hergerichtet, wie es bei einem Haus dieser Klasse nicht anders zu erwarten war. Zahlreiche Blumengebinde und silberne Kerzenleuchter umrahmten das feierliche Ambiente. Am Eingang standen einige Kellner und boten den hohen Gästen zum Entree einen Aperitif an. Dies alles kam Gerwigs Naturell sehr entgegen, denn er liebte es, sich in vornehmen Kreisen aufhalten zu können und von intelligenten Menschen umgeben zu sein. Außerdem galt er in Karlsruhe als Freund der Hausmusik und als Musikliebhaber. Immerhin zählte er zumindest in der Öffentlichkeit seiner Heimatstadt zu den bekannteren Personen und solche Feste waren in Karlsruhe nicht gerade selten. Nach dem Stehempfang nahmen die Gäste peu à peu ihre mit eleganten Tischkarten gekennzeichneten Plätze ein. Am Kopfende der u-förmigen Tafel saßen Doktor Escher mit seiner Frau, daneben seine Tochter Lydia und als Ehrengäste Robert Gerwig mit Ehefrau Lina.

Escher schlug mit dem Messer seines Essbestecks an sein Glas und bat um Ruhe. Ähnlich wie beim Gespräch mit den Komiteemitgliedern am Vormittag lobte Escher Gerwigs große Verdienste in den höchsten Tönen und ließ es sich nicht nehmen, Gerwig bereits als den kommenden Mann für das »Bauprojekt Gotthardbahn« vorzustellen. Dabei ließ er außer Acht, dass es bisher weder einen Vertrag noch die Zustimmung der Gründerversammlung gab, doch Escher schien sich seiner Sache sehr sicher. Der langanhaltende Beifall des Publikums bestätigte die richtige Wortwahl Eschers. Gerwig, der Eschers Redekunst in keiner Weise nachstand, durfte sich für seine anschließenden Worte ebenfalls großer Beifallsbezeugungen erfreuen. Nach dem Essen setzte sich die Gesellschaft im Halbkreis um ein kleines Podium. Ein Pianist und eine Geigerin intonierten Buffonerien von Jacques Offenbach. Andächtig lauschte das Publikum bis zum Ende und belohnte das exzellente Spiel mit einem lang anhaltenden Applaus. Erst kurz vor Mitternacht endete die Soiree. Escher verabschiedete Lina Gerwig mit einem Handkuss und Robert Gerwig mit einem aufmunternden Schulterklopfen. Das Ehepaar lobte den ausgezeichneten Gastgeber und bedankte sich für den unvergesslichen Abend.

Mit leichten Kopfschmerzen wachte Robert Gerwig am nächsten Tag im Hotelzimmer auf. Nach dem gemeinsamen Frühstück mit seiner Frau, die beste Laune zeigte, holte der Page des Hotels die gepackten Koffer vom Zimmer und trug sie zur bestellten Droschke, die vor dem Hotel wartete. Zügig ging es zum nahegelegenen Bahnhof. Leider fuhr der Zug ohne erkennbaren Grund nicht pünktlich los, was die Gerwigs jedoch kaum beunruhigte, denn die Heimfahrt wollten sie in zwei Etappen bewältigen. Lediglich bis Freiburg sollte sie der Zug am ersten Tag bringen, damit sie dem für Gerwig baulich äußerst interessanten Münster, das aus spätromanischen wie auch hoch- und spätgotischen Elementen bestand, einen Besuch abstatten konnten. Dies war Gerwigs zweiter Besuch in der Zähringerstadt, und er war nach wie vor von dem 116 Meter hohen und seiner Meinung nach »schönsten Turm der Christenheit«, nicht nur aus kulturellem, sondern auch aus technischem Interesse, fasziniert. Gerwig fühlte sich der Zähringerstadt als »Träger des Ordens vom Zähringer Löwen, Ritter I. Klasse« sehr verbunden. Nach einer Übernachtung in Freiburg erreichten sie am nächsten Tag glücklich und zufrieden den Karlsruher Bahnhof. Beide waren froh, nach dem Ausflug in die Schweiz wieder zu Hause zu sein. Für Gerwig jedoch sollte der Besuch in seiner Heimatstadt nur von kurzer Dauer sein, denn Geheimrat Hermann Zimmer wollte noch vor dem Winter das geplante Brückenfest in Hornberg veranstalten.

Dr. Alfred Escher

MARIAS GESTÄNDNIS

Jeden Morgen ging Maria pünktlich den etwa vier Kilometer langen Weg vom Winterhalderhof in Reichenbach zur Kantine nach Hornberg und erledigte dort gewissenhaft ihre Arbeit. Es verstand sich von selbst, dass dem Mädchen aus allen Schichten der Arbeiter Komplimente gemacht wurden, denn sie war, im Vergleich zu ihren Kolleginnen, die Hübscheste und auch Jüngste in der Küchenmannschaft. Besonders die Deutschen, allen voran Oberingenieur Grieshaber, machten ihr immer wieder Komplimente. Im Gegensatz zu den einheimischen Arbeitern zeigten sich die meisten Italiener im Umgang mit ihr wesentlich gesitteter, denn keiner hatte es bisher gewagt, Maria zu belästigen. Schon aus diesem Grund verliebte sie sich unsterblich in den feinfühligen Sergio, weil dieser, trotz seines Temperaments, ihr stets freundlich gegenübertrat. Um den Vater wieder etwas freundlicher zu stimmen, half Maria noch mehr als bisher auf dem Winterhalderhof mit. Er sah die Tätigkeit von Maria in Hornberg ungern, denn innerlich befürchtete er eine mögliche neue Liebschaft mit einem der feurigen Italiener. Noch mehr fürchtete er aber die angedrohte Geldstrafe von Grieshaber, denn Geld war knapp auf dem Winterhalderhof. Inzwischen wechselte der Vater wieder ein paar Worte mit seiner Tochter, doch wichen er und seine Frau stets aus, wenn sie das Thema Sergio ansprechen wollte. Jedes Mal, wenn sie sich ein Herz fasste, wehrte besonders die Mutter durch ein Augenzwinkern ab. Nach ihren arbeitsreichen Tagen stieg Maria immer spät am Abend in ihrer kalten Schlafkammer in ihr mit einer Bettflasche vorgewärmtes Bett. Dafür sorgte ihre Mutter und füllte jeden Abend das Metallgefäß mit heißem Wasser. Immer vor dem Einschlafen dachte sie an Sergio. Sie hatte sich eine schöne Zukunft mit ihm erhofft und nun war er verstorben. Sie holte die Zeichnung aus ihrem Gebetbuch und betrachtete ihren Liebsten. Auch ihr kam das Gerücht zu Ohren, der Unfall könnte ein Mord gewesen sein. Doch dieses hielt sie für ein dummes Geschwätz des ihr unsympathischen Italieners Rocco, zumal, wie sie wusste, die polizeilichen Ermittlungen keinerlei Hinweise auf eine absichtliche Tötung ergeben hatten.

Was mach ich nur, was mach ich nur? Immer wieder stellte sie sich diese Frage. So kann es nicht weitergehen. Langsam beginnt mein Bauch zu wachsen und es wird nicht mehr lange dauern, bis jemand meinen Zustand bemerkt. Ob ich doch mit Mutter reden soll?

Diese Gedanken ließen ihr keine Ruhe mehr. Deshalb war sie fest entschlossen, eine günstige Gelegenheit abzuwarten, um mit ihrer Mutter zu reden.

Ungefähr zwei Wochen zogen ins Land, ohne dass Maria den Mut fand, sich der Mutter anzuvertrauen. Jetzt, fast Ende Oktober, waren die Wiesen und die abgeernteten Felder in den Herbstnächten mit einer dicken Raureifschicht überzogen.

Marias Vater ging wie so oft zum Kartenspielen ins Gasthaus »Hirschen«. Dieser Abend schien für Maria günstig, sich mit der Mutter und der Oma zusammenzusetzen, um über ihre prekäre Situation zu sprechen.

»Mutter, ich möchte dir etwas sehr Wichtiges mitteilen«, sprach Maria mit zittriger Stimme ihre Mutter an.

Doch diese meinte: »Kind, ich glaube, ich habe etwas mit dir zu besprechen und ich meine etwas, das keinen Aufschub mehr duldet.«

Erschrocken zuckte Maria zusammen, doch sie fasste sich erstaunlich schnell.

»Komm, wir gehen in die Küche, dort können wir ungestört reden. Oma braucht nicht alles mitzubekommen«, meinte die Mutter, während sie sich vom Stuhl erhob. Maria folgte ihr kleinlaut.

Die Mutter packte sie an beiden Schultern und schüttelte sie kräftig. Anstatt Maria in die Arme zu nehmen, um sie zu trösten, begann sie mit wüsten Beschimpfungen. Dann brach es aus ihr hervor: »Mir musst du nichts vormachen, deine ständige Übelkeit deutete für mich schon seit Tagen darauf hin, du bist guter Hoffnung. Warum hast du es denn mit dem Tschinggele getrieben? Es gibt genug andere Verehrer. Bist du denn von allen guten Geistern verlassen? Wenn das Vater erfährt, gibt es das größte Unglück, welches dem Winterhalderhof bisher je widerfahren ist. Schäme dich, du bringst Schimpf und Schande über unser Haus. Ein lediges Kind, noch dazu von einem Italiener. Nicht auszudenken, was die Nachbarn sagen. Und der Flößer Jonathan, dem ich per Brief mitteilte, du wärst zu haben, nimmt dich bestimmt nicht mehr mit so einem Bankert.«

Dieses Gespräch verlief natürlich nicht im Sinne von Maria, die sich mütterlichen Trost erhoffte. Maria war einerseits erstaunt, dass die Mutter so deutliche und unversöhnliche Worte fand, zum anderen auch froh, dass sie jetzt von dem enormen psychischen Druck, der bisher auf ihr lastete, befreit wurde.

»Ich muss noch heute Nacht deinen Vater informieren und was dann passiert, kannst du dir bestimmt vorstellen«, fuhr die Mutter weiter fort.

Selbst die etwas schwerhörige Großmutter gesellte sich nun hinzu und zeigte sich nicht minder erbost, als man ihr den Sachverhalt erklärte. Anstatt ein liebes Wort für Maria murmelte sie nur: »Oh, mein Gott«, bekreuzigte sich und verließ dann wortlos den Raum. Nach der Aussprache mit der Mutter ging Maria in ihre Schlafstube, um sich hinzulegen. An Schlaf war natürlich nicht zu denken, doch sie wirkte fest entschlossen, auch die nächste Hürde mit Selbstbewusstsein zu nehmen.

»Das stehe ich durch, das stehen wir durch«, sagte sie zu sich selbst und betrachtete dabei liebevoll die Zeichnung von Sergio.

Gegen Mitternacht kam ihr Vater nach Hause. Es dauerte nur kurz, dann hörte Maria ein Brüllen aus der Schlafkammer der Eltern. Die Tür zu ihrer Kammer flog auf und ohne Rücksicht auf die schlafende Paula schrie ihr Vater: »Du Italienerhure! Hinaus! Pack deine sieben Sachen und verschwinde auf der Stelle. SOFORT! Ich habe keine Tochter mehr.«

Entsetzt und ungläubig schaute Maria ihren zornigen Vater an. Gerade wollte er zum Schlag ausholen, da kam die Mutter in die Kammer und stellte sich schützend vor ihre hilflose Tochter.

»Ich will …«, stammelte Maria.

»Du willst nichts mehr«, schrie der Vater. »Ich mache mich zum Gespött des ganzes Dorfes. Nur wegen meiner verfluchten Tochter. Du bringst Schande über unser Haus. Raus, oder es geschieht ein Unglück!«

Hilflos stand die Mutter daneben. Fragend schaute Maria ihre Mutter an, doch auch von ihr war keine Hilfe zu erwarten. Schnell kleidete sie sich an und verließ wortlos den Hof.

Nicht einmal einen Hund jagt man so vom Hof, dachte sie.

Dicke Schneeflocken fielen vom Himmel. Die Sträucher und Bäume bogen sich im Wind. Sie spürte keinen Wind und keine Nässe. Nur Wut. Irgendwie taumelte sie richtungslos auf der Straße vorwärts. Sie stolperte.

»Nur nicht hinfallen«, murmelte sie vor sich hin. »Mein Kind! Sergios Kind!«

Langsam gewann ihr Verstand die Oberhand über ihre unbändige Wut. Wohin? Sie spürte den Schlüsselbund in ihrer Manteltasche. Kantine Hornberg! Ein Dach für mich und für mein Kind.

Durchnässt und erschöpft erreichte sie die Kantine. Sie entledigte sich ihrer nassen Kleidung und wickelte sich in Tischdecken, die beim Essen für Gerwig und für gelegentliche Besucher bereitlagen. Zusammengerollte Handtücher dienten ihr als Kopfkissen und müde legte sie sich auf den Holzboden. Irgendwann musste sie eingeschlafen sein, bis eine Hand sie weckte. Erschreckt riss sie die Augen auf. Grieshaber! Unwillkürlich wickelte sie sich noch fester in die Tischdecken ein.

»Maria, was ist passiert?«

Tränenüberströmt berichtete sie vom Rauswurf ihres Vaters. Grieshaber strich ihr mit der Hand über das inzwischen fast trockene Haar. »Ich kontrollierte heute am frühen Morgen die Wache beim Materiallager, deshalb bin ich hier. Aber was machen wir jetzt mit dir?«

»Herr Grieshaber, bitte haben Sie Verständnis für meine Lage. Ich kann auf keinen Fall mehr zum Hof zurück und ich bitte Sie um Genehmigung, für einige Zeit in der Kantine übernachten zu dürfen.«

»Das kommt überhaupt nicht Frage«, dämpfte er ihre Erwartung. »Erstens ist es in diesem Schuppen viel zu kalt, und wenn die Italiener merken, dass eine Weibsperson hier übernachtet, könnte es vielleicht zu Problemen kommen, die ich nicht verantworten möchte. Und außerdem würde das Gerwig nie dulden«, fuhr er fort und versuchte Maria zu beruhigen. Dabei überlegte er angestrengt und hatte eine Idee: »Ich kenne hier einen Bauern in der Nähe, der schuldet mir was. Zieh dich an!«

»Bitte drehen Sie sich um. Ich bin splitternackt.«

Grieshaber drehte sich weg. Aus den Augenwinkeln beobachte er Maria, wie sie ihre Kleider holte und sich ankleidete. Seine Blicke wanderten von den Brüsten über den schon leicht gewölbten Bauch bis hinunter zu ihrer Scham. Maria spürte seine gierigen Blicke auf ihrer Haut. Unwillkürlich schauderte sie und eine Gänsehaut bildete sich am ganzen Körper. Angezogen in den noch feuchten Kleidern ging sie mit Grieshaber zum nahegelegenen Bauernhof. Der Bauer, wohl erst aufgestanden, stand vor der Tür und warf einen prüfenden Blick zum Himmel.

Grieshaber sprach ihn an: »He, Jockelbauer! Ich bring dir heute etwas Schönes mit. Du hast doch die gemütliche Dachkammer frei?«

»Aber hoffentlich nicht für das Italienerflittchen hier?« Dabei zeigte er auf Maria.

»Gerade die ist es, und nachdem du uns in dieser Nacht erneut beklaut hast, bleibt dir auch gar nichts anderes übrig. Hier an der Stalltür liegen doch die gestohlenen Teile. Du hast sicher nichts dagegen, wenn ich diese nachher wieder abholen lasse?«

Der Bauer rief seine Frau und trug ihr auf, sofort die Dachkammer für »das Mensch« zu richten. Maria war von der Ausstattung der Dachkammer sehr angetan, weil sie ihre Vorstellungen bei Weitem übertraf. Das Fenster war etwas kleiner als ihres auf dem Winterhalderhof. Erstmals bemerkte sie den Unterschied zwischen einem reichen Bauern und dem armseligen Winterhalderhof. Sie sah sich um. An der Wand stand ein großer Eichenschrank und davor ein Tisch, dessen Platte mit wunderschön gearbeiteten Intarsien reichlich verziert war. Am besten gefiel ihr das breite Doppelbett, denn sie hatte jetzt endlich ein Zimmer für sich allein und ihre jüngere Schwester Paula könnte sie nicht mehr stören.

Was hätte sie dafür gegeben, wenn sie auf ihrem Hof eine solch schöne Unterkunft für Schäferstunden mit Sergio gehabt hätte.

»Gefällt es dir?«, fragte Grieshaber.

Maria nickte dankbar.

»Noch heute lasse ich deine Kleider vom Winterhalderhof holen, dann kannst du dich hier wohnlich einrichten. Und du, Jockelbauer, wir sprechen uns noch.«

Damit verabschiedete sich der Oberingenieur.

JONATHAN WEIS

ZÜGIG TRIEB DAS Floß in der Strömung auf dem Rhein dahin. Die Flößer aus Wolfach waren auf dem Weg nach Rotterdam. Sie befanden sich kurz vor Mannheim. Jonathan Weis hockte auf einer mit einer wasserdichten Plane umhüllten und fest verschnürten Blechkiste in der Mitte seines Floßes. In der Kiste befanden sich wertvolle Waren aus dem Schwarzwald: Bleikristallvasen aus der Glashütte Wolfach und Uhren aus Schramberg. Zusammengebundene, für Schiffsspanten besonders geeignete krumme Schwarzwald-Eichenstämme bildeten das stabile Floß mit der wertvollen Fracht für Holland. Immer wieder las er den Brief von Marias Mutter, der ihn kurz vor dem Ablegen des Floßes in Wolfach erreichte. Diese kurz und knapp gehaltenen Zeilen spiegelten die Verzweiflung von Marias Mutter wider. Eindringlich bat sie ihn, doch die Ohrfeige auf der Hochzeit ihrer Tochter Klara zu vergessen, da Maria ihn immer noch liebe, aber es ihr peinlich sei, es ihm selbst zu sagen. Er bezweifelte sehr stark diese Liebe, denn auch in Wolfach kursierte das Gerücht von dem abgestürzten Liebhaber von Maria. Nun wäre wohl der reiche Flößer der geeignete Schwiegersohn. Sicher, im Innersten seines Herzens sehnte er sich nach Maria, die im Gegensatz zu den anderen heiratswilligen Töchtern es nicht auf sein Geld abgesehen hatte. Dieser Brief löste in ihm eine Berg- und Talfahrt seiner Gefühle aus. Noch konnte er sich nicht entscheiden. Ursprünglich wollte er auf dieser für die Flößerei Weis letzten Floßfahrt bis Rotterdam mitfahren, doch da mit gleicher Post eine sehr große Holzbestellung aus Holland eintraf, wollte sein Vater auf ihn wegen des nun notwendigen größeren Holzeinschlags nicht verzichten. Wenigstens bis Mannheim durfte er diese finale Floßfahrt begleiten. Zum einen konnte er dann die Eisenbahn für eine schnelle Rückfahrt nutzen, zum anderen konkurrierte der technische Fortschritt der Eisenbahnen gegen die Flößerei und brachte diese zum Erliegen. Zukünftig würden auch er und sein Vater das Holz mit der Eisenbahn transportieren. Noch immer benötigten die Holländer Holz in größeren Mengen, um ihre Flotten und Häfen für ihr ausgedehntes Kolonialreich auszubauen. Vor Jahren diente das Holz hauptsächlich für den Hausbau in Amsterdam und Rotterdam als Pfahlgründung im nassen und sandigen Untergrund. Lange, gerade gewachsene Schwarzwaldtannen flößte man zuhauf in die Niederlande und gelangte damit zu ungeheurem Reichtum. Noch besaß die Familie Weis genügend Wald und so sah Jonathan zuversichtlich in die Zukunft. Er sah die Eisenbahn nicht wie viele andere Flößer als Konkurrenz, er sah sie als Chance, denn nun konnte er auf schnellerem Wege noch mehr Holz und Waren in die Niederlande transportieren. Seine Familie würde weiterhin zu den angesehensten und reichsten des gesamten Kinzigtals zählen. Und wieder dachte Jonathan Weis an Maria.

»Schau mal, Jonathan«, rief einer der Flößerknechte und deutete zum linken Ufer hin.

»Hier entsteht schon wieder ein neues Fabrikgebäude.«

Jäh in seinen Gedanken unterbrochen, schaute Jonathan kurz auf. Überall entstanden neue Firmen. Seit der Gründung des Deutschen Reiches herrschte im Land eine richtige Aufbruchsstimmung. Auch Jonathan stellte sich eine Erweiterung des Familienbetriebes vor. Noch mehr Holz schlagen und auf dem Schienenweg transportieren, den bereits vorhandenen Kahlschlag mit schnell wachsenden Fichten aufforsten, so wäre die Zukunft der Familie Weis auch ohne Flößerei gesichert. Seine Flößerknechte könnten bei ihm als Holzfäller eine neue Arbeit finden. So stellte er sich seine rosige Zukunft vor. Doch eine Zukunft für wen? Noch gab es keinen Nachwuchs und Vater mahnte ihn ständig, doch endlich zu heiraten und einen Sohn zu zeugen. Mit Maria? Noch hatte er Zeit, sich für oder gegen Maria zu entscheiden. Irgendwann fasste er den Entschluss, nach seiner Rückkehr den Winterhalderhof aufzusuchen, um sich der von der Mutter angedeuteten Liebe von Maria zu vergewissern. In Mannheim verabschiedete er sich von seinen Flößerknechten, die nun ihre Fahrt nach Rotterdam fortsetzten. Für die Verpflegung der über Wochen dauernden Fahrt hatte er ausreichend gesorgt. Auf dem Floß befanden sich drei Ochsen, dazu einige Schweine, etwa eine Tonne Brot und 20 Fässer Bier. Sicher würden seine Leute wieder die gefährlichen Stromschnellen im engen Rheintal zwischen Bingen und Koblenz meistern und die wertvolle Fracht termingerecht in Rotterdam abliefern. Er selbst genoss die Bahnfahrt von Mannheim bis Hausach und traf zur Freude des Vaters bereits nach wenigen Tagen wieder in Wolfach ein.

Kaum zu Hause angekommen, wollte Jonathan endlich Klarheit in seinen Gedanken an Maria schaffen und bat seinen Vater um die familieneigene Kalesche. Vater Weis überließ dem Sohn freudig das Gefährt, als er hörte, sein Sohn wolle sich um eine Braut kümmern. Jonathan begann unverzüglich mit seiner Reise. Erst parallel der Kinzig entlang bis Hausach und dann leicht bergauf erreichte er Hornberg. Er staunte über die gewaltige Bahnbaustelle und über die Dimension der nahezu fertiggestellten Stahlbrücke. Der Weg zum Winterhalderhof dauerte nur noch wenige Minuten und erwartungsvoll lenkte er sein Pferd vor das Haus. Frau Winterhalder erkannte sofort die »Weis-Kalesche« und den Kutscher, trat aus dem Bauernhaus und begrüßte den vermeintlichen Schwiegersohn sehr herzlich.

»Herr Weis, endlich! Schön, dass Sie auf meinen Brief reagieren. Längst schwand bei mir die Hoffnung. Ich freue mich unendlich über Ihren Besuch. Seien Sie uns herzlich willkommen. Mein Mann ist auf dem Feld.«

»Und wo ist Maria?«

»Kommen Sie erst mal in die Stube und setzen Sie sich. Ich bringe Ihnen einen Krug Most. Dann erkläre ich Ihnen alles.«

Bei der folgenden Unterredung achtete Mutter Winterhalder peinlich darauf, keine Disharmonie in das Gespräch zu bringen. Langatmig pries sie die Vorzüge von Maria, die fleißig und sparsam sei und sicher eine brave Ehefrau wäre.

»Mir liegt eine Versöhnung mit Ihnen sehr am Herzen.« Auf die Frage, wo Maria sei, begann sie vorsichtig: »Sie wohnt seit ein paar Wochen in Hornberg. Täglich der weite Weg hin und zurück, das ist auf die Dauer anstrengend. Wenn Sie wollen, begleite ich Sie zur Baustelle.«

Jonathan zeigte sich einverstanden und so fuhren sie gemeinsam nach Hornberg. Die Arbeiter zeigten ihnen bereitwillig den Weg zur Kantine. Erstaunt bemerkte der Flößer die große Menge Holz auf der Baustelle. Erstmals wurde ihm bewusst, wie viel Holz für den Gerüstbau der Brücken und vermutlich für die Tunnelbauten bei der Schwarzwaldbahn verbaut wurde. Sicher benötigten auch die Bahnhöfe und die Bahnwärterhäuschen eine Menge Bauholz. Vor der Kantine bedeutete ihm Frau Winterhalder kurz zu warten, denn sie wolle erst ihre Tochter auf den unerwarteten Besuch vorbereiten. Während der Wartezeit überschlug der Flößersohn bereits ein preiswertes Angebot für eine mögliche Holzlieferung an die Eisenbahngesellschaft.

Maria räumte gerade die Tische ab, als die Mutter hereinkam. Unwillig richtete sie sich auf.

»Mutter, du?«

»Maria, bitte sei nicht eingeschnappt. Vaters Rausschmiss mitten in der Nacht war nicht in meinem Sinne. Dafür bringe ich dir heute eine gute Nachricht.«

»Braucht Vater wieder eine billige Arbeitskraft?«

»Nein! Viel besser! Draußen wartet Jonathan, der Flößer. Endlich hat er auf meinen Brief reagiert. Er will zu dir. Ich vermute sogar, er will dich heiraten. Etwas Besseres gibt es für dich nicht. Eine der reichsten Partien in der Umgebung und der will dich. Ein besseres Leben erwartet dich. Ein schönes Haus, Geld, schöne Kleider, gutes Essen, Personal und du musst nicht mehr bedienen oder putzen. Sag ihm aber nichts von deiner Schwangerschaft. Da finde ich eine Lösung.«

Maria überlegte kurz, welche Annehmlichkeiten ihr so ein Leben bieten könnte. Der Jockelhof zeigte ihr den Unterschied zwischen wohlhabenden Leuten und dem armseligen Leben auf dem ärmlichen Winterhalderhof. Mehr aus Neugierde stimmte sie dem Besuch von Jonathan zu.

Dieser betrat erwartungsvoll die Kantine und spürte gleich bei ihrem Anblick, er liebte Maria immer noch. Maria putzte sich kurz die Hände an der Schürze ab, strich sich über ihr volles schwarzes Haar und gab ihm mit einem etwas gequälten Lächeln die Hand.

»Tag, Jonathan!«

Je mehr Jonathan mit Maria sprach, umso sicherer wurde er, sie ist die Richtige. Schließlich fasste er sich ein Herz und fragte Maria: »Willst du mich heiraten?«

»Was hör ich denn da, heiraten!«, rief Grieshaber, der gerade zur Kantine hereinkam. »Dass ich nicht lache! Dieser aufgeblasene Heiratsgockel will mir meine Maria entführen. Schau er sich an, dieser hergelaufene Bursche. Aufgetakelt wie ein Pfau mit einem feinen Wams, den ihm sicher seine Herrschaft lieh. Für Maria stelle ich mir etwas Besseres vor, als so einen jämmerlichen Knecht.«

»Kein Knecht, Flößersohn«, entrüstete sich Mutter Winterhalder.

»Ha, jetzt spielt er bei Ihnen noch den feinen Sohn. Feine Leute kommen am Sonntag zum Brückenfest aus Karlsruhe von der Eisenbahngesellschaft und aus der Region hier, aber dieser Bursche gehört nicht dazu, sonst müsste ich das wissen. Nebenbei bemerkt, Frau Winterhalder, wir suchen noch Serviererinnen in Tracht für das Fest im Gasthaus Bären. Kommen Sie?«

Hedwig Winterhalder nickte.

Nun erboste sich Jonathan Weis: »Sie studierter Lackaffe, was fällt Ihnen eigentlich ein, mich so übel zu beschimpfen. Ich bin hier für einen Heiratsantrag und nicht, um die Organisation des Baustellenfestes zu besprechen.«

»Heiratsantrag? Weiß er denn nichts von Marias Schwangerschaft? Von Sergio, dem Italiener!«

Jonathan reagierte erschrocken. »Maria, stimmt das?«

Maria blickte verschämt zu Boden. Ärgerlich verließ der Flößer die Kantine.

Mutter Winterhalder folgte ihm unverzüglich, und während er seine Kutsche fertig zur Abfahrt richtete, sprach sie eindringlich auf ihn ein: »Glauben Sie mir, Herr Weis, es gibt für alles eine Lösung.«

»Aber nicht für einen italienischen Bastard. Wie soll ich meinem Vater erklären, ein italienischer Abkömmling übernimmt später unseren traditionsreichen Betrieb. Dann bleibe ich lieber ledig und adoptiere ein deutsches Waisenkind. Ja, ohne Schwangerschaft hätte ich Maria gerne zur Frau genommen. Aber so nicht! Sagen Sie mir noch den Namen dieses unverschämten Lümmels, der mich so schändlich beschimpfte.«

»Oberingenieur Walter Grieshaber.«

»Das wird für ihn noch ein Nachspiel haben.«

Ohne sich um die weinende Mutter Winterhalder zu kümmern, spornte der Flößersohn sein Pferd an und fuhr davon.

DAS BRÜCKENFEST

Zurück aus Zürich besprach Geheimrat Hermann Zimmer mit Gerwig die Durchführung des Festes anlässlich der Fertigstellung des Rohbaus der 24 Meter hohen und 150 Meter langen Reichenbach-Stahlbrücke über Hornberg.

»Etwas Reklame für die Schwarzwaldbahn kann nicht schaden«, so seine Worte.

Gerwig stellte eine Einladungsliste der Ehrengäste zusammen und beauftragte seinen Oberingenieur Walter Grieshaber vor Ort, das Fest zu organisieren. Auf handgeschöpftem Büttenpapier ergingen die Einladungen an die Bürgermeister, die Geistlichkeit, Schulleiter sowie an Arzt und Apotheker von Hornberg und Reichenbach. Dazu lud Gerwig seine nationalliberalen Parteifreunde aus seinem Wahlkreis Triberg-Hornberg-Haslach-Wolfach, seinen Freund und Kuckucksuhrentüftler Beha aus Eisenbach und den Polizeihauptmann Schuler aus Wolfach ein. Aus Karlsruhe geladen kamen neben Direktor Zimmer auch einige Aufsichtsräte der Eisenbahngesellschaft, darunter Gerwigs Schwiegervater Domänendirektor Beger. Die Einladung galt gleichzeitig für die Damen. Im Saal des Gasthauses »Bären« von Hornberg trafen nach und nach die Gäste ein. Nur die Frau von Oberingenieur Grieshaber entschuldigte sich wegen Migräne. Vor der Veranstaltung zeigte der

Gastwirt dem Organisator Grieshaber stolz die neuen Bänke und Stühle, die er nach der Schlägerei anlässlich der Beerdigung von Sergio auf Kosten der Bahngesellschaft anschaffte.

Maria, ihre Mutter und zwei weitere Serviererinnen des Gasthauses, jeweils festlich gekleidet in Schwarzwälder Tracht, geleiteten die Gäste zu den reservierten Plätzen und holten die gewünschten Getränke. In der Ecke bullerte schon seit Stunden ein gusseiserner Ofen und verbreitete eine wohlige Wärme. Der Wirt legte ein weiteres Holzscheit nach und beobachtete dabei argwöhnisch das silberfarbene Ofenrohr, ob es nicht schon zu glühen anfing. Auf den weiß gedeckten, mit Tannenzweigen und Heidekraut dekorierten Tischen standen dicht an dicht mehrarmige silberne Kerzenleuchter und verbreiteten ein helles Licht innerhalb des kleinen Saals. Die geladenen Damen, mit einer Turnüre nach der neuesten Mode gekleidet, deren ausgepolsterter Rock über dem Gesäß mithilfe von Halbgestellen aus Stahl oder Fischbein vervollständigt wurde, benötigten etwas mehr Platz zum Sitzen auf den Bänken, als die Herren in ihren engen Einreiher-Anzügen. Die Damen rafften ihre Röcke und nahmen Platz. Endlich saßen alle. Geheimrat Zimmer läutete mit der Glocke und begrüßte die illustren Gäste. Nun folgte ein längerer Bericht von Baudirektor Gerwig über den Baufortgang der Schwarzwaldbahn. Er hielt es einfach für nötig, den kommunalen Repräsentanten von Hornberg und Reichenbach die Vorzüge eines Eisenbahnanschlusses nahezubringen. Die Herren konnten zwar den Verlauf der Bauarbeiten an der Großbaustelle täglich mit eigenen Augen verfolgen, doch ob sie auch die Vorteile dieser Trasse für ihre Orte kannten, davon schien Gerwig nicht ganz überzeugt zu sein.

Zum Schluss dankte Gerwig seinem Oberingenieur Grieshaber ausdrücklich für seine Leistungen.

»Er trieb die Arbeiter voran und so konnten wir noch vor dem Wintereinbruch den Rohbau der Brücke vollenden. Nun können wir im Winter die bisherigen Brückenarbeiter für den Tunnelbau einsetzen.«

Seinen Vortrag beendete Gerwig mit der Aufforderung an die Anwesenden, Fragen zu stellen.

Als Einziger meldete sich der Reichenbacher Bürgermeister Lauble: »Herr Baudirektor, ist es richtig, dass beim Bau der Brücke ein italienischer Arbeiter zu Tode kam?«

»Leider, Herr Bürgermeister, lassen sich bei so einem gewaltigen Bauprojekt Todesfälle nicht vermeiden. Im Gegensatz zur österreichischen Semmeringbahn, wo über 1.000 Menschen ihr Leben ließen, halten sich bisher bei unserer Schwarzwaldbahn die tödlichen Unfälle in überschaubaren Grenzen. Glücklicherweise ging der Einsturz im Sommerauer Tunnel vor St. Georgen am 16. Juni glimpflich aus. Alle Arbeiter überlebten. Seither arbeiten wir mit verstärkten Tunnelgerüsten und somit kann sich aller Voraussicht nach solch ein Vorfall nicht mehr wiederholen.«

Nach der Rede von Gerwig dankte Bürgermeister Michael Lohrer aus Hornberg in seiner Rede den Verantwortlichen vor allem dafür, dass die Schramberger Trasse verworfen wurde. »Denn dann wäre die verhasste württembergische Uhrenindustrie eine noch stärkere Konkurrenz«. In Zukunft sehe er eine ungeheure Entwicklung für seinen Ort, denn bereits jetzt lägen ihm mehrere Baugesuche von Firmen vor. Darunter ein Fabrikant aus Mannheim, der hier ein weiteres Werk errichten wollte. Zusätzlich zu den neun Gaststätten von Hornberg, Niederwasser und Reichenbach möchte der Mitarbeiter der Schlossbrauerei Michael Ketterer das Gasthaus »Zum Felsen« übernehmen, mit der Absicht, eine weitere Brauerei zu gründen.

»Ich bin mir ziemlich sicher, unser Ort, die Region und der Schwarzwald werden sowohl industriell als auch touristisch von der neuen Bahn profitieren. Besonders freut uns Badener, dass die Württemberger mit dieser Trasse das Nachsehen haben.«

Nach dem lang anhaltenden Beifall stürmten die Gäste das opulente Büfett. Fasan, Rebhuhn, Hasenkeulen, Wildschwein und ein saftiger Rehrücken und als Nachspeise in Kirschwasser eingelegte Schwarzwaldkirschen. Die Eisenbahngesellschaft ließ sich das Brückenfest etwas kosten. Dazu trank man je nach Vorliebe badischen Wein oder Bier aus Hornberg. Immer wieder bildeten sich kleine Gruppen zu angeregten Gesprächen. Robert und Lina Gerwig nutzten die Gelegenheit, sich wieder einmal mit dem Erfinder Johann Baptist Beha aus Eisenbach bei Furtwangen zu treffen, der euphorisch von seinen neuen Ideen berichtete. Er reiste als Einziger mit dem Pferdeschlitten an, denn auf den Höhen des Schwarzwaldes lag schon reichlich Schnee. Hier, in den tieferen Lagen von Hornberg, genügte noch die Pferdekutsche für die wenigen Zentimeter Schnee auf den Straßen.

»Zum Glück für dieses Fest, jetzt Anfang November,

lässt sich der strenge Wintereinbruch noch etwas Zeit«, bemerkte Beha.

Polizeihauptmann Schuler erkundigte sich bei Gerwig, ob in den letzten Wochen weiteres Baumaterial verschwunden sei.

»Ich befand mich auf einer Reise in die Schweiz, doch mein Vertreter, Oberingenieur Grieshaber, kann Ihnen sicher Auskunft geben.«

Dieser beruhigte den Polizisten, es gäbe keinen weiteren Diebstahl. Maria bediente Bürgermeister Lauble aus Reichenbach, der Maria bereits von Kind auf kannte. Er erkundigte sich nach ihrem »werten Befinden«.

Verlegen stammelte Maria: »Es geht ganz gut«. Und als Lauble ihr auftrug, dem Vater die allerbesten Grüße auszurichten, brach sie in Tränen aus und entfernte sich, ohne zu antworten, vom Tisch des Bürgermeisters. Die Frau des Schultes beobachtete aufmerksam den Vorfall, schüttelte missmutig den Kopf, beugte sich zu ihrem Gatten hinüber und flüsterte ihm etwas ins Ohr. Maria sah dies beim Hinauslaufen aus den Augenwinkeln.

Spätestens jetzt weiß auch der Bürgermeister über meine schlimme Situation Bescheid, vermutete Maria, denn die herrische Gattin des Dorfoberhauptes galt in Reichenbach als geschwätziges und neugieriges Weibsbild.

Überraschend kam von der Eingangstüre her der Flößersohn Jonathan Weis, schaute sich kurz um und ging auf den Polizeihauptmann Schuler zu.

Grieshaber beobachtete den ungebetenen Gast. Er sah, wie der Polizeihauptmann auf Robert Gerwig zeigte. Eilig lief Weis zu Gerwig und übergab ihm ein Schreiben. Grieshaber schaute sich derweil nach geeigneten Leuten um, die den Störenfried entfernen sollten, doch keiner seiner Arbeiter durfte an dieser Veranstaltung teilnehmen.

Als er selbst die Initiative übernehmen wollte, verschwand der Flößer so schnell, wie er gekommen war. Gerwig überflog kurz das ihm gereichte Schreiben und steckte es in seine Tasche.

Erst nach Mitternacht bezogen die geladenen Gäste im »Bären« und in den umliegenden Gasthäusern ihre Zimmer. Die Bedienungen des Gasthauses räumten die Tische ab, nur die beiden Bürgermeister unterhielten sich noch angeregt. An der Theke trank der sichtlich angeheiterte Grieshaber mit dem Wirt noch einen Schnaps.

Frau Winterhalder zog derweil ihre Tochter zu einem Gespräch in eine stille Ecke.

»Maria, hast du gesehen? Jonathan war da. Hat er mit dir gesprochen?«

»Jonathan? Ich habe ihn nicht bemerkt. Und angesprochen hat er mich auch nicht.«

Maria fühlte sich etwas gekränkt, sagte aber nichts. In den meist schlaflosen Nächten dachte sie an Sergio und manchmal auch an das Heiratsangebot des Flößers.

Ihre Mutter sprach weiter auf sie ein: »Ich hoffte, er hat es sich wegen des Kindes anders überlegt. Mir versicherte er, ohne Kind würde er dich heiraten. Lass das Kind wegmachen! Ich kenne eine Engelmacherin im Tal.«

»Mutter, du kennst eine Engelmacherin?«, fragte Maria erstaunt.

»Dummes Kind! Meinst du, ich bekomme wie andere Bäuerinnen im Dorf jedes Jahr ein Kind?

Mir reichen meine vier Kinder: du, deine verheiratete Schwester Klara, Paula und Karlchen.«

»Und weiß Vater davon?«

»Iwo, der bekommt nichts mit. Der säuft nur, und seit du aus dem Haus bist noch mehr. Unser Hof verlottert immer mehr. Ich alleine schaffe das nicht. Einen Knecht oder eine Magd können wir uns nicht leisten. Lass das Kind endlich wegmachen und komm wieder zurück auf den Hof oder heirate. Die Frauen im Dorf erzählen, jetzt kostet eine Operation bei der Engelmacherin schon 40 neue Mark.«

»Das könnte ich mir nicht leisten. Mehr als zwei Monatslöhne. Aber egal! Ich werde das Kind auf keinen Fall wegmachen lassen, das bin ich mir und Sergio schuldig. Und außerdem freue ich mich auf das Kind. Es ist doch das Einzige, was ich noch habe«, entgegnete Maria trotzig und ließ die Mutter stehen.

In der Kutsche auf dem Nachhauseweg erkundigte sich die Frau des Bürgermeisters bei Hedwig Winterhalder, wer nun für diese offensichtliche Schwangerschaft von Maria verantwortlich sei. Frau Winterhalder zuckte nur mit den Schultern.

Leise schlich Maria im nahegelegenen Jockelhof die Holztreppe hoch zu ihrer Dachkammer. Achtsam bemüht, ein Knarren der Stiegen zu vermeiden. Das kinderlose Bauernehepaar wollte sie zu so später

Stunde nicht aufwecken. Nach anfänglicher Ablehnung der ungebetenen Maria begannen die beiden und vor allem die Bäuerin, Gefallen an dem neuen Gast zu finden.

Erst kürzlich sagte die Bäuerin zu ihrem Mann: »So ein nettes Mädchen, freundlich, fleißig und hilft mir in ihrer Freizeit, wo sie nur kann.«

In der Kammer angekommen, legte Maria ihren roten Bollenhut ab und entledigte sich ihrer Trachtenkleidung. Aus dem Krug goss sie Wasser in die Waschschüssel und wusch sich Hände und Gesicht mit Kernseife ab. Dann schlüpfte sie in ihr Leinennachthemd und legte sich ins Bett. Kurz darauf klopfte es an der Türe. Eine Stimme flüsterte: »Maria, mach auf! Es ist dringend!«

Ohne Weiteres konnte sie diese Stimme Oberingenieur Walter Grieshaber zuordnen. Sie stand auf, ging zur Türe, schob den Riegel zurück und fragte: »Herr Oberingenieur, was ist passiert?«

Grieshaber trat ein, zog die Türe zu, packte sie bei den Schultern und schob sie in Richtung Bett.

»Nichts ist passiert! Ich will nur die Miete kassieren!«

»Miete? Sie sind betrunken, verschwinden Sie sofort!«

»Angetrunken ja, aber sexuell immer noch potent. Du bezahlst jetzt deine Miete in Naturalien.«

Maria wehrte sich vehement gegen den Angriff des nach Alkohol riechenden Chefs, doch dieser warf sie gewaltsam auf das Bett. Seine Hände glitten über ihre Brüste und eine Hand fuhr brutal unters Nachthemd. Maria schrie auf.

»Stell dich nicht so an. Mach die Beine breit. Du kennst das von deinem dreckigen Italiener.«

Dabei schlug er ihr mit dem Handrücken ins Gesicht. So sehr sich Maria wehrte und schrie, der Vergewaltigung konnte sie nicht entgehen. Der Jockelbauer hörte den Kampf, und als er in die Kammer stürmte, knöpfte Grieshaber soeben seinen Hosenlatz zu.

»Du Dreckskerl, du elendiger! Was hast du mit Maria angestellt? Verschwinde augenblicklich, sonst drehe ich dir den Hals um!«

Grieshaber griff nach seiner Jacke und verließ, vorbei am wütenden Bauern, eilig den Hof. Der rief ihm noch nach: »Und mach das nicht noch einmal! Sonst passiert was!«

Zurück blieb eine weinende Maria. Die Jockelbäuerin, die nun ebenfalls mit einer Kerze in der Hand in die Kammer kam, steckte diese in einen Leuchter, setzte sich auf das Bett der völlig verstörten und heulenden Maria und umarmte das Mädchen. Sie strich ihr über den Rücken: »Beruhige dich Maria. Ruhig. Alles wird gut!«

Nach einer Weile beruhigte sich Maria. »Dieser Schuft! Egal was passiert, zu dem geh ich nicht mehr!«

»Maria, das brauchst du nicht. Du kannst gerne für die nächsten Wochen bei uns bleiben. Ich kann dich gut gebrauchen. Allerdings nur bis Februar. Dann brauche ich die Kammer wieder für zwei Näherinnen, die jedes Jahr kommen und das Weißzeug und die Kleider flicken sowie für mich eine neue Tracht nähen.«

»Danke! Liebe Frau! Vielen Dank. Der Herrgott soll es dir vergelten.«

FEUER

Bevor Gerwig am Tag nach dem Brückenfest wieder mit seiner Frau nach Karlsruhe abfuhr, erhielt Grieshaber noch die Order, schnellstens die noch nicht montierten großen Seitenteile an der Brücke einzupassen. Gerwig wunderte sich dabei über das etwas ramponierte Aussehen von Grieshaber. Offensichtlich Nachwirkungen des Brückenfestes, dachte er. Laut sagte er: »Mein Freund Beha kam gestern Abend bereits mit dem Pferdeschlitten. Auf den Schwarzwaldhöhen liegt schon Schnee. Der Wintereinbruch erreicht sicher in den nächsten Tagen auch das niedriger gelegene Hornberg. Eile ist angesagt. Lassen Sie, und wenn es sein muss mit einer Sonderschicht, am Sonntag das Brückengeländer anbringen.«

Entgegen der erwarteten Zustimmung bemängelte Grieshaber den altersschwachen Dampfkran, der die Eisenteile auf die 24 Meter hohe und 150 Meter lange Brückenkonstruktion hieven sollte.

»Soll ich mich jetzt auch noch um den technischen Kram kümmern? Das interessiert mich nicht! Egal wie, das Brückengeländer wird in den nächsten Tagen montiert«, herrschte ihn der Baudirektor an.

Grieshabers Einwand, die Tage seien jetzt im November kürzer, ließ Gerwig nicht gelten.

»Und noch was«, grollte Gerwig. »Wenn das Geländer steht, verlegen Sie einen Teil der Mannschaft in die neuen Unterkünfte nach Nußbach bei Triberg, Grabendörfer benötigt dringend Verstärkung für den Sommerauer Tunnel. Durch den Teileinsturz des Stollens im Juni sind wir auch dort in Zeitverzug.«

Ohne ein weiteres Wort fuhr Gerwig weg. Wütend schaute der Oberingenieur der fahrenden Kutsche hinterher. Ihn plagten schon genügend Probleme. Noch immer machte sich der Alkohol vom gestrigen Fest bemerkbar und die Drohung des Jockelbauern wegen der Vergewaltigung klang ihm noch in den Ohren. Dazu kamen seit ein paar Tagen erste Schwierigkeiten im gemischten Lager zwischen den 30 Deutschen und zehn Italienern. Die Deutschen beschwerten sich über die neuen Ankömmlinge und verlangten eine Verlegung. »Sie stinken«, war noch der harmloseste Einwand und es war seiner Meinung nach nur noch eine Frage der Zeit, bis das Zusammenleben der beiden Nationen eskalierte. Maria fehlte am Morgen beim Frühstück und auch hier maulten die Arbeiter über das nicht vorhandene Frühstück.

Rocco rief: »Die Großen schlemmen und wir Arbeiter sind wohl der letzte Dreck.« Offensichtlich blieb die gut gedeckte Tafel vom gestrigen Abend den Arbeitern nicht verborgen. Zum Glück gelang es Rocco und Giuseppe, nach einer Stunde den maroden Dampfkran wieder in Gang zu bringen und die Arbeiten an der Brücke konnten weitergehen. Dafür versprach ihnen Grieshaber zur Belohnung einige Krüge Dunkelbier. Als er am Abend der versammelten Arbeiterschaft die Sonntagsschicht ankündigte, gab es ein großes Murren. Erst als er zwei freie Tage nach Fertigstellung des Brückengeländers versprach, beruhigten sich die Männer.

Mitten in der Nacht von Samstag auf Sonntag läutete die Feuerglocke des gotischen Kirchleins der Johannes-Täufer-Kirche von Hornberg Sturm. Sofort sprang der Apotheker Doktor Klaubrecht, Wehrführer der Hornberger »Floriansjünger«, aus dem Bett, schlüpfte in seine Uniform und nahm den Helm vom Schrank. Glockenläuten in der Nacht bedeutete Feueralarm. Schnell eilte er zum Rathaus, wo in einem ebenerdigen Raum sämtliches Löschgerät der gut ausgestatteten Hornberger Feuerwehr aufbewahrt wurde. Innerhalb weniger Minuten meldete sich fast die gesamte Löschmannschaft, immerhin 100 Mann stark, einsatzbereit.

»Wo brennt's denn?«, fragten aufgeregt die Männer, bis einer hinunter in Richtung zur Schwarzwaldbahn-Baustelle zeigte.

»Dort!«

Die meisten rannten zu Fuß in diese Richtung, andere zogen eiligst die Feuerwehrspritze hinter sich her. Aus einer der hölzernen Unterkunftsbaracken loderten bereits unübersehbar die Flammen. Einige Italiener rannten kopf- und planlos durch die Gegend und riefen: »Fuoco, Fuoco!«

Am Brandherd angekommen, gab der Wehrführer seine präzisen Kommandos: »Legt die Schläuche für die Löschpumpe zur nahen Gutach. Bildet eine doppelte Menschenkette für die Wassereimer.«

Mehrere Männer teilte er ein, sie mussten an Stricken hängende leere Eimer in die Gutach werfen und die gefüllten Eimer an die Menschenketten weitergeben.

Plötzlich schrie einer der Italiener: »Rocco! Wo ist Rocco?«

Die Italiener scharten sich zu einer Gruppe zusammen, doch Rocco fehlte. Giuseppe drehte durch. Er lief in Richtung der qualmenden Baracke, von der nur noch die Seitenwände standen, doch zwei Feuerwehrleute hinderten ihn, sich in den übrig gebliebenen Rest des Gebäudes zu stürzen. Immer wieder schrie er: »Rocco, Rocco!« Nach einer Stunde war der Brand endlich gelöscht. Als es hell wurde, konnte man das Ausmaß der Zerstörung deutlich erkennen. An eine weitere Benutzung des Lagers war nicht zu denken, denn das Feuer zerstörte die tragende Konstruktion und die noch vorhandenen Wände befanden sich in einem Abriss würdigen Zustand. Der Feuerwehrkommandant schickte einen seiner Leute nach Gutach, um Grieshaber zu holen. Dieser, gerade im Begriff mit der Familie den sonntäglichen Gottesdienst zu besuchen, fluchte vor sich hin, denn als gewählter Gemeinderat zeigte er sich wenigstens am Sonntag gerne in der Kirche. Er verabschiedete sich eilig von seiner Frau und den Kindern und fuhr auf der Kutsche mit dem Feuerwehrmann nach Hornberg zurück. An der Brandstelle bahnte er sich seinen Weg durch die vielen Schaulustigen zum Wehrführer.

Der empfing ihn mit den Worten: »Danke, Herr Grieshaber, dass Sie so schnell gekommen sind. Leider konnten meine Männer und ich das Gebäude nicht mehr retten. Wenigstens konnten wir ein Übergreifen der Flammen auf die andere Baracke und auf die Kantine verhindern.«

»Sind wenigstens keine Personen zu Schaden gekommen?«, fragte besorgt der Oberingenieur.

»Noch fehlt uns der Überblick. Allerdings fehlt anscheinend bei den italienischen Arbeitern ein Mann namens Rocco.«

Grieshaber suchte Giuseppe auf, der völlig aufgelöst in einer Gruppe von Italienern stand. Seine Befürchtungen reichten von Brandstiftung der verärgerten deutschen Arbeiter bis hin zu einem Racheakt von Maria.

»Wo ist Rocco?«

Giuseppe schluchzte und mit Tränen in den Augen berichtete er: »Irgendeiner schrie nachts ›Fuoco, Fuoco‹. Es brannte in der Unterkunft schon lichterloh. Ich wollte Rocco noch warnen, doch in seiner Ecke schlugen die Flammen besonders hoch. Ich wusste nicht, hatte sich Rocco schon gerettet oder nicht. Was dann passierte, weiß ich nicht mehr so genau. Wir rafften schnell unsere wenigen Sachen zusammen und stürmten ins Freie. Draußen suchte ich Rocco. Vergebens!«

Mittlerweile löschten die Feuerwehrleute die letzten Brandnester. Behutsam arbeiteten sie sich Schritt für Schritt vor, bis sie auf ein am Boden liegendes verkohltes Etwas stießen. Es musste sich um eine Leiche handeln. Rocco? Der Körper war schwarz und bis zur Unkenntlichkeit verbrannt. Es konnte nur Rocco sein. Schnell deckten sie die Leiche mit einer Plane zu. Grieshaber bekam die unangenehme Aufgabe, den Arbeitern die schlechte Botschaft zu überbringen. Giuseppe schrie auf! Alle kannten Rocco als sauf- und rauflustige Person, doch der Tod des Kollegen berührte alle. Eine Sonderschicht zur Herstellung des Brückengeländers war an diesem Sonntag nicht mehr möglich. Um die Trauer etwas zu mildern, lud Grieshaber alle in den Saal der Schlossbrauerei zum Essen und zu einem Getränk ein. Giuseppe verzichtete auf das Essen und verlangte dafür ein großes Glas Schnaps. Die ebenfalls eingeladenen Feuerwehrleute tranken dagegen das übliche »Löschwasser«. Für sie galt die Vorgabe von Grieshaber für ein Getränk nicht und sie nutzten deshalb eifrig das Freibier der Eisenbahngesellschaft. Ausnahmsweise herrschte heute Eintracht zwischen den Deutschen und den Italienern. Die Nacht verbrachten die knapp 40 nun obdachlosen Italiener mehr oder weniger schlafend auf dem Fußboden der Kantine.

Früh am Montag servierten die Kantinenhelferinnen für alle heißen Kaffee, Brot, Butter und Marmelade. Dabei konnten die Serviererinnen ohne Weiteres die unterschiedlichen Nationen unterscheiden, denn die Italiener tranken den Kaffee schwarz, während die Deutschen ihn mit Kuhmilch verdünnten. Warum Maria wieder fehlte, wusste keine der Frauen. Die Fertigstellung des Brückengeländers musste warten.

Grieshaber nahm die Einteilung vor: »Zehn Männer helfen bei der Entfernung der Brandreste und beginnen anschließend mit dem Wiederaufbau einer neuen Unterkunft. Die anderen melden sich heute Nachmittag bei Ingenieur Grabendörfer in Nußbach bei Triberg. Dort gibt es noch freie Unterkünfte. Außerdem benötigen wir dort dringend Verstärkung für den Bau des Sommerauer Tunnels.«

Grieshaber zeigte auf die Männer, die er für den Tunnelbau vorgesehen hatte. Darunter auch Giuseppe.

»Warum ich«, begehrte Giuseppe auf. Grieshaber hatte sich nach reiflicher Überlegung entschlossen, seinen Komplizen abzuschieben, denn die Geschäftsbeziehung mit dem Jockelbauern reduzierte sich, bedingt durch den kaum mehr möglichen Materialdiebstahl, nur noch auf die Holzlieferungen. Und diese dürften sich nach dem Brand erweitern. Noch heute wollte er eine Ausweitung der Holzlieferung für den Wiederaufbau der Baracke nach Karlsruhe einreichen.

Kurz vor der Abreise der Bauarbeiter nach Triberg polterte Polizeihauptmann Schuler in die Kantine. Nachdem man ihn am nächsten Tag über den Brand und die gefundene verkohlte Leiche informiert hatte, eilte er sofort nach Hornberg.

»Meine Herren, die Brandursache ist schnell gelöst. Meine Untersuchungen ergaben einwandfrei, der Brand entwickelte sich von der Schlafstätte des Toten aus. Vermutlich rauchte dieser und ist mit der brennenden Zigarette eingeschlafen.«

Grieshaber erboste sich künstlich: »Ich habe doch striktes Rauchverbot innerhalb der hölzernen Unterkünfte angeordnet! Non Fumare war jedem der Arbeiter bekannt.«

Jeder der Anwesenden wusste genau, Grieshaber, der seinen Tabak in der Kantine verkaufen ließ, duldete das Rauchen in der Unterkunft, besonders jetzt, da niemand mehr in der kalten Nacht vor dem Gebäude rauchen wollte. So schnell, wie der Polizeihauptmann Schuler kam, verschwand er wieder.

Nun setzte sich der Tross der für Nußbach vorgesehenen Arbeiter zu Fuß in Richtung Triberg in Bewegung. Ab Niederwasser lag Schnee neben der Straße und ab Gremmelsbach orientierten sich die Italiener nur noch an den Stecken, die den Straßenrand markierten. Ingenieur Grabendörfer nahm die Verstärkung freudig in Empfang und wies ihnen die Schlafplätze zu. Am Abend begrüßten die bereits ansässigen Arbeiter die Neuankömmlinge mit einem großen Benvenuti. Nur Antonio und Francesco stellten mit Unmut fest, Giuseppe bekam sein Bett in ihrer Nähe. Am nächsten Tag verschlimmerte sich die Lage für die beiden noch mehr, denn Grabendörfer teilte Antonio als zweiten Gruppenführer unter Giuseppe und Francesco als seinen Sprengmeister ein. Aufgrund seiner schmächtigen Figur verschonte Grabendörfer von Anfang an den jungen Francesco von schweren Arbeiten und ließ ihn als Sprengmeister ausbilden. In Hornberg schrieb Grieshaber an Gerwig nach Karlsruhe, schilderte den Brand und beantragte eine weitere Holzlieferung für den Aufbau der Baracke. In wenigen Zeilen schilderte er das Untersuchungsergebnis des Polizeihauptmanns Schuler.

Glücklicherweise keine Brandstiftung, dachte er dabei.

DER AUFTRAG

Gerwig sass grübelnd an seinem Schreibtisch in Karlsruhe über seinen Planungen. Mit dem Bau der Schwarzwaldbahn erlangte der Ingenieur eine derartige Bekanntheit, weshalb er immer weitere Aufträge bekam. Momentan beschäftigte er sich mit den neuen Eisenbahnlinien im Oberland in der Nähe des Bodensees: Stockach–Meßkirch, Schwackenreute–Pfullendorf und Krauchenwies–Sigmaringen. Immer wieder betrachtete er seinen Entwurf mit den ausgedehnten Bahnhofsanlagen von Schwackenreute, denn nach seinen Vorstellungen sollte hier ein leistungsfähiger Knotenpunkt für die große Westostlinie Paris–Wien und vom Norden her Ulm–Bodensee entstehen.

Mitten in seinen Überlegungen störte ihn seine Frau Lina: »Robert, heute ist der 6. Dezember. Den ganzen Tag denke ich an die Gründerversammlung in Bern. Escher stellte dir doch die Anstellung als Oberingenieur der Gotthardbahn in Aussicht.«

»Man sagt in der Schweiz den Bernern eine gewisse Langsamkeit nach, aber der agile Escher wird sie schon antreiben.«

Gerwig stand auf und umarmte seine Frau. Diese gab ihm einen langen Kuss.

»Ich würde so gerne mit dir nach Zürich ziehen. Die neue Bahnhofstraße, die Geschäfte, der See, die herrliche Landschaft, einfach toll. Für dich wäre die Anstellung eine große Ehre und eine Erweiterung deiner Reputation.«

»Wenn es nach Escher geht, bekomme ich bestimmt die leitende Position bei der Gotthardbahn. Zum Problem könnten allerdings meine finanziellen Forderungen werden.«

»Robert, das wird schon! Und was macht deine Arbeit hier?«

»Mit den Planungen komme ich gut voran.«

»Gut! Dann lasse ich dich wieder arbeiten.«

Lina gab ihm nochmals einen Kuss und entfernte sich. Kurz darauf störte ihn seine Frau abermals.

»Entschuldige, Robert! Der Postbote brachte soeben einen Brief. Von deinem Assistenten Grieshaber. Vielleicht ist der Inhalt wichtig?«

Gerwig öffnete den Brief und fluchte: »Eine Baracke ist völlig abgebrannt. Es gab einen Toten. Und das Brückengeländer ist auch nicht fertig montiert. Dazu wünscht er sich noch einen neuen Dampfkran, aber den benötigt er vor dem Frühjahr wohl kaum noch. Er will außerdem schnell noch die Genehmigung für eine nicht einkalkulierte Holzlieferung. Wieder eine zusätzliche große Summe. Moment! Da fällt mir etwas ein! Beim Brückenfest stürmte ein junger Mann in den Saal und steckte mir ein Angebot zu. Bitte hole die Jacke!«

Mein Gott, dachte Lina, wie viele Arbeiter sterben noch für diese Schwarzwaldbahn? Sie suchte aus dem Schrank die Jacke heraus, die ihr Mann zum Brückenfest getragen hatte.

Beide lasen das Angebot. Gerwig bemerkte: »Ich habe die aktuellen Holzpreise nicht im Kopf, doch gleich morgen lasse ich das Angebot von Geheimrat Zimmer überprüfen.«

Kurz nach 8.00 Uhr betrat der Geheimrat das Gebäude der Badischen Eisenbahngesellschaft. Er war gut gelaunt, hatte er doch ein angenehmes Wochenende im Kreise seiner Familie verbracht. Freundlich grüßte er die Schreibkräfte und Sekretäre, welche bereits an den Stehpulten ihre Arbeit aufgenommen und ihre Ärmelschoner übergestülpt hatten. Zimmer freute sich, dass sämtliche Schreibtische besetzt, und demnach keine Krankheitsfälle oder sonstigen Ausfälle zu verzeichnen waren. Das Personal erwiderte seinen Gruß. Nachdem Hermann Zimmer sein Büro betreten hatte, zog er die dicken Samtvorhänge zurück und öffnete das große Fenster, um den Mief, der sich übers Wochenende angestaut hatte, aus dem Raum zu entfernen. Die kalte Luft, die ihm entgegenwehte, tat ihm sichtlich gut und ein kurzer Blick zum Himmel signalisierte ihm, es würde wohl ein schöner Tag werden. Nach dem Luftholen hing er seinen dicken, mit einem Pelzkragen besetzten Wintermantel und den Stockschirm an die Haken des hölzernen Kleiderständers. Seinen Hut beförderte er mit einem gezielten Wurf auf die Hutablage, wo dieser, zu seinem eigenen Erstaunen, sofort liegen blieb.

»Volltreffer«, sagte er, bevor er an seinem großen Mahagoni-Schreibtisch Platz nahm. Es klopfte. »Herein«, rief Zimmer, als es an seiner Türe bereits mehrfach kräftig geklopft hatte. Sein Obersekretär steckte schüchtern den Kopf zur Tür herein und informierte ihn, dass er, wie es einer seiner täglichen Aufgaben war, die Post gesichtet und die Geschäftsbriefe zur Besprechung vorbereitet hatte. Dabei schaute er seinen Vorgesetzten Zimmer an, als erwartete er für diese Tätigkeit ein überschwängliches Lob. Zimmer unterhielt zu seinen Angestellten zwar ein gutes Verhältnis, doch er zog es bewusst vor, eine gewisse Distanz zu wahren, schon aus dem Grund, damit seine Autorität nicht untergraben würde.

»Bringen Sie das Zeugs her, dann können wir alles Wichtige miteinander besprechen, doch zuvor heizen sie meinem Ofen kräftig ein, denn ich habe keine Lust, im eigenen Büro zu erfrieren. Legen Sie nur ein paar Scheite mehr auf«, wies Zimmer den Sekretär an, der sich umgehend daranmachte, die Anweisungen zu befolgen. Nachdem das Holz im Kanonenofen prasselte und eine wohlige Wärme den Raum durchzog, nahm auch der Sekretär an Zimmers Schreibtisch Platz und legte mehrere Schreiben zur Unterschrift vor.

»Was haben wir denn heute wieder für lebenswichtige Dinge auf dem Tisch«, begann Zimmer das Gespräch mit dem Sekretär. Der eifrige Beamte hatte bereits reichlich Erfahrung, um Wichtiges von Profanem zu unterscheiden. Der Geheimrat hatte nicht den Nerv, sich um unwesentliche Dinge, die auch seine Sekretäre erledigen konnten, zu kümmern. Ihm entging somit nichts Wesentliches, denn alle wichtigen Dokumente legte man ihm zur Unterschrift vor. Zufrieden, weil der Geheimrat alle Dokumente unterzeichnete, entfernte sich der Sekretär. Wieder klopfte es.

»Herein«, rief Zimmer.

Gerwig streckte seinen Kopf herein.

»Hallo Hermann, so früh schon bei der Arbeit?«

»Und du bist auch nicht gerade eine Lerche. Muss schon was Wichtiges sein, wenn du so früh kommst.«

»Kann man so sagen. Eine Hiobsbotschaft von meinem Oberingenieur aus Hornberg. Eine Baracke ist abgebrannt. Es gab einen Toten. Laut Polizei hat dieser entgegen den Anordnungen im Bett geraucht und ist eingeschlafen.«

Zimmer schlug die Hände über dem Kopf zusammen: »Mein Gott, wieder ein Toter. Und weitere zusätzliche Kosten.«

»Deshalb bin ich gekommen. Beim Brückenfest steckte mir ein junger Mann ein Angebot zu und dies erscheint mir bedeutend günstiger. Dein Buchhalter sollte sofort die Preise vergleichen.«

Während die beiden einen Cognac tranken, einigten sie sich auf eine eilige Holzlieferung zum Aufbau der abgebrannten Baracke. Der Buchhalter prüfte inzwischen die Preise und legte den Vergleich auf den Tisch. Erstaunt stellten Zimmer und Gerwig eine Differenz des Klafterpreises von etwa 20 Prozent fest.

Geheimrat Zimmer kam eine solche Einsparung sehr gelegen. »Da kauft Grieshaber seit Jahren wohl zu teuer ein. Wir nehmen das vorliegende Angebot an und bestellen bei der Flößerei Weis in Wolfach. Hoffentlich die gleiche Qualität.«

Er erteilte die entsprechende Order an den wartenden Buchhalter.

DIE HOLZLIEFERUNG

Im Hauptkontor der Flößerei Weis herrschte helle Aufregung, weil die für den niederländischen Großkunden in Amsterdam bereitliegenden Baumstämme noch immer nicht das Betriebsgelände verlassen hatten. Seit zwei Tagen stand die wertvolle Fracht auf den vollbeladenen Leiterwagen und blockierten die schmale Einfahrt zum Betriebsgelände der Flößerei. Der Grund für dieses Debakel war, dass der bestellte Rungenwagen noch immer nicht auf dem hinteren Abstellgleis der Bahnstation Hausach rangiert wurde, damit die Weis'sche Holzladung endlich von den Arbeitern der Flößerei aufgeladen werden konnte. Jonathans Vater lief wie ein Tiger auf und ab, um seine blankliegenden Nerven einigermaßen zu beruhigen. Er konnte sich an Unpünktlichkeit und die dadurch entstehenden Verzögerungen einfach nicht gewöhnen und war deshalb sehr verärgert, dass ihm diese seiner Meinung nach »neumodische und höchst überflüssige Erfindung«, die Bahn, wieder einen Strich durch seine Rechnung machte. Vater Weis hatte ein sehr angespanntes Verhältnis zu dieser Technik mit den »schnaufenden und furchtbar stinkenden Dampfrössern«.

»Früher war das alles besser, da haben wir unser Holz direkt bis zum Rhein und dann bis nach Holland verschifft und heute müssen wir uns nach den Befehlen der Eisenbahner richten. Dies wird unseren Betrieb noch ruinieren. Ich hoffe, dass mein Arbeiter jetzt endlich vom Bahnhof zurückkommt, um mir die Bereitstellung des Waggons zu bestätigen. Dann lasse ich sofort die Ochsen einspannen, damit sie die Karren zum Bahnhof ziehen können«, versuchte er sich zu beruhigen. Im Grunde seines Herzens hatte Weis jedoch ein wesentlich moderateres Verhältnis zur neuen Bahn in den Schwarzwald, denn er war ein äußerst kluger Mann und spürte, dass auf Dauer die neue Zugverbindung von Offenburg durch das Kinzigtal und weiter durch den Schwarzwald bis an den Bodensee auch eine Chance bedeutete.

Endlich kam der Arbeiter vom Bahnhof zurück und meldete, dass der Waggon bereitstünde und ab dem nächsten Tag frühmorgens beladen werden könne.

»Ich glaube, es ist das Gleis Nummer drei, welches sich im hinteren Bereich des Bahnhofs befindet. Wir können mit unseren Ochsengespannen direkt bis dorthin fahren, um zu beladen. Den Verladekran wird ein Mitarbeiter der Bahnhofsbelegschaft bedienen, sodass wir die Stämme recht schnell auf den Holztransportwaggon hieven können. Sobald diese Tätigkeiten beendet sind, soll sich jemand mit dem Stationsvorsteher in Verbindung setzen, damit die erforderlichen Frachtpapiere ausgestellt werden können«, meldete der Mitarbeiter seinem Chef.

»Jonathan, der Rungenwagen steht endlich auf dem Bahngelände bereit. Wir können bereits morgen früh loslegen. Bitte kümmere dich auch um die Papiere und lass, sobald es hell ist, die Ochsen einspannen«, wies der Seniorchef seinen Sohn an.

»Geht in Ordnung, wir fangen in aller Herrgottsfrühe an, damit wir noch am Vormittag mit der Verladearbeit und dem Papierkram fertig sind«, entgegnete Jonathan und verließ das Büro. Im Grunde war Jonathan recht froh, dass er nun erstmals die Möglichkeit bekam, eine Holzlieferung alleine abzuwickeln, obwohl er sich bewusst war, dass sich sein Vater nur vor den damit verbundenen bürokratischen Arbeiten drücken wollte. Aber ihn reizte diese Aufgabe, zumal er die Gelegenheit zu einem kleinen Abstecher mit der Bahn von Hausach nach Gengenbach und zurück nutzen wollte. Seit der Rückfahrt mit dem Zug bei der unterbrochenen Floßfahrt von Mannheim nach Hausach schätzte er die rasante Fahrt durch die Landschaft.

Als der Hahn vom gegenüberliegenden Bauernhof krähte, ließ Jonathan bereits die Ochsen vor die beiden Leiterwagen spannen. Diese Arbeit ging, trotz der frühen Morgenstunde, routinemäßig vonstatten. Seine Mitarbeiter hatten Erfahrung und waren es gewohnt, mehrmals in der Woche bestelltes Holz so früh an Kunden auszuliefern. Zum Glück hatte es kaum geschneit, sodass der nur ungefähr 300 Ruthen lange Weg bis zum Bahnhof Hausach nicht allzu beschwerlich wurde. Jonathan Weis wusste natürlich, dass in wenigen Wochen, zum 1. Januar 1872, im Großherzogtum Baden und im Deutschen Reich verbindlich das metrische System eingeführt würde, aber er zog es dennoch vor, genau wie sein Vater, diese verbleibende Zeitspanne zu nutzen, noch das alte Längenmaß zu verwenden, obwohl bereits die neuen Maßtabellen im Kontor vorlagen. Als die Arbeiter auf dem großen Leiterwagen Platz genommen hatten, knallten die beiden Kutscher mehrmals mit den ledernen Peitschen und die schweren Gespanne setzten sich langsam in Bewegung. Am Bahnhof war alles vorbereitet. Als Jonathan mit seinem Tross endlich ankam, salutierte der Vorsteher militärisch und deutete mit einer Handbewegung die Richtung an, welche zum Gütergleis im hinteren Bahnhofsbereich führte.

Während der Kranführer die Dampfmaschine des Krans zum Laufen brachte, legten die Arbeiter bereits dicke Trosse um die einzelnen Stämme, damit diese möglichst schnell verladen werden konnten. Nachdem alle Beteiligten kräftig angepackt hatten, waren die Verladearbeiten schneller als erwartet beendet und Jonathan konnte im Büro des Bahnhofvorstehers die erforderlichen Regularien abwickeln. Nach kurzer Zeit hatte er die Fracht- und Zollpapiere in Händen. Zwischenzeitlich wurde der Rungenwagen hinten an den Zug angekoppelt. Nun begab sich Jonathan zum Fahrkartenschalter und löste eine Rückfahrkarte nach Gengenbach. Bevor er einstieg, machte ihn der Fahrdienstleiter noch auf die nahtlosen Radreifen an der Lokomotive und an den Waggons aufmerksam, mit denen sich ein gewisser Herr Krupp aus Essen eine goldene Nase verdiente. Mit dieser Neuerung konnten die Züge noch schneller fahren. Er betrat das Abteil der dritten Klasse des Zuges. Im Waggon herrschte großes Gedränge. Einige Marktfrauen fuhren mit ihren Eierkörben und Gänsen ins nahegelegene Haslach zum Wochenmarkt. Während Jonathan sich im Abteil umschaute, entdeckte er eine junge Frau, die ihm einige Sitzreihen entfernt gegenübersaß und ihr Gesicht mit einem dunklen Schleier verhüllt hatte. Zuerst nahm er keine weitere Notiz von dem Mädchen, doch als er die Frau ein weiteres Mal in Augenschein nahm, meinte er, seinen Augen nicht zu trauen.

Das ist doch Maria, schoss es ihm durch den Kopf. Je länger er die Frau beobachtete, umso sicherer war er sich: das konnte nur Maria Winterhalder sein. Was machte sie hier im Zug? Wäre der Wagen nicht so voll, hätte ich sie bereits früher entdeckt, waren seine Gedanken. Er war von seiner Entdeckung hin und her gerissen, denn noch immer geisterte ihm Maria im Kopf herum.

Sie ist schon ein braves und fleißiges Mädchen, das meinte auch ihre Mutter. Aber dann lässt die sich doch von einem herbeigelaufenen Italiener ein Kind aufdrängen. Gewiss sie ist durch den Tod ihres Liebhabers wieder alleine, doch ich sehe nicht ein, dass ich sie heiraten und einen Bankert von einem Bahnarbeiter großziehen soll. Wenn sie nicht schwanger wäre, dann würde ich sie schon gerne heiraten.

Immer und immer wieder schaute Jonathan nach der Person, die sich still und verhalten an ihrem Platz aufhielt. Er war sich nicht sicher, ob es wirklich Maria war, denn dann hätte er erwartet, dass sie sich ihm gegenüber zu erkennen geben würde.

Vielleicht fährt sie zur Engelmacherin und lässt das Übel wegmachen. Dann gäbe es wieder Hoffnung für mich. Sie weiß sicher, dass ich darauf bestehen würde.

Während der Fahrt kontrollierte ein Schaffner die Fahrgäste. Auch Jonathan zeigte auf Verlangen seine Fahrkarte.

Der Schaffner knipste ein Loch in den kleinen bräunlichen Karton und reichte ihn mit der Bemerkung »Alles in Ordnung« zurück. Jonathan dachte dabei an den derben Witz einer seiner Flößer. Bei der Floßfahrt nach Mannheim legten sie in der Nähe von Speyer eine Rast ein. Nachdem das Floß am Ufer befestigt war, schlachteten sie einen Ochsen und schmorten die Fleischstücke in den mitgebrachten Eisenpfannen über dem offenen Feuer. Die Knochen und Gedärme warfen sie wie immer in den Fluss. Während das Fleisch garte, bedienten sich die Männer Krug um Krug am Bierfass und erzählten Geschichten. Darunter das Erlebnis eines Knechtes über das Abenteuer seiner ersten Eisenbahnfahrt. Auch hier kam der Schaffner und knipste ein Loch in die Fahrkarte.

»Wisst ihr, warum der Schaffner ein Loch knipst?«

Keiner gab eine Antwort.

»Weil man ohne Loch keinen fahren lassen kann!« Ein Gegröle folgte diesem derben Witz.

Jonathans Blick wanderte wieder zu der schwarz verschleierten Frau.

War es Maria oder war sie es nicht? Beim Aussteigen in Gengenbach ging er direkt an der Dame vorbei. Er stellte enttäuscht fest, es war nicht Maria. War es ein Traumbild oder ein Wunschtraum? Er wusste es nicht. Kurz bevor der Zug abfuhr, warf er noch einen Blick in den Waggon der ersten Klasse und stellte überrascht den Unterschied zwischen der ersten und der dritten Klasse mit den Holzbänken fest. Er nutzte den Aufenthalt zu einem Rundgang durch das schöne Fachwerkstädtchen. Staunend besichtigte er die Stadtbefestigung mit den fünf Türmen, den herrlichen Marktplatz umgeben von schönen Bauwerken und wunderte sich, warum er nicht schon längst einen Ausflug hierher unternommen hatte. Ihm wurde bewusst, dass sich mit den schnelleren Verbindungen mittels der Eisenbahn neue Möglichkeiten der Freizeitplanung ergaben. Spontan entschloss er sich, auf der Rückfahrt bis zum Bahnhof Hausach gegen eine entsprechende Zuzahlung luxuriös Erster Klasse zu fahren.

Als Jonathan das Kontor der Flößerei betrat, bat ihn sein Vater Platz zu nehmen. Anstatt ihn zu begrüßen und sich nach seiner Bahnfahrt zu erkundigen, zeigte er ihm freudig die große Bestellung aus Karlsruhe. Weniger erfreut zeigte sich Jonathan.

»Wie sollen wir das Holz in so kurzer Zeit liefern? Gerade brachten wir eine große Lieferung zur Bahn. Hier steht ›dringend‹ und ›sofort‹. Dringend ist auch die nächste Holzlieferung nach Holland. Ich sehe uns nicht in der Lage, in den nächsten Tagen die Bahnbaustelle von Hornberg mit ausreichend Material zu versorgen.«

Vater Weis überlegte angestrengt. »Als einzige Möglichkeit bliebe, das Holz direkt über den Hornberger Jockelbauern anliefern zu lassen. Mit dem standen wir früher in einem guten geschäftlichen Kontakt.«

Sein Gesicht hellte sich auf, denn dieser rettende Gedanke schien ihm nicht abwegig. Je mehr er darüber nachdachte, desto mehr fand er Gefallen an seiner Idee, denn der Bahngesellschaft eine Absage wegen Lieferschwierigkeiten zu erteilen, wäre ihm sehr peinlich gewesen und hätte auch dem Ruf seiner Flößerei bestimmt geschadet. Außerdem duldete die Holzlieferung keinen Aufschub mehr. Jonathan hörte dem Vater ohne etwas zu sagen aufmerksam zu und begeisterte sich nach einer Weile für seinen Vorschlag, obwohl er nicht besonders glücklich war, dass die Flößerei Weis bei einem kleinen Bauern um Holz betteln musste.

»Jonathan, ich werde schon morgen früh den Jockelbauern aufsuchen und mit ihm über alles reden«, beendete der Vater das Thema der schnellen Holzlieferung und ging zum Weinschrank, um seine Eingebung mit einem Gläschen Badischen zu feiern.

Das Wetter war nicht gerade einladend, als ein Arbeiter die Kutsche einspannte, doch Vater Weis wollte keine Zeit verlieren. Viel zu wichtig schien ihm, möglichst bald ein zufriedenstellendes Abkommen mit dem Jockelbauern zu treffen. Trotz der widrigen Umstände erreichte Weis ohne nennenswerte Zwischenfälle den Jockelbauernhof. Die Bäuerin sah schon von Weitem die Kutsche kommen, die direkt auf den Hof zusteuerte.

»Du, ich glaube wir bekommen Besuch«, rief sie ihrem Mann zu, der sich im Stall zu schaffen machte. Der Jockelbauer ließ sich jedoch vom Rufen seiner Frau nicht beeindrucken, denn er war sich sicher, dass es die Aufgabe seiner Frau war, Besuche zu empfangen. Dennoch rief er ihr zu, er würde unverzüglich kommen. Nachdem die Kutsche den Hof erreicht hatte und der Gast ausgestiegen war, hellte sich das Gesicht der Jockelbäuerin auf, denn sie erkannte den Gast. Sie rief ihrem Mann zu:

»Es ist der Flößer Weis von Wolfach. Ich gehe mit ihm schon mal in die Wohnstube.«

Während die Bäuerin damit beschäftigt war, dem Besuch ein Gläschen Kirschwasser zu kredenzen, betrat der Jockelbauer die Stube.

»Mein lieber Herr Weis. Schon lange nicht mehr gesehen. Was führt Sie denn bei diesem Sauwetter zu mir?«, begrüßte er mit ausgestreckten Armen den Gast.

Dieser kam ohne lange Vorrede mit seinem Anliegen auf den Punkt.

»Sie haben doch sicher schon den Brandunfall auf der Bahnbaustelle bei der Eisenbahnbrücke gesehen. Jetzt darf ich eine große Lieferung Bauholz liefern, damit die Italiener-Baracke schnell aufgebaut werden kann.«

Der Jockelbauer schüttelte erstaunt den Kopf, denn für Holzlieferungen an die Bahn war doch bisher ausschließlich er zuständig. Erst jetzt fiel ihm auf, dass der Halsabschneider Grieshaber noch keinen Auftrag an ihn erteilt hatte. Deshalb nahm er sich vor, ihn möglichst bald zur Rede zu stellen. Vorerst zeigte er aber ein großes Interesse am Anliegen des Flößers.

»Durch eine sehr dringende Lieferung nach Holland herrscht bei uns ausnahmsweise ein Engpass und ich kann nicht so schnell liefern, wie es die Eisenbahngesellschaft wünscht«, klärte Weis den Jockelbauern auf.

Schneller als dies der Flößer erwartete, zeigte der Jockelbauer Interesse für dieses Geschäft, denn er wusste etwas, was Flößer Weis nicht ahnen konnte. Bei den Holzlieferungen an Grieshaber musste er jedes Mal zwanzig Prozent dem gierigen Oberingenieur bar in die Hand drücken. Bald waren sich die beiden einig.

Der Grieshaber wird sich bei dieser Holzlieferung

wundern, waren die Gedanken des Jockelbauern, als er mit dem Flößer das Geschäft per Handschlag besiegelte.

Nachdem das Geschäftliche erledigt war, ließ der Jockelbauer noch ein schmackhaftes Schwarzwälder Vesper auftischen. Deshalb rief er nach Maria, die sich wie immer auf dem Hofe nützlich machte. Als das Mädchen die Teller beladen mit dünn geschnittenem Speck und gerauchten Bratwürsten sowie einem Korb voll Bauernbrot servierte, betrachtete der Flößer diese junge Frau genauer und was er sah, erweckte sein Interesse. Maria wusste natürlich sofort, dass dies der Vater von Jonathan war, doch sie hütete sich, darüber zu sprechen. Als Maria den Tisch wieder abgeräumt und die Wohnstube verlassen hatte, kam der Flößer auf Maria zu sprechen.

»Das ist ein nettes Mädel, die wäre was für meinen Jonathan«, schwärmte er dem Bauern und der Bäuerin vor. Der Bauer nutzte die Gelegenheit, dem Gast die Lebensgeschichte des Mädchens zu erzählen. Er erwähnte dabei auch die Schwangerschaft und dass sie deshalb vom elterlichen Winterhalderhof vertrieben wurde. Die Vergewaltigung durch Grieshaber verschwieg der Bauer aus gutem Grund. Weis hörte den Ausführungen des Jockelbauern interessiert zu, doch an seiner Meinung über Maria hatte sich nichts geändert. Er fand das Mädchen nach wie vor sehr nett und die Schwangerschaft störte ihn nicht, schließlich wartete er schon längst auf einen Enkelsohn. Dass dieses Kind von einem italienischen Gastarbeiter gezeugt wurde, verschwieg der Bauer. Gutgelaunt kam der Flößer wieder in Wolfach an und erzählte Jonathan sofort von seinem

Abkommen mit dem Jockelbauern. Und dass er eine Magd kennengelernt habe, die »gut in unsere Flößerei passen würde ...«.

Jonathan war von der Schwärmerei seines Vaters überrascht und erstaunt, dass ihn nicht einmal die Schwangerschaft sonderlich störte. Er ließ sich jedoch nichts anmerken und er tat so, als ob ihn Vaters Empfehlung nicht interessieren würde. Dabei spürte er, dass Vater recht hatte. Doch eine Schwangere zu heiraten? Sein Vater hätte scheinbar nichts dagegen.

»Jonathan, gleich in den nächsten Tagen schaust du dir die mögliche Braut an. Fahre mit dem Vorwand der Verhandlung über weitere Holzlieferungen zum Jockelbauern und nimm über die Bäuerin Kontakt zu der Magd auf. Die Jockelbäuerin versprach mir bei der Abfahrt, sie wolle dem Mädchen eine Heirat mit dir schmackhaft machen. Du glaubst gar nicht, welche Freude ich hätte, wenn junges Blut in unsere Familie käme.«

Jonathan versprach, sobald er die dringenden Arbeiten erledigt hätte, würde er dem Wunsch des Vaters entsprechen.

Grieshaber staunte über die Holzlieferung. So bald erwartete er die Lieferung noch nicht und dann noch diese Menge. Hatte er doch erst vor wenigen Tagen den Brief an Gerwig zur Post gegeben. Im Innern freute er sich über die zu erwartende saftige Provision. Nachdem der Jockelbauer abgeladen hatte, streckte ihm Grieshaber die Hand entgegen. Der Jockelbauer drückte sie kräftig.

»Und«, fragte Grieshaber, »wo bleibt das Geld?«

»Es gibt keines! Ich bin heute nur der Zwischenlieferant. Den Auftrag bekam die Flößerei Weis direkt aus Karlsruhe und ich glaube nicht, dass der Flößer dir eine Provision zahlt. Außerdem verlange ich von dir 40 Mark für die Miete und als Schmerzensgeld für die Vergewaltigung von Maria.«

»40 Mark? Dass ich nicht lache. Du hast genug mit deinen bisherigen Holzlieferungen verdient und oft Material bei uns gestohlen.«

»Gestohlen hast du und Geld dafür bekamst du reichlich. Nochmals, wenn du mir die 40 Mark nicht gibst, bekommst du Ärger.«

ANFANG DEZEMBER 1871

Umgehend zahlte die Staatseisenbahngesellschaft die erfolgte Holzlieferung an die Flößerei Weis. Jonathan Weis machte sich deshalb auf den Weg nach Hornberg, um dem Jockelbauern nach Abzug einer Provision das Geld auszuzahlen, wie er es mit seinem Vater vereinbart hatte. Außerdem wollte er mit ihm eine weitere Zusammenarbeit besprechen, denn der Holzhandel florierte nicht zuletzt aufgrund der schnelleren Liefermöglichkeiten durch die Eisenbahn. Bei dieser Gelegenheit könnte er die Magd vom Jockelhof anschauen, von der sein Vater so begeistert war. Vom Kutschbock herab sah er die Bahnbaustelle. Er dachte an den Heiratsantrag, den er Maria machte und wie der Lümmel von Oberingenieur hereinplatzte, das Geheimnis der Schwangerschaft mit dem Italiener lüftete und ihn schwer beleidigte. Nach Aussagen seines Vaters sollte auch die Maid auf dem Jockelhof schwanger sein. Gibt es denn im Schwarzwald keine heiratsfähigen Jungfrauen mehr?, fuhr es ihm durch den Kopf. Mit diesen Gedanken erreichte er den Jockelbauernhof. Der Jockelbauer nahm das Geld erfreut entgegen und die Bäuerin bewirtete den Gast auf das Vortrefflichste. Die beiden »Holzwürmer« sprachen über den Holzhandel und über die derzeit guten Preise und verstanden sich auf Anhieb prächtig. Sie vereinbarten eine engere

Zusammenarbeit für Holzlieferungen. Auf die Frage von Jonathan, wo denn die nette Maid wäre, von der sein Vater so angetan war, erbot sich die Bäuerin sofort, Maria zu holen.

»Maria?«, entfuhr es Jonathan. »Doch nicht etwa Maria Winterhalder?«

»Sie kennen das Mädchen?«, antwortete die Jockelbäuerin erstaunt.

»Und ob! Sie brauchen das Mädchen nicht zu holen. Es hat sich erledigt. Ja, ohne Italienerkind könnte es was werden. Aber so nicht!«

Schnell verabschiedete sich Jonathan Weis und bestieg die Kutsche.

Die Jockelbäuerin rief ihm noch hinterher: »Das lässt sich alles regeln.« Doch dies hörte der Flößersohn nicht mehr.

Nach dem Besuch des jungen Flößers fasste die Jockelbäuerin in Hornberg den Vorsatz, Maria und Jonathan zu verkuppeln. Für sie wären die beiden ein ideales Ehepaar und für den Jockelhof könnte es geschäftlich nur von Vorteil sein, wenn Maria in die reiche Flößerfamilie Weis einheiraten würde. So einen wünschte sie sich auch als Schwiegersohn. Immer wieder suchte sie das Gespräch mit Maria und schilderte ihr die Vorteile dieser Verbindung.

»Liebe ist nicht alles und manchmal stellt sie sich noch nach Jahren ein«, so ihre Worte.

Maria unterhielt sich gerne mit der Bäuerin, denn bei ihr konnte sie von Frau zu Frau ihre Probleme besprechen. Allerdings herrschte keine Einigkeit, wenn die

Bäuerin das Gespräch auf einen möglichen Schwangerschaftsabbruch lenkte.

»Lass das Kind wegmachen! Nur dann nimmt dich der Flößersohn«, drängte die Bäuerin sie.

Maria wehrte sich: »Mutter sagte mir im Vertrauen, es kostet jetzt bei der Engelmacherin 40 Mark. Diese Summe hätte ich nicht und meine Eltern erst recht nicht.«

»Das Geld dürfte nicht das Problem sein. Der Vater von Jonathan oder auch wir könnten dir den Schwangerschaftsabbruch bezahlen.«

Maria fuhr entrüstet hoch. »Kommt überhaupt nicht infrage. Das Kind gehört mir und Sergio!«

So sehr sich die Jockelbäuerin bemühte, Maria wich nicht von ihrer Meinung ab. Auch den Hinweis, sie könne nur bis Februar bleiben, da die Kammer wieder wie jedes Jahr von den Näherinnen und von den Mägden benötigt werde, ignorierte Maria. Bis dahin, so ihre Meinung, würde sich schon noch eine Lösung finden.

Am Sonntag informierte Grieshaber seine Frau über einen wichtigen Termin in Hornberg. Sie müsste alleine mit den Kindern zur Kirche gehen, denn er treffe sich mit Giuseppe, um eine alte Schuld einzulösen.

»Giuseppe arbeitet jetzt in Nußbach bei Triberg und kann deshalb nur am Sonntag kommen.«

Frau Grieshaber wunderte sich noch, als ihr Mann 50 Mark aus der Spardose nahm.

Es handelt sich wohl um eine sehr hohe Schuld, dachte sie. Doch Geld gab es im Hause Grieshaber genügend und sie wunderte sich oft, wie gut ihr Mann bei der Eisenbahngesellschaft verdiente.

Grieshaber traf Giuseppe im Gasthaus »Bären« in einer sichtbar gedrückten Stimmung an.

»Heute gibt es endlich das versprochene Bier für die Reparatur des Dampfkrans zusammen mit Rocco. Das war gute Arbeit, die belohnt werden muss«, versuchte Grieshaber ihn aufzumuntern.

»Ja, Rocco! Obwohl wir ab und zu aneinandergeraten sind, fehlt er mir sehr«, seufzte Giuseppe.

Grieshaber bestellte zwei Krüge Dunkelbier. Um Giuseppe auf andere Gedanken zu bringen, fragte er: »Amigo, wie schmeckt dir die Tunnelarbeit?«

»Es geht gut voran. Mich stören nur die vorwurfsvollen Blicke von Antonio und Francesco. Du hast sie auf meinen Wunsch hin verlegt, doch nun arbeiten wir sogar in der gleichen Rotte.«

»Das trifft sich gut!«

Erstaunt richtete Giuseppe seinen Blick auf Grieshaber. Dieser zupfte ihn am Ärmel und zog ihn nach draußen. »Giuseppe, es muss nicht jeder hören, doch ich brauche dich wieder und es soll dein Schaden nicht sein.«

Grieshaber erklärte ihm mit leiser Stimme seinen neuen Plan. Giuseppe wehrte erst ab, stimmte aber schließlich zu, da er wieder einmal in Geldnot war. Gemeinsam gingen sie zurück in die Gaststube. Grieshaber bestellte zwei weitere Krüge des dunklen Gerstensaftes. Nachdem diese geleert waren, verabschiedete sich Grieshaber in Hochstimmung von Giuseppe und machte sich auf den Weg, eine weitere Schuld zu begleichen.

Der gemeinsame Kirchgang zählte inzwischen zu den sonntäglichen Gepflogenheiten vom Jockelbauer, seiner

Frau und Maria. Nach dem Kirchenbesuch, und dies war der hauptsächliche Grund für den Kirchgang des Jockelbauern, traf er sich mit den Honoratioren von Hornberg beim »Schlossbräu« am Stammtisch. Die Jockelbäuerin betätigte sich gemeinnützig im Pfarrhaus mit der von ihr initiierten Armenspeisung. Maria ging alleine zurück zum nahen Bauernhof. Sie öffnete die unverschlossene Tür und stieg hoch zu ihrer Kammer. Der Jockelbauer hielt nach wie vor an einem bis vor Kurzem üblichen offenen Haus fest. Nicht, wie manche seiner Nachbarn, die sich neuerdings vor stehlenden Italienern fürchteten. Maria hielt diese Meinung für ungerechtfertigt, denn sie kannte nur fleißige und ehrliche Italiener. Manchen Einheimischen waren dagegen das fahrende Volk und die Italiener nicht geheuer. Sie entledigte sich ihres Sonntagsstaates und setzte sich in der gewärmten Kammer leicht bekleidet auf das Sofa.

In der Annahme, die Bauersleute seien am späten Vormittag sicher wieder vom Kirchgang zurück, betrat Grieshaber das Haus. Er wollte der angedrohten Anzeige entgehen und die geforderte Wuchermiete von 40 Mark zahlen.

Eine unverschämte Forderung des Jockelbauern, dachte er zornig. Er brachte das Geld nur, um mit dem Bauern über die vergangene Holzlieferung zu sprechen. Es könnte nicht schaden, wenn jeder bei einer möglichen Kontrolle aus Karlsruhe die gleiche Version auftischte. Außerdem, wenn sein Plan mit Giuseppe aufging, könnten sie demnächst die bisherige Geschäftsbeziehung fortsetzen. Weder in der Wohnstube noch in der Küche und auch nicht in der Schlafkammer, in die er kurz hineinschaute, fand er die Bauersleute. Kurz entschlossen stieg er hoch zur Dachkammer.

Kaum hatte er die Tür geöffnet, schrie Maria: »Raus hier!« Ängstlich verschränkte sie ihre Arme über ihrer weißen Bluse.

»Wo ist der Bauer oder die Bäuerin?«

»Weiß ich nicht! Vermutlich noch nicht vom Kirchgang zurück. Sie stinken nach Bier! Lassen Sie mich in Ruhe, ich will Sie nie mehr sehen.«

Nun packte Grieshaber die Wut. Was bildete sich diese Bauernmagd ein, mit ihm so zu reden. Er zeigte auf die 40 Mark.

»Die soll ich für dich bezahlen! Das bist du nicht wert! Aber warte!« Er schmiss die 40 Mark auf den Tisch. »Das Geld reicht auch für ein zweites Mal.«

Grieshaber derart in Rage kannte sich selbst nicht mehr. So sehr sich Maria wehrte, es kam nochmals zu einer Vergewaltigung. Schnell verließ er das Haus und fuhr zurück nach Gutach zu seiner Familie.

Als die Jockelbäuerin in ihr Haus kam, hörte sie ein Wimmern aus der Dachkammer. Sie fand eine völlig verstörte auf dem Bett liegende Maria vor. Zusammengekrümmt in Seitenlage, die Hände über dem nackten Unterleib gekreuzt, lag sie nicht ansprechbar, wimmernd da. Die Bäuerin versuchte Maria zu streicheln, doch diese zuckte bei jeder Berührung zusammen und wehrte sich dagegen. Die Bäuerin deckte Maria vorsichtig mit der Bettdecke zu. Ihr Blick fiel dabei auf die 40 Mark auf dem Tisch und sie wusste sofort, wer den miserablen Zustand von

Maria herbeigeführt hatte. Wütend ging sie nach unten. Als der Bauer heimkam und von der Vergewaltigung erfuhr, wollte er sofort nach oben, doch seine Frau hielt ihn zurück.

»Lass Maria! Sie braucht jetzt Ruhe!« Am nächsten Morgen fehlte Maria beim Frühstück. Nach langer Überredung gelang es der Bäuerin, sie in die Wohnstube an den Frühstückstisch zu holen. Auch der Bauer war außer sich und versprach Maria, noch heute eine Anzeige gegen Walter Grieshaber einzureichen.

Vorsichtig versuchte nun die Bäuerin, Maria eine neue Hiobsbotschaft zu vermitteln: »Maria, ich weiß, es ist jetzt nicht der geeignete Zeitpunkt, doch gestern erzählten die Helferinnen bei der Armenspeisung, der Winterhalderhof soll versteigert werden. Weißt du etwas davon?«

Maria fuhr aus ihrer lethargischen Haltung hoch.

»Der Winterhalderhof?«

»Vermutlich nur ein Gerücht. Ich wollte das Thema eigentlich nicht mehr erwähnen, aber nach dem gestrigen Vorfall rate ich dir dringend, überlege dir die Heirat mit dem netten Jonathan nochmals genau. Mach das Kind weg!«

Heulend schob Maria das Frühstück von sich, stand ruckartig auf und rannte hinaus.

UNGLÜCK IM TUNNEL

Für Grabendörfer bedeuteten die wegen des Brandes evakuierten Italiener eine willkommene Verstärkung. Bereits am nächsten Tag vergrößerte er den Bautrupp für den 1.697 Meter langen Sommerauer Tunnel, der ihm bisher die meisten Schwierigkeiten bereitete. Er bemerkte sehr wohl den Unmut des bisherigen Gruppenleiters Antonio, als er den erfahrenen Giuseppe zum Leiter der Rotte einteilte. Auch schien Francesco nicht vor Begeisterung überzuschäumen. Francesco hantierte inzwischen mit dem 1867 von Alfred Nobel zum Patent angemeldeten Dynamit. Nobel gelang es, mit einer Mischung des Sedimentgesteins Kieselgur in Verbindung mit dem erschütterungsempfindlichen Nitroglyzerin einen stoßunempfindlichen Sprengstoff herzustellen. Keine Frage, dass dieser Fortschritt sofort beim Bau der Schwarzwaldbahn zum Einsatz kam, denn dieser Stoff beschleunigte den Tunnelbau gegenüber dem bisher verwendeten Schwarzpulver doch enorm. Giuseppe hielt kurz vor dem Aufbruch zum Tunnel eine kleine Ansprache an seine neuen Mitarbeiter und gab jedem die Hand.

Beim Handschlag mit Antonio und Francesco konnte er sich ein leichtes Schmunzeln nicht verkneifen und meinte: »Nun sind wir wieder beisammen.« Mit einer sadistischen Genugtuung teilte er in den kommenden

Tagen seinen Stellvertreter Antonio für die schmutzigsten und gefährlichsten Arbeiten im Tunnel ein.

Auch an diesem Tag schuftete Antonio wie ein Berserker. Er schlug mit einem schweren Eisenhammer Felsstücke von der Decke, dass das Gestell, auf dem er stand, nur so wackelte. Plötzlich brach die komplette Verbauung zusammen und begrub Antonio unter sich. Staub wirbelte auf. Antonio schrie vor Schmerzen. Schnell rannten die Arbeiter zu der Unglücksstelle und schafften die vielen Holzteile weg. Der Schweiß rann ihnen über die Stirn. Endlich kam Antonio zum Vorschein. Sein Kopf schien auf den ersten Blick unverletzt, das Gesicht blutig verschmiert, vermutlich leichte Schnittverletzungen, doch die Beine waren offenbar gebrochen. Sie legten den Verletzten auf einen Abraumwagen und schoben ihn ins Freie. Vorsichtig hoben sie ihn auf einen flachen Pferdeschlitten und wollten ein Pferd aus dem Stall holen.

Da rief jemand: »Kein Pferd! Nehmt einen Ochsen! Im Bereich von Sommerau gibt es einige Schneeverwehungen.«

Der Kutscher spannte daraufhin einen Ochsen ein. Francesco ließ sich nicht abweisen und setzte sich neben Antonio auf den Schlitten. Vom Sommerauer Tunnel aus ging es etwa einen Kilometer leicht bergab. Immer wenn der Schlitten über eine Schneeverwehung hinweg holperte, stöhnte Antonio auf. Nach einer kleinen Steigung erreichten sie die Praxis des Arztes in St. Georgen. Der Arzt, seine Assistentin, der Kutscher und Francesco trugen den Verwundeten vorsichtig ins Behandlungszimmer. Während sich der Kutscher verabschiedete, wartete Francesco im Warteraum. Er saß schon über eine Stunde. Endlich kam der Arzt heraus.

»Er hat zwei Beinbrüche«, ließ er den Wartenden wissen. »Das rechte Bein macht mir allerdings Sorge. Ich werde amputieren müssen.«

Bestürzt ging Francesco den weiten Weg zu Fuß zur Unterkunft nach Nußbach und berichtete seinen Kollegen von Antonios Zustand.

Kurz nach dem Abtransport von Antonio schickte Giuseppe einen Arbeiter zu Grabendörfer, um den Ingenieur über den Unfall zu informieren. An seine Gruppe gab er die Anweisung, die unbeschädigten Balken für den Wiederaufbau zu verwenden. Die beschädigten Bretter und Balken kamen zusammen mit dem Felsabraum auf eine Lore und vor dem Tunnel auf einen Abfallhaufen. Grabendörfer, der inzwischen von dem Unfall erfahren hatte, konnte sich den Zusammenbruch der Tunnelverbauung nicht erklären. Hatte man doch seit dem Einsturz vom Juni nach den Plänen von Gerwig die Gestelle entsprechend verstärkt. Sofort eilte er zum Tunnel und befragte den Gruppenführer Giuseppe nach dem Vorgang des Unfalls. Dieser beteuerte den ordnungsgemäßen Aufbau und vermutete einen Materialfehler. Sinnend verließ Grabendörfer den langen Tunnel und hoffte, dass Antonio nicht allzu schwere Verletzungen davontragen würde. Vor dem Tunnel ließ er sich von einem Arbeiter den Abfallhaufen zeigen. Er untersuchte sehr genau das gebrochene Gebälk. Was er dabei fand, schürte in ihm einen Verdacht. Noch am gleichen Tag informierte Grabendörfer den Oberingenieur Grieshaber über den

Zusammenbruch des Gestells und über den verletzten Antonio, behielt aber seinen Verdacht vorerst für sich. Er erwähnte die von Giuseppe geäußerte Vermutung eines Materialfehlers.

Für Grieshaber bestand kein Zweifel: »Klar! Die neue Holzlieferung der Flößerei Weis. Vermutlich nasses, schlecht gelagertes Holz.«

Zwei Wochen vergingen. Francesco besuchte Antonio so oft es ging. Glücklicherweise konnte die Amputation vermieden werden. Antonio behielt beide Beine, doch er würde für immer hinken.

Gerwig kam wieder für wenige Tage nach Hornberg. Grieshaber informierte ihn über das Unglück und wollte den verletzten Antonio sofort von der Lohnliste streichen und ihm nur noch Kost und Logis genehmigen. Eine Entlassung im Winter käme zu seinem Bedauern wegen der Straßenverhältnisse in den Alpen nicht in Betracht. Doch Gerwig wollte auf einen seiner Spezialisten im Tunnelbau nicht verzichten und lehnte deshalb den Vorschlag von Grieshaber ab. Grieshaber musste widerwillig Antonio anderweitig beschäftigen, obwohl er sich einen humpelnden Tunnelarbeiter nicht vorstellen konnte.

Schließlich überzeugte ihn Gerwig: »Er kann sich um einen sicheren Einsatz des Materials kümmern. Außerdem zeigt es den anderen Arbeitern, dass wir Verunglückte weiterhin beschäftigen. Sie können ihn ja mit den ersten Kutschen im Frühjahr nach Hause schicken.«

Bei der Diskussion über die eingebrochene Tunnelverbauung brachte Gerwig das Gespräch auf die teuren Holzlieferungen der vergangenen Jahre.

Grieshaber wehrte sich: »Das Gerüst stürzte nur wegen der schlechten Holzqualität der Flößerei Weis ein. Herr Baudirektor, ich mache Ihnen keinen Vorwurf, doch wären wir bei den bisherigen Holzlieferungen des Jockelbauern geblieben, wäre das Unglück nicht passiert. Qualität hat eben ihren Preis. Ich gehe davon aus, dass ich die nächste Lieferung wieder beim Jockelbauern bestellen kann.«

Gerwig gab sich geschlagen, zumal ihn die finanzielle Seite beim Bau der Schwarzwaldbahn nur wenig interessierte. Was ihn derzeit mehr beschäftigte, war die Frage, wann sich endlich Doktor Escher aus der Schweiz melden würde. Schließlich stimmte er auch der von Grieshaber vorgeschlagenen Forderung auf Wiedergutmachung des Schadens an die Flößerei Weis zu. Diese sollte das schlechte Holz zurücknehmen und eine Summe für den Arbeitsausfall sowie für Antonio ein Schmerzensgeld bezahlen. Falls sich die Familie Weis weigerte, müsste man ein Gerichtsverfahren beantragen.

DIE ENGELMACHERIN

Maria schreckte aus ihrem Albtraum hoch. Noch zu deutlich spielte sich die geträumte Szene in ihrem Kopf ab. Sie ging durch einen langen schwarzen Tunnel, ohne ein Licht, geschweige denn einen Ausgang zu erblicken. Plötzlich stieß sie an eine dunkle Gestalt, die am Boden lag. Diese entzündete eine Kerze und sie erschrak: Grieshaber. Wieder wollte er von ihr Liebe. An dieser Stelle wachte sie schweißgebadet auf. Sie dachte an die 40 Mark. Noch am selben Tag der Vergewaltigung legte sie die Scheine in den Wäscheschrank, um nicht durch das Geld ständig an die weitere Schändung erinnert zu werden. Nochmals kamen ihr die Worte der Bäuerin in den Sinn: »Der Winterhalderhof soll versteigert werden. Lass das Kind wegmachen!« Seit dem Gespräch mit ihrer Mutter beim Brückenfest hatte es keinen weiteren Kontakt zu ihrer Familie gegeben. Auch ihre Mutter bedrängte sie damals, die Schwangerschaft abzubrechen und den reichen Flößersohn Jonathan zu heiraten. Ihre Schwester Klara zählte inzwischen zu den reichen Bäuerinnen in der Umgebung. Sollte doch die Schwester den Winterhalderhof retten, dachte sie. Sie nahm sich vor, mit ihrer Mutter darüber zu sprechen. Vielleicht noch vor dem nahenden Weihnachtsfest.

Nach dem Frühstück fasste sie einen spontanen Entschluss, steckte die 40 Mark ein und ging widerstrebend und in Sorge um den Hof nach Reichenbach. Auf den Wiesen lagen etwa zehn Zentimeter Schnee, die Straße dagegen war fast schneefrei. Die Markierungen am Straßenrand benötigte sie nicht, denn sie kannte die Straße Meter für Meter. Zu oft war sie diesen Weg in den vergangenen Jahren gegangen. Kurz vor dem Hof stoppte sie. Sie fragte sich:

»Soll ich wirklich hineingehen? Ihr kam die nächtliche Vertreibung durch ihren Vater in den Sinn. Das würde sie ihm nie verzeihen. Schweren Herzens entschloss sie sich, den Besuch zu machen. Als Erste bemerkte sie die Mutter. Die Mutter kam ihr freudestrahlend entgegen:

»Maria, Maria, du kommst zurück?«

Nun kamen sie alle, Oma, die Schwester Paula und Karlchen und begrüßten sie überschwänglich. Nur Vater saß am Tisch, vor ihm ein Krug Most, und ignorierte ihre Ankunft.

Nachdem sich die erste Begeisterung vom überwiegenden Teil der Familie etwas gelegt hatte, fragte Maria: »Stimmt das Gerücht, der Winterhalderhof soll versteigert werden?«

Nun verfinsterten sich die Mienen von Mutter und Oma. Stille kehrte ein.

»Und Klara, meine reiche Schwester lässt dies einfach zu?«

Mutter räusperte sich: »Komm in die Küche, es muss nicht jeder hören.«

Unaufgefordert folgte auch die Oma den beiden Frauen. Nun brach es aus der Mutter heraus: »Mein

Mann, dein Vater, versäuft den ganzen Hof. Sicher hast du bemerkt, wie verlottert hier alles aussieht. Er stiert den ganzen Tag vor sich hin und abends geht er in den ›Hirschen‹. Gestern forderte der Wirt von mir, ich solle endlich seine Schulden bezahlen. Wir haben kein Geld mehr und im Winter auch nichts zu verkaufen. Nur noch eine Kuh steht im Stall. Die Milch reicht gerade so für uns. Ich weiß nicht mehr, wie es weitergehen soll.«

»Und Klara? Kann die euch kein Geld geben?«

»Die schon, doch ihr Mann weigert sich. Er meint jede Mark, die er uns gibt, versäuft sofort dein Vater. Wobei er vermutlich recht hat.«

Maria schluckte und nestelte in ihrer Tasche. »Hier sind 40 Mark. Du musst Vater von dem Geld nichts sagen. Damit kommt ihr für einige Zeit über die Runden.«

Mutter nahm das Geld entgegen.

»Für einige Zeit schon, aber was dann?« Bevor Mutter das Geld einsteckte, kam ihr eine Idee. »Maria, ich wage es fast nicht auszusprechen, aber 40 Mark ist genau der Betrag, den die Engelmacherin für einen Schwangerschaftsabbruch nimmt.«

Maria langte sich erschrocken an ihren angeschwollenen Leib: »Mutter, bist du verrückt?«

»Verrückt nicht, aber in Sorge um unser aller Zukunft. Demnächst müssen Oma, Paula und Karlchen vom Hof und was mit deinem Vater geschieht, ich weiß es nicht. Maria, hilf uns! Du bist unsere letzte Rettung, wenn du den netten Flößer heiratest. Die Familie Weis kann den Hof kaufen und wir haben auf Dauer eine Heimat.«

Energisch schüttelte Maria den Kopf.

Nun mischte sich die Oma ein: »Maria. Seit Generationen bewirtschaften wir den Winterhalderhof und nun liegt es an dir, den Hof zu retten. Wo soll ich in meinem hohen Alter noch unterkommen. Von der Armenspeisung leben, nachdem ich ein Leben lang geschuftet habe? Ich weiß nicht, was du in Hornberg arbeitest. Aber denk an deine Zukunft!«

Maria dachte an ihr Leben in Hornberg. Einige Wochen konnte sie noch auf dem Jockelhof bleiben. Doch was dann? Wann würde sie Grieshaber wieder sexuell belästigen? Wohin, wenn das Kind von Sergio geboren war? Wer will mich mit einem Italienerkind?

Ihr wurde übel und sie musste sich draußen auf dem Hof übergeben. Als sie wieder zurückkam, blickten sie die Mutter und die Oma erwartungsvoll an. Sie las in deren Augen unausgesprochene Erwartungen.

Marias Stimme klang belegt: »Also gut! Ich mach es! Am besten sofort, bevor ich es mir anders überlege.«

Die Erleichterung über Marias Entschluss stand den beiden Frauen förmlich ins Gesicht geschrieben und sie waren froh, dass Maria endlich einwilligte, sich einer Engelmacherin anzuvertrauen. Gewiss, eine solche Entscheidung musste wohl überlegt werden, doch die Frauen waren sich sicher, dass die widrigen Umstände, mit welchen Maria, und somit auch die Familie Winterhalder, jetzt seit Wochen zu kämpfen hatten, einen Abbruch der Schwangerschaft rechtfertigen würden. Sie wollten letztendlich nur, dass das Mädchen wieder freudig in die Zukunft blicken konnte und auch der Gedanke, dass einer Verheiratung mit dem reichen Flößer Weis aus Wolfach nun nichts mehr im Weg stünde, bekräftigte diesen Entschluss.

Ihre Mutter nahm sie in den Arm: »Maria, wir werden morgen zur Engelmacherin gehen. Ich werde dich begleiten. Leg dich jetzt schlafen. Du bleibst heute Abend bei uns auf dem Winterhalderhof. Vater kommt sicher wieder sturzbetrunken aus dem ›Hirschen‹ und wehe, wenn er dich nur anrührt, bekommt er es mit mir zu tun.«

»Und mit mir auch!«, rief die Oma.

Bevor sich Maria in ihre Kammer begab, verabschiedete sie sich von Mutter und Oma mit tränenüberströmtem Gesicht. Innerlich sehr aufgewühlt fühlte sie sich unendlich schuldig, weil sie meinte, mit dem Abbruch der Schwangerschaft ihren verstorbenen Geliebten zu verraten. Solch wirre Gedanken beschäftigten Maria noch eine geraume Zeit. Ihre jüngere Schwester Paula lag bereits im Bett. Als Maria kam, zeigte Paula stumm auf das Gebetbuch, das neben dem Bett auf dem Nachttisch lag. Weil ihr Vater Maria damals so unvermittelt aus dem Haus trieb, konnte sie das Buch mit der innen liegenden Zeichnung ihres geliebten Sergios nicht mitnehmen. Sie nahm die Zeichnung in die Hand, küsste sie und streichelte zärtlich über das Gesicht ihres Geliebten.

»Verzeih mir Sergio! Es muss sein!« Bevor sie zu Bett ging, kniete sie noch vor dem Kruzifix nieder und sprach ein kurzes Gebet. Sie bat Gott und die Heiligen um Fürbitte für ihren schweren Gang am morgigen Tag zur Engelmacherin.

Schon zur frühen Stunde stand Maria auf. Sie machte ihr Bett sorgfältig zurecht. Als die Tür zur Schlafkammer aufging, streckte ihre Mutter ihren Kopf herein und flüsterte, dass der Vater bereits am Frühstückstisch säße und seine schlechte Laune in der Stube verbreitete.

»Er weiß noch nicht, dass du gestern hiergeblieben bist, aber du brauchst vor ihm keine Angst zu haben. Komm ruhig herein, er wird dich nicht fressen«, ermunterte sie Maria.

Was habe ich noch zu verlieren?, dachte Maria und begab sich in die Wohnstube.

Mit einem künstlich aufgesetztem freundlichen »Guten Morgen«, begrüßte sie ihre Oma und auch den Vater, der jedoch keinerlei Anstalten machte, ihren Gruß zu erwidern. Stattdessen glotzte er wie ein Stier, konnte es sich jedoch nicht verkneifen, einige unflätige Worte in seinen Bart zu brummeln. Erstaunlicherweise beließ er es dabei und Maria wollte sich gerade eine Schnitte des Bauernbrots auf den Teller legen, als der Vater sie heftig anbrüllte.

»Bei uns wird zuerst gebetet, bevor gegessen wird. Wir sind ein frommes Haus, aber das scheinst du mit deinem schlechten Lebenswandel nicht mehr zu wissen.«

»Bei uns wurde zum Frühstück noch nie gebetet«, schrie seine Frau zurück. Sie ermahnte ihren scheinheiligen Mann, dass er wohl zuerst bei sich den schlechten Lebenswandel suchen müsse. Zornig stand der Bauer auf, nahm seine Jacke, knallte die Türe zu und verschwand wortlos in Richtung Stall.

»Wir müssen jetzt gehen«, erinnerte Frau Winterhalder ihre Tochter.

Unterwegs sagte Maria: »Mutter, ich habe Angst, ich weiß nicht, was auf mich zukommt.«

»Keine Angst! Ich habe die Prozedur schon mehrmals überstanden. Die Engelmacherin macht das schon seit Jahren«, tröstete sie Maria, während sie gemeinsam durch den Schnee stapften. »Vielleicht wäre es anders gekommen, wenn dein tyrannischer Vater sich nicht so rabiat verhalten hätte. Aber mit einem Alkoholiker vernünftige Worte zu wechseln, das ist einfach nicht möglich«, fuhr die Mutter fort.

Maria konnte das nur bestätigen.

Obwohl die Engelmacherin nicht allzu weit vom Hornberger Ortskern entfernt wohnte, dauerte dieser Weg von Reichenbach eine geraume Weile. Die Straße wies durchgehend eine geschlossene Schneedecke auf. Als sie an der Bahnbaustelle vorüberkamen, befürchtete Maria, dass ihr der verhasste Grieshaber begegnen würde. Doch diese Befürchtung war unnötig, denn niemand auf der Baustelle bemerkte sie.

Als sie die bescheidene Wohnung der Engelmacherin endlich erreichten, begrüßte die Frau zuerst die ihr bekannte Mutter. Dann warf sie einen missbilligen Blick auf Maria.

»Nimm auf der Pritsche Platz«, fauchte sie Maria an. »Zuerst das Geld! Koschtet 40 Mark«, giftete sie die Frauen an. Schnell steckte sie das Geld weg. Dann begann sie die Untersuchung mit einer gewissen Hochnäsigkeit, denn sie war von sich derart überzeugt, dass sie sich dementsprechend aufführte. Maria überkam ein ungutes Gefühl.

»Mädle, bisch aber schpät dran, fascht zu schpät«, stellte sie nach einem Abtasten von Marias Bauch fest. Aber das schien für die resolute Frau kein Grund zu sein, den Eingriff trotzdem vorzunehmen. Aus einem Schrank, der in ihrem Arbeitszimmer stand, holte sie mehrere Stricknadeln hervor, um Marias Fruchtblase durchzustechen. Sie wählte eine Nadel aus und führte sie in den Unterleib ein. Vor Schmerz schrie Maria laut auf, doch die heilkundige Frau ignorierte den Schrei und forderte Marias Mutter auf, die Patientin noch fester auf die Holzbank zu drücken. Maria schrie noch lauter. Plötzlich stellten sich stärkere Blutungen ein, was die erfahrene Engelmacherin zunächst ignorierte. Erst als die Blutungen nicht mehr aufhörten, bekam es die Pfuscherin mit der Angst zu tun. Sie wusste, wenn sie als Schuldige für ihren »medizinischen Eingriff« ermittelt würde, könnte sie mit einer Strafe von 15 Jahren Zuchthaus rechnen.

»Raus! Schnell zum Arzt! Sie verblutet! Ich kann die Blutung nicht stoppen«, kreischte die Engelmacherin. Sie zerrte Maria von der Pritsche und schob die beiden Frauen aus dem Haus. »Und kein Wort von mir! Sonst kommt Frau Winterhalder wegen ihrer Schwangerschaftsabbrüche ins Gefängnis«, rief sie den beiden Frauen hinterher.

So gut es ging, stützte die Mutter ihre wankende Tochter, die sich immer wieder schmerzverzerrt an den Unterleib griff. Auf dem Weg zum Arzt blieben sie mehrmals stehen und die Mutter versuchte die wimmernde Maria zu beruhigen. Endlich erreichten sie die Arztpraxis. Nach mehrmaligem Läuten der Hausglocke und auf das kräftige Klopfen hin öffnete sich ein Fenster in der Nachbarschaft.

Eine Nachbarin rief ihnen zu: »Da können Sie lange klopfen. Der Arzt ist unterwegs und kommt vermutlich erst am Abend wieder. Oder auch manchmal erst am nächsten Tag, wenn er den Tierarzt bei der Geburt eines Kalbes vertritt.«

»Ich nehme jetzt Maria mit zum Hof«, entschied die Mutter und bat die Nachbarin, den Doktor, sobald er kam, umgehend zum Winterhalderhof zu schicken.

Noch beschwerlicher als der Weg zum Doktor gestaltete sich der Heimweg ins verschneite Reichenbachtal. Jeder Schritt war für Maria eine Qual. Sie konnte kaum mehr aufrecht gehen. Als sie endlich den Winterhalderhof erreichten, brach Maria völlig entkräftet zusammen. Gemeinsam mit der Oma gelang es der Mutter, Maria auf die Sitzbank in der Wohnstube neben dem Kachelofen zu legen. Die Mutter hielt bei der Kranken Wache. Dies alles blieb Marias Vater nicht verborgen, und als er das Mädchen in ihrem Elend liegen sah, rührte es den groben Mann zutiefst. Er näherte sich vorsichtig der Liegenden, nahm die Hand seiner Tochter und drückte sie fest. Maria spürte die derbe Hand ihres Vaters und bemerkte, wie er sich zu ihr niederbeugte und einen Kuss auf die Stirn gab. Vater Winterhalder, dem Marias Elend sehr zu Herzen ging, wollte sich auf diese Weise bei seiner Tochter entschuldigen. Doch dafür schien es nun zu spät, denn ohne mit dem Vater nochmals sprechen zu können, verstarb Maria an den Folgen der starken Blutungen.

Vorwurfsvoll äußerte sich die Mutter: »Josef, das haben wir dir zu verdanken! Hättest du Maria in der

Not geholfen und nicht abgewiesen, würde sie noch leben.«

Dem konnte der Vater nichts entgegnen und verließ wortlos die Wohnstube.

WEIHNACHTEN 1871

Nur wenige Trauergäste standen im dichten Schneetreiben auf dem Friedhof von Reichenbach. Als der Arzt vor zwei Tagen auf dem Winterhalderhof endlich eintraf, lag Maria schon tot im Bett. Er stellte den Totenschein auf starke Blutungen durch Schwangerschaft aus und verließ eilig die heulenden Frauen. Der Pfarrer fand einen Tag vor dem Heiligen Abend kurzfristig einen Beerdigungstermin. Außer dem Vater, der Mutter, der Oma und den Kindern kamen noch Marias Schwester Klara mit ihrem Ehemann sowie der Jockelbauer und die Jockelbäuerin zur Beisetzung. Im Anschluss trafen sich alle in der Stube des Hofes, bis auf den Jockelbauer und seine Frau, die aufgrund der Witterung sofort nach Hornberg zurückkehrten. Mutter Winterhalder schnitt einen selbst gebackenen Hefezopf auf, dazu gab es für jeden einen Becher Milch. Entschuldigend hob sie die Schultern. »Mehr kann ich nicht bieten!«

Als alle um den Tisch herumsaßen, hob Vater Winterhalder, der seit Tagen kein Wort mehr herausbrachte und nur noch vor sich hin stierte, seinen Becher in die Höhe und sprach: »Liebe Familie, nun ist meine Tochter beerdigt. Ich fühle mich schuldig! Sie war ein tüchtiges und liebes Mädchen, doch ich jagte sie in meinem Zorn aus dem Haus. Benebelt vom Alkohol. Der Alkohol zerstörte unser Familienleben. Der Hof ist abgewirtschaftet, die Zwangsversteigerung steht kurz bevor und wir wissen nicht, wie es weitergehen soll. Schulden überall, auch beim Wirt, der mir Hausverbot erteilte. Er forderte mich vor Tagen auf, meine Schulden zu bezahlen, sonst müsste er leider den Gerichtsvollzieher beauftragen. Ich habe nun für mich beschlossen, dem Teufel Alkohol abzuschwören. Lasst uns im Gedenken an Maria dieses Glas Milch leeren.«

Nachdem alle getrunken hatten, herrschte für eine Weile Stille in der Stube. Plötzlich fing Klaras Ehemann an zu sprechen: »Schwiegervater! Dass ich das noch erleben durfte! Wenn du nicht mehr trinkst, bin ich bereit, alle Schulden des Winterhalderhofes abzulösen. Im neuen Jahr schicke ich dann ein paar meiner Knechte und Mägde, um den Hof aufzufrischen und im Frühjahr kaufe ich euch ein paar Kühe. So könnte es weitergehen. Ich hoffe, ihr seid einverstanden!«

Große Freude brach aus. Die Oma schaute zum Herrgottswinkel und betete: »Lieber Gott, du hast meine Gebete erhört! Danke, du hast uns in der größten Not geholfen. Und Maria ist nicht umsonst gestorben. Morgen feiern wir ein schönes Weihnachtsfest.«

Weniger fröhlich ging es an diesem Tag vor dem Heiligen Abend bei der Flößerfamilie Weis zu. Der Gerichtsvollzieher brachte eine Ladung des Großherzoglichen Badischen Amtsgerichtes Wolfach. Die Anklage unterzeichnet von Oberingenieur Walter Grieshaber. Darin verklagte die Eisenbahngesellschaft die Flößerei wegen einer minderwertigen Holzlieferung, die einen Schaden im Tunnel sowie zwei schwere, nicht mehr heilbare Beinbrüche eines Mitarbeiters nach sich zog.

Vater Weis erzürnte sich: »Was lieferte der Jockelbauer für einen Ausschuss an Holz. Der muss alles bezahlen!« Und zum Sohn gewandt: »Dich schickte ich zum Jockelbauer auf Brautschau. Vermutlich galt deine Aufmerksamkeit nur der schönen Magd. Und als du zurückkamst, bliebst du stumm wie ein Fisch. Ich wollte dich in deinen Überlegungen nicht stören und doch hoffte ich so auf eine gute Nachricht über eine bevorstehende Heirat. Gleich nach den Feiertagen fährst du nach Hornberg und stellst den Jockelbauer zur Rede.«

»Vater, ich wollte es nicht sagen. Überraschenderweise handelte es sich bei der möglichen Braut, die du in den höchsten Tönen mir ans Herz legtest, um Maria Winterhalder. Diese Frau kenne ich schon länger. Ich würde sie gerne heiraten, doch sie ist von einem Italiener schwanger. So ein Kind wünschst du dir doch nicht als Erben für die Flößerei. Oder?«

»Nachdem du offenbar keine Braut findest, ist es mir inzwischen egal, welches Kind unsere Firma später übernimmt. Besser einen Bastard, als gar keinen Nachfolger. Jetzt, nachdem meine Eltern, deine Großeltern, nicht mehr leben, kann ich es dir sagen: Auch ich bin ein lediges Kind. Du und Maria seid noch jung genug, um eigenen Nachwuchs zu zeugen. Und unter uns gesagt, seit unsere Mutter vor einem Jahr starb, wäre eine Frau im Haus dringend nötig. Junge, überlege es dir!

»Du bist ein lediges Kind? Das wusste ich nicht! Wenn das so ist, werde ich mich um Maria bemühen«, versicherte Jonathan überrascht.

Diese Bemühungen lösten sich am Nachmittag in ein Nichts auf. Der Postbote brachte einen Brief von der Jockelbäuerin. Darin schrieb sie von Marias tragischem Tod und nannte den Beerdigungstermin.

In Karlsruhe erwartete, ebenfalls einen Tag vor dem Heiligen Abend, Geheimrat Hermann Zimmer die geladenen Gäste zu einem kleinen Fest. Hauptgrund für diese Feier war der Beschluss der Oberdirektion des Wasser- und Straßenbaues, ab 1. Januar 1872 die bisherige Abteilung der Verkehrsanstalten zur eigenständigen Großherzoglichen Generaldirektion der Staatseisenbahnen zu erheben. Diese Aufwertung, bedingt durch die vielen in Planung und Bau befindlichen Eisenbahnlinien im Land, war längst überfällig und blieb, wie bisher, unter der bewährten Leitung von Geheimrat Zimmer. Die Eingeladenen, Robert und Lina Gerwig, Domänendirektor Beger, einige Aufsichtsräte und ein junger Ingenieur kamen pünktlich zur Feier. Auf ein Zeichen hin nahmen alle an der weihnachtlich dekorierten Tafel Platz.

Gleich zu Beginn der Feier stellte Geheimrat Zimmer den jungen Ingenieur vor: »Seyb heißt der vielversprechende Mann, der demnächst unsere Bauleitung im Bereich Hornberg verstärken wird. Leider kann er seinen Dienst wegen seiner jetzigen Anstellung erst am 1. April nächsten Jahres antreten, doch aufgrund seiner Ausbildung sind ich und die anwesenden Aufsichtsräte von seinem Können überzeugt.«

Hermann Zimmer verschwieg, dass Beger ihn bereits vor Wochen über eine mögliche Anstellung von Gerwig bei der Gotthardbahn informiert hatte. Deshalb wollte er frühzeitig einen Ersatz einstellen. Nach dem Essen gab es ein ungezwungenes Zusammensein und Gerwig nutzte diese Gelegenheit, den jungen Ingenieur in ein anspruchsvolles Fachgespräch zu verwickeln. Diese Prüfung bestand der hoffnungsvolle Nachwuchsingenieur mit Bravour. Gerwig stellte ihm in Aussicht, ab 1. April zuerst dem Ingenieur Grabendörfer in Triberg zu assistieren, damit er sich schneller einfände. Insgeheim hoffte Gerwig immer noch auf eine baldige Zusage aus der Schweiz, doch bisher vergeblich.

In Italien im Tal von San Giacomo feierten die Eltern von Antonio und die Mutter von Francesco gemeinsam den Heiligen Abend. Am Tag vorher brachte der Agent der Deutschen Eisenbahngesellschaft den ausstehenden Lohn. Auf die Frage nach dem Befinden von Antonio und Francesco wusste er keine Antwort. Am Abend besuchten sie die Christmesse im Dorf, zündeten eine Kerze am Altar des Heiligen Jakob an und beteten für ihre Söhne. Im Gebet schlossen sie Wohlergehen und Gesundheit mit ein, in der Hoffnung auf ein baldiges Wiedersehen. Manchmal kamen Arbeiter aus dem Dorf für zwei Wochen auf Urlaub, doch manche blieben oft Jahre im fernen Deutschland und meldeten sich, wenn die Postkutschen fuhren, regelmäßig mit Briefen. Weder von Antonio noch von Francesco kam bisher ein Brief und wegen der im Winter unterbrochenen Postverbindung, dürfte vor dem Frühjahr auch keine Nachricht kommen. Wenigstens hatten die beiden Arbeit, sonst käme der vereinbarte Lohn nicht regelmäßig.

Im Lager der Italiener in Nußbach bei Triberg kreiste die Schnapsflasche. Weihnachten konnte man hier nur im Suff ertragen. Die deutschen Arbeiter verbrachten die Feiertage bei ihren Familien. Die Küchenhelferinnen bekamen frei und die italienischen Arbeiter waren gezwungen, sich selbst zu versorgen. Antonio humpelte mit seinen geschienten Beinen und den Holzkrücken auf Francesco zu und wünschte ihm: »Buon Natale.« Auf seine Aufforderung: »Trink doch auch mal einen Schnaps?«, schüttelte Francesco nur den Kopf. Er trank Wasser und dachte an seinen verstorbenen Bruder Sergio. Antonio suchte weiter das Gespräch mit Francesco: »Wenn dein Bruder Sergio noch leben würde, würden wir längst mehr Geld fordern. Er hatte einen Plan. Wir erledigen hier beim Tunnelbau die Drecksarbeit, sind auch noch die Spezialisten und die Deutschen bekommen mehr Lohn als wir. Eine Ungerechtigkeit! Vielleicht sollte ich das Erbe von Sergio antreten.« Antonio nahm noch einen Schluck aus der Flasche und fasste einen Entschluss. Er rief in den Saal: »Amici, mal hergehört! Wie lange wollt ihr hier noch rumsaufen, während eure Familien zu Hause auf euch warten? Lasst uns reden und endlich das umsetzen, was der verstorbene Sergio damals schon plante. Im neuen Jahr fordern wir von der Eisenbahngesellschaft den gleichen Lohn, wie er den Deutschen gezahlt wird. Und wenn sie es ablehnen, dann legen wir die Arbeit nieder und der enge Termin einer Eröffnung der Schwarzwaldbahn für das Jahr

1873 platzt. Ständig werden wir zu schnellerem Arbeiten angetrieben. Und was passiert?«

Er deutete unmissverständlich auf seine Beine. Er blickte um sich. Beifall brandete auf. Nur Giuseppe hielt sich zurück und nahm einen weiteren Schluck aus der Flasche.

»Ich werde im neuen Jahr mit ein paar Leuten zu Gerwig gehen und unsere Forderung aussprechen. Wer geht mit?« Sofort meldeten sich mehrere Männer. Nach einer kurzen Besprechung hoben diese Männer ihre Gläser, und riefen »Viva Antonio« und klopften ihm auf die Schulter.

Tunnelbauarbeiten
Foto-Carle, Triberg/ Sammlung Armin Kienzler

STREIK DROHT

NACH NEUJAHR KAMEN die deutschen Arbeiter aus dem Weihnachtsurlaub zurück. Die Forderung der Italiener nach gleicher Bezahlung sprach sich innerhalb der Arbeiterschaft schnell herum. Einer von ihnen unterrichtete Antonio von der Vereinigung »Internationale Arbeiterassoziation«. Ein gewisser Karl Marx wollte die Herrschaft der kapitalistischen Gesellschaft brechen. Unter dem Motto »Proletarier aller Länder vereinigt euch« sollten sich alle proletarischen Sozialisten in einer Arbeiterpartei organisieren und sich gegen die Ausbeutung durch die Reichen wehren. In seinem Vorhaben bestärkt, verlangte Antonio bei Grabendörfer ein Gespräch mit Gerwig. Dieser leitete die Forderung an den Oberingenieur Grieshaber weiter. Grieshaber informierte wiederum Gerwig, dass ihn eine Abordnung der italienischen Arbeiter sprechen wolle.

»Ich habe Wichtigeres zu tun, als mich um den Arbeiterkram zu kümmern. Für was habe ich Sie?«

Grieshaber wehrte sich: »Die akzeptieren mich nicht. Es scheint sich um eine sehr ernste Angelegenheit zu handeln.«

Widerwillig stimmte Gerwig einem Termin zu.

Zum Termin kam etwa ein Dutzend italienische Arbeiter angeführt von Antonio und begleitet von einem Dolmetscher. Die Arbeiter betraten etwas unsicher das Büro von Gerwig. Antonio suchte sich einen Stuhl, während die anderen stehen blieben. Gerwig trat energisch der Abordnung gegenüber, seinen Rock bis oben hin zugeknöpft.

»Was gibt es?«, herrschte er die Arbeiter an.

Antonio sprach zum Dolmetscher und dieser übersetzte: »Herr Baudirektor, um es kurz zu machen, sie verlangen die gleiche Bezahlung wie die deutschen Arbeiter erhalten. Sie sind ihrer Meinung nach die Spezialisten beim Tunnelbau, während die Deutschen hauptsächlich den Abraum ins Freie schaffen oder das Gleisbett aufschütten.«

Gerwig bekam eine Zornesfalte auf der Stirn.

»Kommt überhaupt nicht infrage! Die sollen froh sein, dass sie überhaupt Arbeit haben und besonders dieser hier«, er deutete auf den sitzenden Antonio, »der sollte mir dankbar sein, dass ich ihn nicht nach Hause schickte.«

Wieder sprach Antonio mit dem Dolmetscher und der übersetzte: »Sie arbeiten hart, auch jetzt im Winter. Viele müssen eine große Familie in Italien ernähren und die Preise steigen ständig.«

»Papperlapapp«, fiel Gerwig dem Dolmetscher ins Wort. »Alle erhalten hier Kost und Logis gratis. Auch bei uns steigen die Kosten. Allein der Sommerauer Tunnel macht uns Sorgen und kostet mehr als kalkuliert. Es gibt nicht mehr Geld! Und damit basta!«

Wieder sprach Antonio mit dem Dolmetscher.

»Er weiß nicht, wie er die Ablehnung seinen Kollegen beibringen soll und er befürchtet einen Streik.«

Nun geriet Gerwig in Rage: »Einen Streik? Das ist nun die Höhe. Gerade Antonio schätzte ich als einen besonders vernünftigen Menschen ein. Und jetzt diese Erpressung. Ich bin maßlos enttäuscht! Geht an die Arbeit! Sofort!«

Der Dolmetscher versuchte Gerwig zu beruhigen und wies ihn darauf hin, dass Antonio gerade weil er ein so vernünftiger Mensch sei, von den Arbeitern als Sprecher gewählt wurde.

Doch Gerwig schrie nur noch: »Raus!«

Nun drohte Antonio dem Baudirektor, sich der Arbeiterbewegung »Internationale Arbeiterassoziation« von Karl Marx anzuschließen. Dann käme es zum Zusammenschluss weiterer Lohnarbeiter gegen die vorherrschende kapitalistische Welt. Daraufhin lenkte Gerwig ein und versprach, die Forderung in Karlsruhe vorzutragen.

Gerwig traf sich in Karlsruhe mit dem Direktor der Badischen Eisenbahngesellschaft Geheimrat Hermann Zimmer.

»Hermann, die Italiener verlangen gleiches Geld für ihre Arbeit, wie wir den Deutschen bezahlen. Ihr Anführer Antonio, der einen schlimmen Unfall im Sommerauer Tunnel hatte und an Krücken geht, droht mir mit einem Anschluss an die Arbeiterbewegung von Karl Marx. Falls wir der Forderung nicht nachkommen, wollen sie die Arbeit niederlegen.«

Hermann Zimmer war außer sich.

»Durch den Krieg gegen Frankreich verloren wir bereits ein Jahr Bauzeit. Eine weitere Verzögerung können wir unseren Aktionären und der Landesregierung nicht zumuten. Und wie sagtest du, sie wollen sich eventuell der ›Internationalen Arbeiterassoziation‹ anschließen. Eine Katastrophe! Erst im letzten Frühjahr wurde in Paris ein Arbeiteraufstand dieser Assoziation blutig niedergeschlagen. So etwas darf hier im Schwarzwald nicht geschehen.« Und nach einer kurzen Überlegung: »Wir geben nach, aber dieser Antonio Ferdani wird mit der ersten Kutsche im Frühjahr zurück nach Italien transportiert.«

Gerwig meldete die Lohnangleichung an Grabendörfer nach Triberg, der diese Nachricht sofort an Giuseppe weitergab. Wie ein aufgeblasener Pfau scharte Giuseppe seinen Bautrupp im Tunnel um sich.

»Amici! Hört her! Ich habe für uns alle eine Lohnerhöhung ausgehandelt. Wir bekommen nun den gleichen Lohn wie die deutschen Arbeiter. Was sagt ihr jetzt?«

Die Arbeiter schrien: »Bene! Molto bene!« und umarmten sich.

Francesco wusste nur zu gut, diese Lohnerhöhung verdankten sie Antonio. Aber diese Typen wie Giuseppe verstanden es meisterhaft, sich in Szene zu setzen. Wütend ging er an seine Arbeit und bohrte mit dem Handbohrer Löcher in die Felswand. Anschließend nahm er die Dynamitpatronen und brachte die Sprengladung in die Bohrlöcher ein. Nun verband er alle mit einer Zündschnur. Er blickte sich um. Den Tunnelgang räumte die Truppe frei, nur Giuseppe baute sich neben ihm auf.

»Schneller Ragazzo! Schneller! Du bekommst jetzt mehr Lohn.«

Francesco ignorierte ihn. In aller Ruhe beendete er die Verkabelung und blies ins Signalhorn. Ein Zeichen für alle, sich schnellstens in Richtung Tunnelausgang zu entfernen, um den Schutzraum aufzusuchen. Die Zündschnur brannte bereits. Der etwas korpulentere Giuseppe lief keuchend neben Francesco her. Kurz bevor es in die seitliche Ausbuchtung der Felswand ging, stellte Francesco seine Stiefelspitze nach außen und Giuseppe stolperte und fiel flach auf den rauen Tunnelboden. Francesco schloss schnell die Türe zum Schutzraum und die Detonation hallte ohrenbetäubend durch den Tunnel. Die Stoßwelle schleuderte Gesteinsbrocken und Francesco hoffte sehr, dass möglichst große Felsstücke den verhassten Giuseppe verletzten. Dieser legte seine Arme schützend um seinen Kopf, konnte jedoch nicht verhindern, dass ihn kleinere Felssplitter trafen. Sekunden später ebbte die Stoßwelle ab. Francesco öffnete vorsichtig die Türe des Schutzraumes. Am Boden lag mit Dreck verschmiert Giuseppe und blutete leicht am Kopf. Als er Francesco erblickte, sprang er auf, zog sein Messer aus der Gürteltasche und stürzte sich auf ihn. Mordlust stand ihm im Gesicht.

»Du Hund! Du wolltest mich umbringen! Ich steche dich ab!«

Mit Mühe verhinderten die Arbeiter einen Mord und geleiteten Giuseppe aus dem Tunnel, der sich immer noch nicht beruhigen konnte. Noch im Hinausgehen drohte er Francesco mit der Faust.

Am Abend trafen sich die beiden im Lager wieder. Giuseppe mit einem Kopfverband versehen, torkelte ein wenig. Seine Wunden, ärztlich fachgerecht versorgt, schmerzten ihn kaum noch, denn seine selbst verordnete »Alkoholtherapie« zeigte Wirkung. Als er Francesco erblickte, schrie er wütend: »Du wolltest mich umbringen! Du Sohn einer Hündin! Mach das nicht noch einmal, sonst ergeht es dir so wie deinem Bruder.«

»Und wie geht es mir dann? Hast du Sergio getötet?« Ohne Angst baute sich Francesco vor ihm auf.

»Ha, dein Bruder Sergio. Der wusste alles besser und schwängerte sogar eine Schwarzwälder Signorina. Und das Beste weißt du wohl gar nicht? Seine Maria ist nun tot und es gibt kein Bambino. Zum Glück vermehren sich die Pantones nicht. Es reicht, wenn du noch am Leben bist.«

Francesco wandte sich überrascht ab und suchte Antonio auf. Doch auch für ihn war der Tod von Maria eine Neuigkeit.

GERWIGS BERUFUNG

Montag, 18. März 1872

Ein Bote brachte folgendes Telegramm in die Karlsruher Wohnung von Robert Gerwig:

Baudirektor Gerwig Karlsruhe

+ *Kündige Ihnen einen Brief dringender Natur an, den ich eben an Sie abgehen lasse*

Escher

Lina Gerwig stürmte freudig in das Arbeitszimmer ihres Mannes.

»Robert! Escher hat sich endlich gemeldet.«

Gerwig las ebenfalls das Telegramm und gemeinsam jubelten sie.

Dienstag, 19. März 1872

Gerwig und seine Frau erwarteten ungeduldig den Postboten am nächsten Tag. Schnell öffnete Gerwig mit dem Brieföffner das Schreiben.

Hochverehrter Herr Baudirektor!

Die Unterredung, die ich seinerzeit mit Ihnen bezüglich Ihrer Ernennung zum Oberingenieur der Gotthardbahn zu pflegen die Ehre hatte, ist Ihnen, wie ich annehmen zu dürfen glaube, noch in Erinnerung und ich hoffe, daß diese Erinnerung für Sie nicht unerfreulich sei. Es gereicht mir zu besonderem Vergnügen, Ihnen zur Kenntnis zu bringen, daß die Direktion der Gotthardbahn mir auf meinen Antrag nunmehr die Ermächtigung erteilt hat, mit Ihnen in förmliche Unterhandlungen im Sinne unserer eingangs erwähnten Unterredung einzutreten. Diese Unterhandlungen können der Natur der Sache nach in fördersamer Weise nur auf mündlichem Wege gepflogen werden, und da die Besetzung der Oberingenieurstelle als besonders dringlich erscheint, so erlaube ich mir, Ihnen den Vorschlag zu machen, daß wir uns schon künftigen Mittwoch, vormittags 10.45 Uhr, ein Rendezvous in Emmendingen, zunächst im Stationsgebäude, geben. Wenn wir diesen Ort wählen, so werden wir für unsere Konferenz am meisten Zeit zur Verfügung haben und hinwieder gleichwohl an demselben Tage von zu Hause kommen und wieder nach Hause zurückkehren können. Sollten Sie, was ich zwar nicht annehme, einen anderen Ort als Emmendingen für unsere Zusammenkunft zu wünschen Grund haben, so würde ich Offenburg in Antrag bringen, weil ich dort gleichzeitig ein Privatgeschäft, dessen Besorgung wenig Zeit in Anspruch nehmen wird, zur Erledigung bringen könnte.

Ich ersuche Sie nun, hochgeehrter Herr Baudirektor, mir baldmöglichst nach Empfang meines Briefes tele-

grafisch mitteilen zu wollen, ob Sie meinen Vorschlag annehmen.

Hoffend, daß Ihre Antwort zustimmend lauten wird, benütze ich gerne diesen Anlaß, Sie, hochverehrter Herr Baudirektor, meiner ausgezeichneten Hochachtung zu versichern.

Gez. Escher

Präsident der Direktion der Gotthardbahn

Sofort telegrafierte Gerwig zurück:

+ *Präsident Alfred Escher Zürich*

+ *Brief erhalten*

+ *Komme morgen an vorgeschlagenen Ort zu gewünschter Zeit*

Gerwig

Noch am selben Tag schrieb Gerwig an das Amtsgericht Wolfach und entschuldigte sein Fernbleiben bei der Verhandlung am kommenden Donnerstag wegen der qualitativ schlechten Holzlieferung der Flößerei Weis und die daraus resultierenden Folgen. Oberingenieur Walter Grieshaber von der Badischen Eisenbahngesellschaft werde der Sitzung beiwohnen und die Interessen der Gesellschaft vertreten, ließ Gerwig das Gericht wissen. Ihm kam die Absage sehr gelegen, denn Geheimrat Zimmer beorderte ihn zu dieser Verhandlung. Er erkundigte sich noch, ob er die Klage eingereicht hätte. Gerwig verneinte. Offenbar handelte Grieshaber eigenmächtig. Noch nie kümmerte sich Gerwig um die Materialbeschaffung. In diesen Dingen ließ er seinem Oberingenieur freie Hand. Doch Geheimrat Zimmer bestand unbedingt auf seine Anwesenheit bei der Gerichtsverhandlung. Er hätte einen Bericht über den Vorgang im Tunnel von Grabendörfer erhalten, der einer Klärung bedürfe.

Mittwoch, 20. März 1872

Die beiden Männer trafen sich, wie vereinbart, am Bahnhof von Emmendingen. Agil kam der Schweizer »Eisenbahnkönig« Escher auf Gerwig zu.

»Besten Dank, Herr Baudirektor, für Ihre schnelle Bereitschaft, uns hier zu treffen. Ich wählte den Ort Emmendingen als etwa die Mitte der Bahnlinie Basel–Karlsruhe. Uns verbleiben einige Stunden, bis der nächste Zug wieder in Richtung Karlsruhe fährt. So kommen Sie wieder nach Hause und ich zu meinem Termin in Offenburg.«

Sie nahmen auf einer Bank Platz und Gerwig wunderte sich über das Tempo, das Escher vorlegte.

»Entschuldigen Sie, wenn sich das Auswahlverfahren der Kandidaten für den Bau der Gotthardbahn so verzögerte. Im Bewusstsein der schwierigen Aufgabe suchten wir mit größter Umsicht den geeignetsten Bewerber. Beim Gotthard rechnen wir mit bedeutend mehr Schwierigkeiten, wie beispielsweise beim Bau der Bahnen am österreichischen Semmering, am Brenner oder am Mont Cenis, der Frankreich mit Italien verbindet. Sie galten für mich wegen Ihrer neuen Ideen beim Bau der Schwarzwaldbahn schon immer als Favorit. Einige

Herren im Aufsichtsrat vertraten allerdings die Meinung, Sie bauen zu teuer und Ihre finanziellen Forderungen sind zu hoch. Deshalb sollte ich einen anderen Bewerber vorziehen.«

»Und wer sind die anderen Bewerber«, wollte Gerwig wissen.

»Jetzt kann ich sie Ihnen nennen: Es handelt sich um Baurat Achilles Thommen, der schon bei der Schweizerischen Centralbahn mitarbeitete und um den königlich preußischen Oberbau- und Ministerialdirektor Theodor Weishaupt. Doch nun konnte ich die Herren endlich von der Notwendigkeit einer zukunftsorientierten soliden Bauart überzeugen, so wie Sie bei der Schwarzwaldbahn bauen: sicher gegen Steinschlag, Schnee und Lawinen. Doch etwas anderes: Bleibt es eigentlich bei Ihren finanziellen Forderungen, die Sie mir damals in Zürich nannten?«

»Im Prinzip ja. Und wie steht es mit einer Wohnung in Zürich? Ich möchte, wie schon erwähnt, mit meiner Frau diese neun Jahre in Zürich wohnen.«

»Trotz der Wohnungsnot in Zürich habe ich dank meines Einflusses bereits ein Landhaus in Enge, einem Vorort von Zürich, in Aussicht. Übrigens, ganz in meiner Nähe.«

Die Zeit verstrich mit Vertragseinzelheiten und fachlichen Details. Auf der gemeinsamen Fahrt mit dem Zug in Richtung Offenburg und Karlsruhe sicherte Escher dem Baudirektor die baldige Zusage zur Berufung als Oberingenieur der Gotthardbahn zu. Seiner Meinung nach wäre schon genügend unnütze Zeit verstrichen und nun sollten endlich Taten folgen. In Offenburg trennten sich die beiden und Escher verabschiedete Gerwig mit den Worten: »Ich hoffe doch sehr auf Ihre endgültige Zusage.«

Gerwig nickte zustimmend.

Donnerstag, 21. März 1872

Während im Amtsgericht Wolfach die Verhandlung wegen der Holzlieferung begann, telegrafierte Gerwig nochmals nach Zürich. Nach einem Gespräch mit seiner Frau und seinem Schwiegervater Beger verlangte er noch weitere Punkte bei der Vertragsgestaltung. Im Falle eines Ablebens während des Baus forderte er eine jährliche Absicherung für seine Frau, da er bei einer Zusage seine Stellung als badischer Beamter aufgeben und damit auf einen Teil der Versorgung verzichten müsste. Außerdem wollte er mehr Freiraum bei den Abrechnungen von Auslagen.

Der Brief endete mit den Worten:

Hochverehrter Herr Präsident!

Ich bitte Sie, diese Fragen, indem Sie sich einen Augenblick auf meinen Standpunkt stellen, wohlwollend zu erwägen und mir nicht zu verübeln, daß ich Ihnen nun, nachdem Sie mit der gestrigen Absprache die Sache als abgetan ansehen konnten, noch einmal quer komme. Schreiben Sie es meiner Unerfahrenheit und dem Wunsche zu, sorglos um die Wechselfälle des Schicksals und mit Freuden der großen Aufgabe mich zu unterziehen, die ich so gerne lösen möchte.

Samstag, 23. März 1872

Zornig über diese weiteren Forderungen telegrafierte Escher bereits um 7.00 Uhr:

Baudirektor Gerwig Karlsruhe

+ Inhalt Ihres Briefes war mir sehr unerwartet

Schlage Ihnen Rendezvous zu weiterer Verhandlung auf heute Abend 8.00 Uhr in Basel, Hotel Euler vor

+ Bitte um Drahtantwort

+ Escher

Bereits um 9.00 Uhr vormittags antwortete Gerwig:

Präsident Escher

+ Werde nach Basel kommen

Erwartete übrigens nicht weitere Verhandlungen, sondern wollte es Ihrem billigen Ermessen überlassen

+ Gerwig

Noch am selben Abend besprachen die Männer in Basel die letzten Details des Vertrages.

In seiner Sitzung vom 25. März formulierte das Gremium der Gotthard-Direktion einen zwölf Punkte umfassenden Vertrag. Dieser beinhaltete das Anstellungsverhältnis Gerwigs als Oberingenieur, der direkt unmittelbar der Direktion untergeordnet wurde. Die Beschreibung der Kompetenzen beinhaltete unter anderem die Anstellung des technischen Personals, denen er bis zu acht Franken täglich zahlen oder sie auch entlassen konnte. Neben der Festlegung der Bauleitung und der Organisation legte man auch die schiedsgerichtlichen

Vorgehensweisen bei Streitigkeiten fest. Das von Gerwig geforderte Gehalt von jährlich 40.000 Schweizer Franken und die Umzugskosten von Karlsruhe nach Zürich akzeptierte man ohne Gegenstimmen. Die Gratifikation von 100.000 Franken nach Vollendung der Gotthardbahn ergänzte man durch eine Klausel, wonach diese mit jedem Jahr, um das sich die geplante neunjährige Bauzeit verkürzte, um 20.000 Franken erhöht wurde. Selbst die nachträgliche Forderung von Gerwig, einer Absicherung für seine Frau im Falle seines Ablebens, fand mit einem jährlichen Ruhegehalt auf Lebenszeit von 4.000 Franken Eingang in den Vertrag. Der förmliche Amtsantritt wurde auf den 1. Mai 1872 datiert, doch sei es Gerwig gestattet, schon mit dem 1. April in den Genuss seiner Besoldung zu kommen, wenn er ab dann den Dienst antritt.

Am 26. März telegrafierte Escher bereits von Luzern aus, die einmütige Zustimmung der Gotthardbahn-Direktion zur Berufung Robert Gerwigs als neuen Oberingenieur. In seiner Sitzung vom 27. März stimmte auch der Verwaltungsrat zu und berief eine ordentliche Sitzung für den 2. April ein, um den Vertrag und die Wahl offiziell zu genehmigen. Da Escher in der Personalunion den Vorsitz beider Gremien innehatte, handelte es sich bei dieser Sitzung nur noch um eine reine Formsache.

Nun lag es an Gerwig, die Direktion der Badischen Staatseisenbahn zu informieren. Generaldirektor Geheimrat Hermann Zimmer empfing ihn in seinem Büro.

»Hermann, es tut mir wegen unserer ausgezeichneten Zusammenarbeit leid, doch ich werde die Berufung zum Oberingenieur der Gotthardbahn annehmen. Sobald ich die verbindliche Bestätigung aus der Schweiz erhalte, will ich meine Kündigung an das Großherzogliche Handelsministerium einreichen. Doch vorher wollte ich dich, als meinen Freund, informieren.«

Zimmer gab sich überrascht, obwohl ihn Gerwigs Schwiegervater Beger längst informiert hatte.

»Lieber Robert! Ich kann dir zu dieser Berufung nur gratulieren und es ist auch in unserem Interesse, dass es möglichst bald eine Alpentransversale für unsere badischen Eisenbahnlinien nach Italien gibt. Deine Planungen sind fast abgeschlossen und unsere Ingenieure schaffen sicher die Fertigstellung der Schwarzwaldbahn nach deinen Plänen.«

Innerlich dachte er:

Wie gut, dass Ingenieur Seyb bereits am 1. April anfängt. Zuerst als Assistent von Grabendörfer in Triberg und hinterher als möglicher Leiter in Hornberg.

Den Auftrag, den er seiner Revision gab, um die Holzlieferungen des Oberingenieurs Grieshaber zu untersuchen, verschwieg er seinem Freund.

»Robert, ich unterstütze deine Eingabe an das Handelsministerium wegen deiner Entlassung. Grüße an deine liebe Frau Lina und wir sehen uns sicher noch, bevor ihr nach Zürich umzieht.«

Nach einem Gläschen Cognac verabschiedeten sich die beiden sehr herzlich voneinander.

AMTSGERICHT WOLFACH

Donnerstag, 21. März 1872

Der kleine Saal des Großherzoglichen Badischen Amtsgerichtes Wolfach war bis auf den letzten Platz gefüllt, denn das Interesse der Bevölkerung an der Strafsache »Eisenbahngesellschaft gegen Flößerei Weis« war riesengroß. Drinnen im Saal warteten Grieshaber, sein Advokat, Flößer Weis und ein Dolmetscher auf den Beginn der Verhandlung. Polizeihauptmann Schuler und die Jockelbäuerin befanden sich unter den zahlreichen Zuschauern. Draußen im Flur standen der Jockelbauer, Antonio, Giuseppe und Ingenieur Grabendörfer als Zeugen bereit. Endlich betrat der Richter den Saal. Alle erhoben sich von den Plätzen, und nachdem der Richter das Zeichen zum Hinsetzen gab, begann die Verhandlung mit der Verlesung der Anklage. Darin verklagte die Eisenbahngesellschaft die Flößerei Weis wegen einer minderwertigen Holzlieferung und dem daraus resultierenden Schaden im Tunnel sowie zwei schweren nicht mehr heilbaren Beinbrüche eines Mitarbeiters.

»Ruhe!!! – Ruhe bitte«, versuchte der Amtsrichter die laute Menge im Gerichtssaal zu beruhigen. Grieshaber, in Vertretung von Robert Gerwig für die Großherzogliche Eisenbahngesellschaft, war von dem öffentlichen

Interesse dieser Verhandlung nicht unbedingt begeistert. Einerseits wollte er mit der Verhandlung erreichen, dass der angesehene Flößer im Namen des Volkes verurteilt wird und niemals mehr einen Auftrag von der Bahngesellschaft bekam, aber zum anderen konnte er nicht überzeugt sein, ob sein persönlicher Racheprozess nicht mit einem für ihn ungewissen Ausgang enden würde. Denn wie er wusste: »Vor Gericht und auf hoher See ist man immer in Gottes Hand.«

»Herr Weis«, sprach der Richter den Flößer direkt an. »Was haben Sie zu dieser Anschuldigung vorzubringen?«

Weis, der auf einen Rechtsbeistand verzichtete, da im Falle einer minderwertigen Holzlieferung der Jockelbauer dies zu verantworten hätte, antwortete: »Hohes Gericht! Aufgrund unseres günstigen Angebotes bekamen wir aus Karlsruhe den eiligen Auftrag, Holz für die abgebrannte Baracke und für weitere Bauten zu liefern. Ausnahmsweise befanden sich unsere Flößerei und unser Holzhandel wegen umfangreicher Lieferungen nach Holland in einem bisher noch nie gekannten Engpass. Ich erinnerte mich deshalb an eine ehemalige Geschäftsbeziehung zum Jockelbauer aus Hornberg, der immer günstig und zu unserer Zufriedenheit lieferte. Eine minderwertige Holzlieferung an die Eisenbahn kann ich mir auch zum jetzigen Zeitpunkt aufgrund des guten Waldbestandes des Jockelbauern nicht vorstellen.«

»Und um wie viel unterschritt Ihr Angebot den bisherigen Preis?«

»Herr Richter, meines Wissens betrug der Unterschied 20 Prozent. Deshalb bestellte die Bahngesellschaft eine größere Menge.«

»Eine schöne Menge«, äußerte sich der Richter. »Ich meine dabei den Preisnachlass. Herr Walter Grieshaber, 20 Prozent ist eine Menge Holz. Doch Sie waren, wenn ich Ihre Anklage richtig verstehe, mit der Qualität nicht zufrieden?«

Nach kurzer Absprache mit seinem Advokaten stand Grieshaber auf. Und bevor er seine Aussage machte, warf er zum wiederholten Mal einen flüchtigen Blick in seine bereitliegenden Unterlagen, denn er schien doch sichtlich nervös, was eigentlich sonst nicht seine Art war. Mit wohlüberlegten Äußerungen und ohne zu theatralisch zu wirken, beantwortete Grieshaber die Fragen des Amtsrichters nach bestem Wissen und Gewissen, denn wie er inzwischen wusste, war der Richter mit Flößer Weis befreundet. Dennoch fehlte ihm der Mut, einen Befangenheitsantrag zu stellen.

»Erklären Sie dem Gericht nochmals den Sachverhalt«, setzte der Richter die Befragung fort. Walter Grieshaber schilderte nun ausführlich, dass die Flößerei Weis aus Wolfach dem Baudirektor Gerwig beziehungsweise der Bahn einen Sonderrabatt von 20 Prozent einräumte, die Lieferung dann aber nicht selbst ausführte, sondern den Jockelbauer in Hornberg damit beauftragte. Bei den bisherigen Lieferungen des Jockelbauern gab es keinerlei Beanstandungen und er vermutete, diese Rabattzusage musste der Jockelbauer in vollem Umfang weitergeben und lieferte deshalb minderwertiges Holz.

»Letztendlich wurde der schwere Unfall im Tunnel

dadurch verursacht«, erklärte Grieshaber gegenüber der Obrigkeit. »Deshalb verlangt die Eisenbahngesellschaft Schadensersatz von der Flößerei Weis für den unterbrochenen Bau und den Materialschaden am Tunnel sowie eine angemessene Entschädigung für den schwer verletzten Bauarbeiter Antonio Ferdani.«

Der Richter rief nun den wartenden Jockelbauern als Zeugen herein. Ein Gerichtsdiener führte den in seinem besten Trachtenanzug gekleideten Bauern in den Zeugenstand. Der Richter erläuterte ihm den schweren Vorwurf, den die Bahngesellschaft gegen ihn erhob, und machte ihn darauf aufmerksam, dass wohl er durch seine minderwertige Lieferung der Verursacher sei. Falls sich dies in der Verhandlung verfestige, müsse wohl er, der Jockelbauer, für den entstandenen Schaden aufkommen.

»Im Gegenteil, wir lieferten wie immer nur beste Qualität. Wir lassen uns durch diese unbewiesenen Anschuldigungen unseren guten Ruf nicht kaputtmachen. Die Lieferung im Auftrag der Flößerei Weis stammte aus demselben Wald wie alle vorangegangen Lieferungen an die Bahn. Einen Qualitätsunterschied gab es nicht. Das kann ich beschwören!«, erwiderte der Bauer erzürnt.

»Langsam, langsam!« Der Richter blickte über seinen Brillenrand hinweg streng zum Bauern hin. »Wir sind hier kein Schwurgericht. Was mir nicht einleuchtet, wieso können Sie plötzlich das gleiche Holz um 20 Prozent billiger liefern, obwohl vermutlich die Flößerei auch noch an dem Geschäft beteiligt wurde?«

»Ich wiederhole, ich lieferte nur bestes Holz für den Aufbau der Baracke und für eine weitere Verwendung.

Dass die Mehrlieferung wegen des günstigen Preises nach Triberg weitergeleitet wurde, war mir nicht bekannt, aber dies ändert nichts an der Tatsache, dass nur allerbeste Qualität geliefert wurde«, wehrte sich der Jockelbauer.

»Und was den günstigen Preis anbelangt, durch den Wegfall bestimmter Nebenkosten«, dabei blickte der Bauer zornig in Richtung Grieshaber, »und weil mir Flößer Weis Folgeaufträge versprach, lieferte ich so günstig. Sie müssen wissen, Herr Richter, der angesehene Flößer sieht bedingt durch den Bau der Schwarzwaldbahn große Chancen, günstig noch mehr Holz von Hornberg nach Mannheim zu liefern. Dort benötigt die Industrie eine Menge Holz.«

Einen kurzen Augenblick lang überlegte er, ob er vor Gericht über die zwei Vergewaltigungen von Maria Winterhalder auf dem Jockelhof sprechen sollte, um dem Gauner Grieshaber zu schaden. Doch er besann sich eines Besseren, zumal er das Leid, das die Verstorbene durch ihn erlitten hatte, nicht mehr an das Licht der Öffentlichkeit zerren wollte und ihn Grieshaber mit den Materialdiebstählen belasten könnte.

Antonio, der als nächster in den Zeugenstand gerufen wurde, berichtete dem Richter, dass in den Tunnels seit dem Unglück vom Juni des vergangenen Jahres nur noch verstärkte Verbauungen nach den Plänen Gerwigs verwendet wurden.

»Seither hatten wir keinen einzigen Unfall mehr, weder Personen- noch Sachschäden. Deshalb schließe ich mich der Meinung unseres Oberingenieurs Grieshaber an, dass minderwertiges Holz den Unfall verursachte«, ließ er über den Gerichtsdolmetscher verkünden. »Schauen Sie, er zeigte auf seine Beine, dadurch bin ich zum Krüppel geworden. Ich fordere eine entsprechende Entschädigung!«

Nun führte der Gerichtsdiener Grabendörfer in den Zeugenstand. Der Richter forderte ihn auf, aus seiner Sicht die Beschuldigten mit dem Unfallgeschehen zu konfrontieren.

»Ich versichere Ihnen, die Verbauung wurde mit einem Holz vorgenommen, das aus älteren Lieferungen stammte. Bis zum Zeitpunkt des Unglücks gab es in Triberg keine neuen Holzlieferungen aus Hornberg. Deshalb untersuchte ich die am Tunneleingang liegenden Teile und einige der gebrochenen Balken. Dabei musste ich feststellen, dass vier Balken große Einkerbungen aufwiesen, wie mit einem Messer geschnitzt. Für mich ein klarer Hinweis auf Sabotage.«

Großes Gemurmel im Saal.

»Ruhe bitte«, rief der Amtsrichter die Menge im Gerichtssaal zur Ordnung.

»Und Herr Ingenieur Grabendörfer, wer käme dafür nach Ihrer Meinung infrage?«

»Schwer zu sagen! Eigentlich durfte nur die Arbeitsgruppe von Giuseppe Bredari den Tunnel betreten.«

Giuseppe Bredari, der als nächster in den Zeugenstand gerufen wurde, wies diese Anschuldigungen vehement zurück, ohne jedoch Neues über den Vorgang berichten zu können. Oft verstrickte er sich in widersprüchliche

Aussagen, was den Richter sichtlich irritierte. Fast drei Stunden dauerte die Verhandlung, bis der Richter ein Schlusswort sprach: »Eine Schuldzuweisung war trotz eingehender Prüfung durch das Gericht nicht möglich. Deshalb weise ich die Klage ab. Eine Entschädigung gibt es vorerst weder für die Großherzogliche Eisenbahngesellschaft noch für den zu körperlichem Schaden gekommenen Antonio Ferdani. Der Bahngesellschaft empfehle ich eine Anklage gegen Unbekannt.«

Nun ging der Blick des Richters zum Zuschauerraum und blieb beim Polizeihauptmann Schuler hängen: »Auf die Polizei kommt nun die Aufgabe zu, den Saboteur zu finden. Und denken Sie daran, Herr Polizeihauptmann, auch unter den Einheimischen gibt es Gegner der Schwarzwaldbahn. Damit schließe ich die Verhandlung.«

Polizeihauptmann Schuler nahm die Aufforderung des Richters zur Kenntnis, doch für ihn stand der Saboteur bereits fest. Diesem Giuseppe Bredari glaubte er damals schon beim Verhör nicht, als er den Sturz von Sergio schilderte. Sein polizeilicher Spürsinn sagte ihm, Bredari war der Mörder. Doch er konnte dies nicht beweisen. Auch nach dem Barackenbrand verdächtigte er zuerst den Italiener, bis die anschließende Untersuchung einwandfrei Brandstiftung ausschloss. Ein italienischer Arbeiter rauchte damals im Bett und schlief ein.

Flößer Weis, der Jockelbauer und seine Frau suchten zufrieden über das Ergebnis das nächste Gasthaus auf und besprachen weitere Aufträge. Walter Grieshaber verließ, unzufrieden über das Ergebnis, den Gerichtssaal.

Er verabschiedete sich zornig von seinem Advokaten und stieg in die Kutsche ein. Neben Grabendörfer war noch ein Platz frei. Antonio und Giuseppe saßen ihnen gegenüber. Kaum setzte sich die Kutsche in Bewegung, zeterte Grieshaber lauthals: »Herr Grabendörfer! Dämlicher kann man sich vor Gericht wohl nicht mehr verhalten. Durch Ihre Aussage bekommt nun weder die Bahngesellschaft noch Antonio eine Entschädigung. Und dass ich nicht lache, Polizeihauptmann Schuler soll nun den Saboteur finden. Dem gelang nicht einmal die Aufdeckung der Materialdiebstähle. Von Ihnen hätte ich schon mehr Loyalität gegenüber der Eisenbahngesellschaft erwartet und nicht so eine erfundene Geschichte über vier angeschnitzte Stützbalken.«

Grabendörfer gab darauf keine Antwort und schwieg, bis Grieshaber in Hornberg ausstieg.

APRIL 1872

In Triberg begrüsste Ingenieur Grabendörfer seinen neuen Kollegen Seyb sehr herzlich.

»Geheimrat Zimmer meldete mir bereits Ihr Kommen. Ich soll Sie in den nächsten Wochen in die Besonderheiten beim Bau der Schwarzwaldbahn einweisen. Eine gute Verstärkung können wir immer gebrauchen. Wenn es Ihnen recht ist, miete ich Ihnen für die Zeit ein Zimmer im Hotel »Ochsen«. Es ist mit das erste Haus am Platz.«

Dem ersten Augenschein nach machte der junge Ingenieur Seyb auf ihn einen guten Eindruck und er freute sich auf eine fruchtbare Zusammenarbeit. Was ihn wunderte, die Direktion in Karlsruhe machte ihm zur Auflage, dass niemand wissen solle, dass Seyb als Ersatz für Gerwig im Bereich Hornberg vorgesehen war.

Die Entlassung Gerwigs aus dem badischen Beamtendienst gestaltete sich nicht so einfach, wie es sich der Baudirektor vorgestellt hatte. Es bedurfte einiger Verhandlungen mit den zuständigen Behörden. Die entscheidende Eingabe brachte erst sein Brief am 2. April:

Hohes Großherzogliches Handelsministerium!

Zum Oberingenieur der Gotthardbahn berufen, sehe ich mich im Falle, meine Stellung im Staatsdienste aufzugeben und Baden voraussichtlich für neun Jahre zu verlassen. Mit Land und Leuten innig verwachsen und Seiner Königlichen Hoheit dem Großherzog zu immerwährendem Danke verpflichtet, fällt es mir nicht leicht, auf die Ausübung meines Berufes in der Heimat, wo mir so schöne Aufgaben zugefallen waren, zu verzichten. Aber der Umstand, dass die Gotthardbahn zugleich eine deutsche Unternehmung, daß sie besonders für Baden von der höchsten Bedeutung ist, macht es mir gleichsam zur Pflicht, diesem Rufe nicht auszuweichen und außerhalb des Vaterlandes wieder dasselbe zu arbeiten.

Die Wichtigkeit des Werkes, bei dem jeder Tag der früheren Verwirklichung als ein Gewinn für die durch die Alpen getrennten Völker erscheint, bringt es mit sich, daß mein Eintritt zur Leitung des Baues der Gotthardbahn, sobald als nur möglich gewünscht wird. Ich war bereits darauf bedacht, daß mein Scheiden aus dem bisherigen Wirkungskreis nicht Anlaß zu einer vorübergehenden Störung im Verlaufe der von mir besorgten Arbeiten gebe, und werde in diesem Sinne fortfahren, sodaß ich glaube, mein Austritt auf Ende April werde keinerlei Nachteile für den Dienst mit sich bringen.

Indem ich daher hiernach meine Bitte stelle:

Das Großherzogliche Handelsministerium wolle Seiner Königlichen Hoheit dem Großherzog meine gnädigste Entlassung aus dem badischen Staatsdienst auf 1. Mai dieses Jahres geneigtest erwirken, glaube ich mich der Hoffnung hingeben zu dürfen, dass, wenn ich nach Vollendung des Gotthardbahnbaues dem Lande noch nützlich sein kann, meine Wiederverwendung unter ent-

sprechender Berücksichtigung früherer Dienste gewiß eintreten werde.

Hohen Handelsministeriums gehorsamster
Robert Gerwig, Großherzoglicher Baudirektor

Bereits datiert auf den 4. April unterstützte Gottfried Freiherr von Dusch, der Präsident des Handelsministeriums, mit einem Schreiben an Seine Königliche Hoheit die Entlassung Gerwigs aus dem Staatsdienst. Schon am 7. April erhielt Gerwig eine Antwort:

»Seine Königliche Hoheit der Großherzog allergnädigst geruht zu haben, die nachgesuchte Entlassung aus dem Staatsdienste auf den 1. Mai dieses Jahres unter dem Vorbehalt der Wiederverwendung nach Vollendung des Gotthardbahnbaues zu erteilen«.

Schnell verbreitete sich diese Nachricht unter den Ingenieuren der Schwarzwaldbahn, die mit einem gewissen Stolz auf die Berufung Gerwigs schauten. In Hornberg warf sich Oberingenieur Grieshaber in die Brust. Die Mitteilung über den überraschenden Weggang von Gerwig passte gut in sein Konzept. Nachdem die Verhandlung in Wolfach nicht das von ihm gewünschte Ergebnis brachte. Nun konnte er in Hornberg nach Gutdünken schalten und walten. Sofort begann Grieshaber mit Aktivitäten in seinem Sinne. Als Erstes entließ er zehn deutsche Arbeiter in Hornberg, die er als die Faulsten einstufte. An Grabendörfer gab er die Anweisung, ebenfalls im Bereich Triberg und Nußbach zehn Arbeiter ohne Angaben von Gründen zu entlassen. Willkürlich nannte er ihm zehn Namen, Deutsche und Italiener, darunter den humpelnden Antonio Ferdani. Dieser sollte die nächstmögliche Postkutsche nach Italien nehmen. Grabendörfer folgte den Anweisungen des Oberingenieurs und fügte diese ihm unverständliche Order seinem Bericht hinzu, den er auf Wunsch des Geheimrates Zimmer über die Verhandlung beim Amtsgericht Wolfach anfertigte. Grieshaber suchte bereits in den nächsten Tagen den Jockelbauern auf, um wieder das alte Geschäftsmodell für die Holzlieferungen zu vereinbaren. Kaum ließ er sich auf dem Hof sehen, kam ihm der Jockelbauer mit einem Messer in der Hand entgegen. Er kam soeben aus der Räucherkammer.

»Wenn du Vergewaltiger nicht sofort verschwindest, schneide ich dir den Kopf ab.«

»Aber Jockelbauer, die Anzeige ging doch nicht gegen dich. Den Flößer Weis sollte es treffen.«

»Hau ab! Ich arbeite in Zukunft lieber mit dem Weis als mit dir. Und lass dich hier nie wieder blicken, sonst passiert was!«

Kopfschüttelnd verließ Grieshaber den Hof und bestellte zu den gewohnten Konditionen bei einem anderen Bauern jede Menge Holz.

Im Lauf des Monats April pendelte Gerwig immer wieder zwischen Karlsruhe und Zürich. Obwohl die offizielle Einstellung auf den 1. Mai datiert war, begann er energiegeladen seine Aufgabe sofort. Die Möglichkeit dazu gab ihm der Punkt elf des zwölf Punkte umfassenden Vertrages mit der Gotthardbahngesellschaft:

11. Der förmliche Amtsantritt des Herrn Gerwig erfolgt zum 1. Mai 1872. Derselbe wird jedoch sofort, soweit seine gegenwärtigen dienstlichen Obliegenheiten es ihm gestatten, die Funktionen des Oberingenieurs der Gotthardbahn übernehmen, und er tritt infolgedessen schon mit dem 1. April 1872 in den Genuß der ihm zugesicherten Besoldung, wie auch dieser Tag als Anfangstermin für seine Pensionsansprüche zu betrachten ist.

Während seine Frau in Karlsruhe den Umzug nach Zürich vorbereitete, begannen für ihn bereits die ersten organisatorischen Arbeiten in der Schweiz. Seine Heimatbesuche nutzte er jeweils, um sich bei seinen Freunden und bei den beruflichen Wegbegleitern zu verabschieden. Als Erstes fuhr er nach Hornberg. Er staunte nicht schlecht über das riesige Lager einer neu angelieferten Holzmenge. Die abgebrannte Baracke war aufgebaut und wieder bezogen. Irritiert wandte sich Gerwig an Grieshaber: »Wieso liegt hier so viel Holz herum?«

Grieshaber gab sich etwas verlegen: »Wir bauten das Gerüst von der Brücke ab.«

»Herr Grieshaber, ich bin zwar Ingenieur und kein Handwerker, doch hier liegt nach meiner Schätzung die Menge Holz für drei Brücken.«

»Holz kann man nicht genügend haben. Wenn die Bahn fertig ist, siedeln sich Firmen an und die benötigen sicher eine Menge Bauholz«, entgegnete ihm der Oberingenieur trotzig. »Und nachdem Sie sich jetzt in die Schweiz absetzen, trage ich die Verantwortung hier.«

Irgendwie kam Gerwig sein Oberingenieur nicht ganz geheuer vor, und bei der kühlen Verabschiedung von ihm notierte er innerlich, über die Person Grieshaber nahm er sich vor, über die Person Grieshaber nochmals mit Geheimrat Zimmer zu sprechen. Mit diesen Gedanken bestieg er die Kutsche in Richtung Triberg, um sich von den dortigen Ingenieuren zu verabschieden. Seinen Freund und Kuckucksuhren-Erfinder Beha hatte er brieflich auch zu einem Abschiedsessen in das Hotel »Ochsen« nach Triberg eingeladen. Nur so war es ihm möglich, mit dem Zug abends wieder in Karlsruhe zu sein.

Die Ingenieure Grabendörfer und Seyb erhoben sich von ihren Stühlen, als der Baudirektor die Wirtsstube betrat. Noch fehlte Beha, doch auch dieser gesellte sich etwa eine Viertelstunde später zu der Runde. Der Wirt servierte auf Rechnung von Gerwig einen saftigen Wildschweinbraten mit Kartoffeln und Preiselbeeren. Während des Essens erkundigte sich Gerwig bei Grabendörfer über den Fortgang der Bauarbeiten. Dieser zeigte sich sehr zufrieden und lobte vor allem die Arbeit des neuen Ingenieurs Seyb.

»Zeitsparend erweisen sich die neuen Dynamitpatronen. Bald sind alle Tunneldurchbrüche fertig. Ein jüngerer Italiener mit Namen Francesco zeichnet sich dabei besonders aus. Der Junge besitzt ein angeborenes Gespür. Er kann die Felsadern lesen und weiß, wo er die Sprengladungen für eine optimale Sprengung anbringen muss.«

»Ja, auch beim Gotthardtunnel wird entscheidend sein, mit welchen Arbeitstechniken wir den langen Tunnel vorantreiben. Zurzeit laufen gerade die Verhandlungen mit den Firmen«, ließ Gerwig wissen. Und zu seinem Freund Beha gewandt: »Entschuldige, wir Ingenieure sind bereits wieder beim Eisenbahnbau, als ob es kein anderes Thema gäbe. Was machen deine Erfindungen?«

»Meine Kuckucksuhr dürfte nun ausgereift sein. Momentan beschäftige ich mich mit Taschenuhren.«

Gerwig zeigte auf seinen Chronometer am Armgelenk.

»Hier sind die Schweizer führend. Besuch uns doch mal in der Schweiz und studiere deren Technik. Vielleicht kannst du etwas abkupfern.«

»Vorsicht mit deiner Einladung. Vielleicht komme ich.«

»Meine Frau Lina und ich würden uns freuen.«

Nach dem Essen musste Gerwig wieder mit der Kutsche zum Bahnhof Hausach, um den Zug nach Karlsruhe nicht zu verpassen. Alle verabschiedeten sich recht herzlich und wünschten sich gegenseitig viel Erfolg. Gerwig schärfte dem jungen Seyb noch ein, wenn er demnächst seine Stelle in Hornberg antrete, solle er dem Oberingenieur Grieshaber etwas auf die Finger schauen. Besonders bei seinen Materialbestellungen.

Nach einem weiteren Aufenthalt in der Schweiz suchte Gerwig kurz vor dem Umzug noch seinen direkten Vorgesetzten und Freund Geheimrat Hermann Zimmer bei den Großherzoglichen Badischen Eisenbahnen auf, um sich zu verabschieden. Bei dieser Gelegenheit wollte er ihn noch auf die großen Holzmengen in Hornberg hinweisen, die ihm etwas dubios erschienen. Wie immer klopfte er an seinem Büro, doch die Tür war verschlossen. Er suchte seinen Obersekretär auf und dieser berichtete ihm: »Aufgrund des verlorenen Prozesses in Wolfach und den diversen Berichten von Herrn Ingenieur Grabendörfer aus Triberg leitete der Herr Geheimrat eine Untersuchung gegen die Person Grieshaber in Hornberg ein. Sie glauben gar nicht, was der beauftragte Revisor alles aufdeckte. Um 20 Prozent überteuerte Holzlieferungen, 20 zum 1. April entlassene Arbeiter stehen weiter auf der Lohnliste und das Geld zahlt sich der Oberingenieur selbst aus. Ein Bauer in der Nachbarschaft sprach von einer zweifachen Vergewaltigung. Leider ist das Weibsbild vor vier Monaten verstorben und der Revisor konnte sie nicht mehr befragen. Dazu besteht ein starker Verdacht, Grieshaber wäre der Auftraggeber der umfangreichen Materialdiebstähle und eventuell sogar der Anstifter zum Mord an Sergio Pantone.«

Gerwig gab sich entsetzt: »Und von allen diesen Vorgängen bemerkte ich nichts!«

Der Obersekretär fuhr fort: »Dies veranlasste unseren sehr verehrten Herrn Geheimrat Zimmer beim Präsidenten des Handelsministeriums vorstellig zu werden, um die unehrenhafte Entlassung von Herrn Oberingenieur Walter Grieshaber umgehend in die Wege zu leiten.«

Gerwig bedauerte sehr, dass er sich beim Geheimrat nicht verabschieden konnte. Seine Frau wollte ihn unbedingt bei den letzten Vorbereitungen des Umzugs dabeihaben. Die fruchtbare und von gegenseitigem Respekt zeugende Zusammenarbeit mit Hermann Zimmer dauerte schon so viele Jahre. Er trug dem Obersekretär noch schöne Grüße an den Geheimrat auf und eilte wieder zu seiner Wohnung zurück. Lina drängte ihn, sich doch noch wenigstens schriftlich von Hermann Zimmer zu verabschieden, was Gerwig gerne tat. Später brachte sie den Brief persönlich zur Post.

Kurz vor der Abreise erreichte Gerwig ein Brief vom Geheimrat Hermann Zimmer, der wohl gegenüber seinem Obersekretär die über Jahre dauernde Duzfreundschaft zwischen den beiden im Brief nicht offenlegen wollte.

Verehrtester Herr Baudirektor!

Ich bedaure sehr, durch ein Versehen des Dienstpersonals nicht sogleich bei meiner Rückkunft am vergangenen Samstag, sondern erst durch Ihre gestrige Mitteilung von dem Besuche, welchen Sie mir zugedacht, Kenntnis erhalten zu haben und dadurch zur Unterlassung des Gegenbesuches veranlasst worden zu sein. Da ich voraussetzen muss, daß Ihnen kurz vor der Abreise die persönliche Inanspruchnahme durch Besucher nur störend sein würde, so erlaube ich mir, Ihnen auf diesem Wege Lebewohl zu sagen mit meinen herzlichsten Glück- und Segenswünschen zum neuen, so ehrenvollen Berufe und Ihrem ferneren Lebensgange und mit der Versicherung, daß, wie ich die persönlichen Beziehungen zu Ihnen, die ich leider wegen starker Überlastung durch Dienstgeschäfte nicht nach Wunsch pflegen konnte, zu meinen wertvollsten und angenehmsten rechne, ich Ihnen meine aufrichtige Hochachtung und freundschaftliche Gesinnung treu bewahren werde. Mit der Bitte, mich im freundlichem Andenken zu halten, verbleibe ich in wahrer Ergebenheit der Ihrige

Zimmer

MORD

GIUSEPPES ÜBERBORDENDE GUTE Laune an diesem Tag konnte keiner aus dem Bautrupp übersehen, geschweige denn überhören. Mit seiner vollen Baritonstimme schmettere er eine italienische Canzone nach der anderen und die Töne im engen Tunnel beflügelte den Trupp beim Verlegen der Gleise. Es herrschte eine frohe Stimmung, die Giuseppe noch steigerte:

»Amici! Hört her! Ich feiere heute meinen 25. Geburtstag und gleich nach Arbeitsende gebe ich eine Festa. Alle sind eingeladen.« Und mit einem Blick auf Francesco ergänzte er: »Und wenn ich alle sage, dann meine ich auch alle.«

In Vorfreude auf das Geburtstagsfest gingen die Arbeiter nach Feierabend zur Kantine. Francesco, unterwegs auf der Suche nach einem kleinen Geschenk für Giuseppe, sah auf der Rückseite der Kantine, wie Grieshaber gerade Giuseppe offensichtlich sehr herzlich gratulierte und ihm eine Flasche Schnaps überreichte. Schnell bog er um die Ecke, denn diese Begegnung schien den beiden sichtlich peinlich zu sein. Nach einigen Metern blieb er stehen, denn der Tonfall zwischen Grieshaber und Giuseppe veränderte sich hörbar. Lautstark und emotional begannen die beiden zu streiten. Francesco horchte nun auf die lauten Töne, ohne etwas zu verstehen. Neugierig blickte er vorsichtig um die Ecke. Soeben übergab Grieshaber an Giuseppe drei Geldscheine, doch offenbar wollte Giuseppe mehr. Schnell zog sich Francesco wieder zurück. In seinem Kopf tauchten gleichzeitig mehrere Fragen auf:

»Warum schenkt Grieshaber Giuseppe zum Geburtstag eine Flasche Schnaps? Und warum Geld? So viel? Und wie gut kennen sich die beiden?«

Während er sich entfernte, hörte er noch die Worte »Antonio« und »Balken«. Grübelnd setzte Francesco seinen Weg zu einem Verkaufsstand fort, den geschäftstüchtige Schwarzwälder Bauern in der Nähe des Lagers betrieben. Francesco fand kein passendes Geschenk und betrat wohl als Letzter die Kantine. Er setzte sich zu den bereits in Hochstimmung befindlichen Kollegen. Giuseppe öffnete soeben eine weitere Schnapsflasche. Er nahm einen großen Schluck. Nun hielt er die Flasche hoch in Richtung Himmel: »Salute, Rocco!« Er nahm nochmals einen kräftigen Schluck. Nun ließ er die Flasche im Kreise der Kollegen rotieren. Jeder hob die Flasche kurz an, wünschte dem Geburtstagskind alles Gute und trank einen Schluck. Als die Reihe an Francesco kam, sprach dieser keinen Wunsch aus und gab die Flasche, ohne einen Schluck zu nehmen, einfach weiter. Dies bemerkte der schon etwas angeheiterte Giuseppe und rief lauthals:

»He, Francesco! Trinkst du keinen Schnaps? Schade, dass deine Mama nicht hier ist, sonst könnte sie dich mit Milch säugen, so wie einst der Wolf Romulus und Remus säugte.«

Verärgert über diesen Ausspruch verließ Francesco

die Geburtstagsfeier. Kaum vor der Kantine, rief ihn Ingenieur Grabendörfer zu sich.

»Hallo Francesco, du kommst mir wie gerufen. Ich suche einen Boten, der dem Oberingenieur Grieshaber ausrichtet, ich komme eine Stunde später als vereinbart. Lauf schnell zum Hotel »Ochsen« nach Triberg und richte ihm das bitte aus.«

Francesco deutete Verständigungsschwierigkeiten an, deshalb ging Grabendörfer mit ihm ins Büro und schrieb eine Nachricht für Grieshaber. Nun tat Francesco wie ihm geheißen und fragte im Gasthaus nach Grieshaber. An der Rezeption gestikulierte der Angestellte mit den Fingern und zeigte auf die Treppe nach oben, Zimmer Nummer drei. Francesco klopfte an die Tür und rief: »Messaggio, Signore Grieshaber«.

Grieshaber schob den Riegel zurück und nahm die Botschaft in Empfang. Wieder aus dem Gasthaus heraus, entschloss sich Francesco zu einem längeren Spaziergang durch Triberg. Erst nach etwa zwei Stunden erreichte er wieder das Lager. Zu viele Gedanken schossen ihm durch den Kopf. Immer wieder dachte er an Sergio, seinen geliebten Bruder.

Hat Giuseppe Sergio vom Gerüst gestoßen? Wegen der Spielschulden? Trifft die Vermutung von Antonio zu, Sergio wusste von dubiosen Geschäften? Rocco sprach im Suff immer wieder von der Möglichkeit einer Zusammenarbeit zwischen Giuseppe und Grieshaber, aber Rocco war tot. Verbrannt! Wusste vielleicht Maria, die Freundin seines Bruders, etwas? Auch tot. Antonio leider wieder in Italien. Warum sprach Giuseppe mit Grieshaber von Antonio und einem Balken? Hat Giuseppe vielleicht damals die überraschende Versetzung nach Triberg von Antonio und meiner Person kurz nach meiner Ankunft aus Italien bei Grieshaber veranlasst, um unangenehmen Fragen auszuweichen? War ich nicht in den Schwarzwald gekommen, um den Todessturz meines Bruders aufzudecken? Wen kann ich fragen?

Plötzlich schien ihm alles klar vor Augen: Grieshaber und Giuseeppe. Er kannte nun die Zusammenhänge. Ein Kollege übergab sich gerade vor der Baracke. Vermutlich zu viel getrunken. Im Schlafsaal drangen laute Schnarchgeräusche an sein Ohr. Nur wenige der betrunkenen Kollegen schienen noch wach zu sein. Darunter auch das Geburtstagskind Giuseppe, der ihn allerdings ignorierte. Langsam schliefen auch die letzten Betrunkenen ein, nur Francesco dachte intensiv an seinen toten Bruder Sergio.

Grieshaber fluchte im Gästezimmer des Hotels »Ochsen«. »Was bildet sich dieser arrogante Ingenieur Grabendörfer ein und lässt mich eine Stunde warten?« Grieshaber war sowieso schon erzürnt, da Grabendörfer in letzter Zeit seine Anordnungen nicht mehr befolgte. Und dies war der eigentliche Grund für seinen Aufenthalt in Triberg, um als Oberingenieur den aufsässigen Ingenieur Grabendörfer an seine Pflichten zu erinnern und eine Abmahnung auszusprechen. Dabei legte er den Termin auf Giuseppes Geburtstag, denn bei dieser Gelegenheit konnte er eine längere Schuld bei dem Italiener begleichen. Doch dieser beschimpfte ihn wegen der verspäteten Bezahlung und forderte deshalb noch mehr Geld. Geladen betrat er eine Stunde später die Gaststube. Zielstrebig ging er zum reservierten Tisch in der Ecke des Gasthauses, vorbei an drei Kartenspielern. Einer dieser drei Männer spuckte ihm vor die Füße. Grieshaber ignorierte den Lümmel, wich der Spucke am Boden aus und ging weiter.

»Diesem Dreckskerl verdanke ich meine Entlassung bei der Eisenbahngesellschaft. Grundlos!«

Einer der drei Kartenspieler zeigte in Richtung Grieshaber.

»Mich hat er auch entlassen«, meldete sich der Zweite.

»Und mich auch«, ergänzte der Dritte.

»Dann sind heute die Richtigen beisammen«, stellte einer der Spieler fest und legte seine Karten auf den Tisch. Nun beugte er sich vor und flüsterte: »Was meint ihr? Die Gelegenheit ist günstig. Dem besorgen wir heute Nacht eine Abreibung.«

Die beiden anderen nickten und setzten das Kartenspiel wieder fort.

Grieshaber nahm Platz und bestellte einen halben Liter vom Roten. Nach dem ersten Schluck blickte er sich in der Gaststube um. Die große, heute spärlich besetzte Wirtsstube konnte er von seinem Platz aus nur teilweise überschauen. Neben seinem Tisch saß ein junger Mann, der offensichtlich auch auf jemanden wartete, denn sein Blick ging immer wieder zur Eingangstüre. Außer den drei Kartenspielern saßen in einer für ihn nicht einsehbaren Nische nach seiner Einschätzung drei weitere Gäste. Er hörte deren Stimmen, konnte diese aber nicht den einzelnen Männern zuordnen. Endlich tauchte Grabendörfer auf, doch bevor er an seinen Tisch kam, begrüßte er die anderen Gäste, die an dem für ihn nicht einsehbaren Tisch saßen. Offenbar kennt man sich in Triberg, dachte er. Nun kam Grabendörfer in seine Richtung, begrüßte den jungen Mann und kam mit diesem endlich an seinen Tisch.

»Herr Grieshaber! Entschuldigen Sie die Verspätung, aber ich erwartete noch einen Boten aus Karlsruhe mit einer wichtigen Nachricht.«

Nun stellte er seinen Begleiter als Ingenieur Seyb vor, der bereits seit einiger Zeit bei ihm volontierte und von der Karlsruher Eisenbahnzentrale als neuer Ingenieur für Hornberg vorgesehen war.

Erbost reagierte Grieshaber: »Davon ist mir nichts bekannt! Als Oberingenieur müsste ich es wohl zuerst wissen und mein Einverständnis geben. Weshalb sollten wir in Hornberg einen neuen Ingenieur bekommen? Wir sind mit mir gut aufgestellt.«

Grabendörfer deutete in Richtung der von ihm begrüßten Gäste.

»Vielleicht hat es mit diesen Gästen zu tun?«

Nun beugte sich Grieshaber vor und erkannte den Jockelbauern und den Flößer Jonathan Weis, die sich hier wohl geschäftlich mit einem Händler trafen, um über eine größere Holzlieferung zu verhandeln. Die beiden hatten wegen ihrer intensiven Geschäftsgespräche mit dem Triberger Händler das Eintreten von Grieshaber nicht mitbekommen, aber nun erkannten auch sie den verhassten Oberingenieur.

Verächtlich rief der Flößer: »Der Herr Grieshaber! Ich wusste gar nicht, dass auch in Triberg Schurken in den besten Häusern verkehren. Ich denke, eine Gefängniszelle wäre der richtige Aufenthaltsort.«

Und der Jockelbauer ergänzte: »Uns wollte er beim Amtsgericht Wolfach wegen angeblich minderwertiger Holzlieferung zur Kasse bitten. Würde mich nicht wundern, wenn er der Saboteur wäre.«

Grieshaber ignorierte diese Anschuldigungen und wandte sich wieder Grabendörfer zu. Dieser schaute den Oberingenieur triumphierend an.

»Herr Grieshaber, ich sagte doch, ich erwartete noch einen Boten aus Karlsruhe. Jetzt ist es Gewissheit! Ein Revisor der Eisenbahngesellschaft untersuchte Ihre überteuerten Holzbestellungen. Die 20 grundlos entlassenen Arbeiter stehen immer noch auf der Lohnliste und ein gewisser Oberingenieur kassiert die Gelder. Nachdem Gerwig nicht mehr im Amt ist, bekam ich den Auftrag von Geheimrat Zimmer, Sie unverzüglich unehrenhaft zu entlassen. Die Direktion behält sich natürlich weitere gerichtliche Schritte vor. Herr Seyb wird ab morgen Ihre leitende Position in Hornberg einnehmen.«

»Ungeheuerliche Vorwürfe«, schrie Grieshaber. »Ich weise diese Verleumdungen auf das Entschiedenste zurück und Herr Seyb übernimmt morgen nicht meine Position. Und wenn, nur über meine Leiche.«

Diesen Ausspruch hörte auch der Jockelbauer. Er stand auf und stellte sich in die Mitte des Gastraumes: »Leiche, das wäre die richtige Lösung. Hört einmal alle her, alle sollen es nun wissen. Dieser Kerl vergewaltigte in meinem Haus zwei Mal die arme Maria Winterhalder. Für mich ist er mitschuldig am Tod des armen

Mädchens. Aber er wird seine gerechte Strafe schon noch erhalten.«

Nun war für Grieshaber das Maß voll. Er schmiss ein paar Münzen für den Rotwein auf den Tisch und ging zornig auf sein Zimmer.

Der Jockelbauer rief ihm noch hinterher: »Grieshaber, wir haben noch eine Rechnung offen!«

Am nächsten Morgen klopfte die Reinigungsfrau an die Tür des Gästezimmers Nummer drei. Niemand antwortete, auch nicht auf ihr mehrmaliges Rufen. Vorsichtig öffnete sie die Tür. Ihr durchdringender Schrei hallte durch das Haus und weckte wohl den letzten schlafenden Gast. Erschrocken eilte der Wirt herbei. In der Kammer lag blutüberströmt Oberingenieur Grieshaber am Boden. Ein widerlicher Anblick. Die Wunde am Bauch und die Würgemale am Hals ließen keine Zweifel aufkommen. Hier konnte kein Arzt mehr helfen. Mord! Aufgeschreckt durch den Lärm kam auch der Flößer Jonathan Weis ins Obergeschoss. Soeben beendete er sein Frühstück und wollte nebenan im Zimmer Nummer vier sein Gepäck abholen.

Auch er sah die Leiche und äußerte sich ungerührt: »Hat dieser Dreckskerl endlich seine verdiente Strafe erhalten.«

Der Wirt herrschte ihn an: »Sie bleiben! Ich verständige umgehend den Ortsbüttel und der soll entscheiden, was weiter geschieht.«

Als endlich der Polizist eintraf, hatte der Flößer gepackt und wartete ungeduldig in der Wirtsstube. Vor dem Brunnen am Marktplatz wartete schon seit einer Stunde der Kutscher von Grieshaber. Auch er hörte den Schrei. Als der Wirt aufgeregt mit einem Polizisten ankam und in das Gasthaus eilte, stieg er von der Kutsche, folgte den beiden, um nach dem Verbleib seines Fahrgastes zu schauen.

Ironisch informierte ihn der Flößer: »Sie warten umsonst auf den Oberingenieur, es sei denn, Sie wollen einen Toten befördern.«

Erschrocken wollte der Kutscher wieder zu seinem Pferd zurück, doch der Polizist schrie ihn an: »Keiner verlässt das Haus!«

Nun bekam auch der Wirt die Order, keinen Gast abreisen zu lassen. Für den Wirt kein Problem, denn außer dem Flößer war nur noch sein Dauergast Ingenieur Seyb im Haus. Er informierte den Polizisten über die Abfahrt des Jockelbauern, der nach der Verabschiedung des Triberger Holzhändlers noch in der Nacht nach Hornberg zurückfuhr. Die drei Kartenspieler forderte er nach der Auseinandersetzung zwischen dem Jockelbauern und Grieshaber gegen 10.00 Uhr nachts auf, das Lokal zu verlassen, auch weil keine weiteren Gäste etwas konsumierten. Diesen Kartenspielern schlossen sich die beiden Ingenieure der Schwarzwaldbahn an. Anschließend ging auch Jonathan Weis nach oben auf sein Zimmer.

Der Polizist wandte sich dem Flößer zu: »Wenn ich richtig rechne, waren Sie und der Oberingenieur die einzigen Übernachtungsgäste?«

»Richtig gerechnet«, lächelte Jonathan Weis, »eins und eins ist zwei.«

Nun meldete sich der Wirt: »Ganz stimmt diese Rechnung nicht, denn unser Dauergast Ingenieur Seyb nächtigt auch bei uns.«

Aufgeregt fuchtelte der Polizist herum: »Kutscher, fahren Sie sofort nach Wolfach und verständigen Sie Herrn Polizeihauptmann Schuler, er soll umgehend nach Triberg kommen und den Fall übernehmen.«

»Wenn Sie erlauben, Herr Polizist«, meldete sich der Flößer, »ich hole jetzt mein Pferd aus dem Stall, spanne ein und fahre auch nach Wolfach. Ich kenne den Polizeihauptmann ganz gut. Mit Verlaub, der Kutscher könnte sich diesen Weg sparen.«

Der Polizist überlegte kurz. »Also gut! Halten Sie sich aber für eine Befragung bereit!«

Hintereinander fuhren die beiden Kutschen nach Hornberg. Während der Kutscher auf der Baustelle die Hiobsbotschaft vom Tode Grieshabers verbreitete, fuhr Jonathan Weis direkt zur Polizeistelle nach Wolfach. Er berichtete dem Polizeihauptmann vom Mordfall im Triberger Hotel »Ochsen«.

Schulers erste Frage lautete: »Herr Weis, wenn ich Ihre Aussagen richtig verstanden habe, übernachteten Sie und ein Herr Seyb außer dem Ermordeten als einzige Gäste im Hotel »Ochsen«. Und Ihre Kammer lag direkt neben der Kammer von Grieshaber. Irgendetwas müssten Sie doch gehört haben?«

»Richtig! Gegen Mitternacht erwachte ich und hörte mehrere Schritte. Dann klopfte jemand an die Kammertür meines Nachbarn. Doch dieser öffnete nicht. Ich schlief dann ziemlich bald wieder ein, bin mir aber nicht sicher, ob ich es geträumt habe oder ob später nochmals jemand klopfte.«

»Gut, das war es vorerst. Halten Sie sich zur Verfügung. Ich fahre nun sofort nach Triberg.«

EINE HEISSE SPUR

Am frühen Nachmittagbetrat Polizeihauptmann Schuler das Hotel »Ochsen«. Der Triberger Ortsbüttel, der vor der Kammer des Toten Wache hielt, erwartete ihn schon ungeduldig. Pedantisch untersuchte der Polizeihauptmann den Toten. Auch für ihn bedeutete der Tote trotz seiner jahrzehntelangen Erfahrung seinen ersten Mordfall. Oder sein zweiter, denn beim Sturz des Italieners Sergio glaubte er der Aussage des Zeugen Rocco nicht, doch konnte er ihm damals das Gegenteil nicht beweisen. Seiner Meinung nach zückten die temperamentvollen Italiener viel zu schnell ihr Messer. Er wusste nicht warum, doch nach seinem Gefühl war dieser unsympathische Giuseppe Bredari der Mörder. Doch Gefühle zählten bei der Polizeiarbeit nicht, nur Fakten. Und bei diesem Toten schienen die Fakten klar. Allem Anschein nach ein Stich mit dem Messer in den Bauch und anschließend wurde der stark Verwundete noch erwürgt, zumindest deuteten die Würgemale am Hals darauf hin. Er untersuchte die Kammer nach einer Tatwaffe, doch außer den säuberlich aufgehängten Kleidern des Toten, der nur mit einem Nachthemd bekleidet war, fand er nichts. Nur eine große angetrocknete Blutlache, was darauf schließen ließ, dass der Mord schon vor Stunden stattfand. Jetzt erwachte in ihm der kriminalistische Spürsinn. Vor der Kammer sah er ebenfalls einzelne angetrocknete Bluttropfen. Ein Indiz für ihn, dass der Täter mit dem noch tropfenden Messer geflüchtet war. Schließlich fand er auf der Treppe, am Ausgang und vor dem Haus des Gasthauses weitere Spuren. Ein deutliches Indiz für ihn, dass der Mörder von außen kam. Auf dem Triberger Marktplatz verlor sich die Spur. Er wollte schon wieder umkehren, da fiel sein Blick auf den eisernen Marktbrunnen.

»Vielleicht«, so seine Überlegung, »wusch sich dort der Täter das Blut von den Händen.« Das klare Wasser enthielt logischerweise keinerlei Blutspuren, denn nach Stunden reinigte sich der kräftig sprudelnde Brunnen von selbst. Dennoch setzte Schuler seine Untersuchung fort. Schon bald entdeckte er ein großes Messer unter dem Brunnen. Wie er vermutete, gesäubert, um Blutspuren zu verwischen. Er betrachtete das Messer genau und er wusste sofort, solche Messer trugen Italiener gerne am Gürtel.

Natürlich wieder die temperamentvollen Italiener, schoss es ihm durch den Kopf. Was waren das noch für ruhige Zeiten, als es weder Italiener noch die Schwarzwaldbahn gab. Mal ein Wilddieb, mal eine kleine Rauferei. Damals war die Welt in seinem Revier noch übersichtlich und beschaulich. Der Wirt schilderte ihm noch den Vorfall am Abend wie der Jockelbauer dem Grieshaber die Vergewaltigung vorwarf. Ihm wurde, nach seinen Ausführungen, die Auseinandersetzung zu bunt und er schloss daraufhin das Lokal. Nun wollte der Polizeihauptmann seine heiße Spur verfolgen und setzte sich mit dem leitenden Ingenieur in Verbindung. Grabendörfer ließ die Bauarbeiten im Tunnel sofort stoppen und holte den Bautrupp zum Verhör. Die Arbeiter versammelten sich alle in der Kantine. Polizeihauptmann Schuler stellte sich kurz vor, erwähnte aber den Mord nicht. Er holte das Messer aus der Tasche und hob es hoch: »Gehört jemandem dieses Messer?« Obwohl die Italiener die Worte nicht verstanden, wussten sie doch, es ging um das Messer.

Giuseppe meldete sich: »Coltello mio!«

Fragend wandte sich Schuler an Grabendörfer: »Was meint er?«

Grabendörfer, der sich im Lauf der Zusammenarbeit mit den Gastarbeitern etwas Italienisch angeeignet hatte, sagte: »Er meint, es ist sein Messer.«

Da war er wieder, der unsympathische Italiener. Nun ließ Polizeihauptmann Schuler nach einem Dolmetscher suchen. Schuler achtete genau darauf, dass keiner der Arbeiter inzwischen die Kantine verließ. Dann begann das Verhör.

»Wer war gestern Abend in Triberg im Hotel ›Ochsen‹?«

Francesco meldete sich.

Grabendörfer warf sofort ein: »Ich schickte ihn am Abend, damit er Grieshaber, Gott hab ihn selig, eine Nachricht von mir übergibt, dass ich eine Stunde später komme.«

»Und Sie, Herr Grabendörfer, waren eine Stunde später im Hotel ›Ochsen‹ bei Grieshaber?«

»Natürlich, zusammen mit meinem Ingenieurkollegen Herrn Seyb.«

»Bitte holen Sie auch Herrn Seyb zum Verhör!«

Grabendörfer schickte einen der Arbeiter und ließ

Seyb kommen. Nach dem Eintritt von Ingenieur Seyb fuhr der Polizeihauptmann mit seiner Befragung fort: »Herr Seyb, Sie waren zusammen mit Herrn Grabendörfer und mit Herrn Grieshaber gestern Abend im Hotel ›Ochsen‹ verabredet?«

»Verabredet nicht, denn Grieshaber wusste nichts von meinem Kommen. Zwischen ihm und mir kam es zu keiner Aussprache, denn Grieshaber verließ schon bald nach meiner Vorstellung den Gastraum.«

»Warum?«

»Herr Grieshaber wurde im Auftrag der Großherzoglichen Eisenbahngesellschaft durch Herrn Grabendörfer unehrenhaft entlassen. Plötzlich mischte sich ein Gast ein und beschuldigte den Oberingenieur in aller Öffentlichkeit einer zweimaligen Vergewaltigung. Daraufhin verließ Grieshaber das Lokal.«

»Und um welchen Gast handelte es sich dabei?«

Nun meldet sich Grabendörfer: »Es handelte sich um unseren Holzlieferanten Jockelbauer aus Hornberg, der wohl mit seinen Geschäftsfreunden eine Besprechung hatte.«

»Herr Grabendörfer, kannten Sie auch die anderen Geschäftsfreunde?«

»Neben dem Jockelbauern kannte ich noch den Flößer Jonathan Weis aus Wolfach. Der Dritte war mir unbekannt. Vermutlich ein Geschäftsmann aus der Region.«

»Und wie lange blieben alle außer Grieshaber im Lokal?«

»Bis gegen 22.00 Uhr, als der Wirt aufgrund des Streites und der wenigen Gäste Feierabend rief.«

»Wer war zu dieser Zeit noch im Lokal?«

»Drei Kartenspieler, die maulten wegen der frühen Schließung und drohten dem Wirt, jetzt und auch in Zukunft in eine andere Wirtschaft zu gehen. Dann der Holzhändler mit seinen zwei Geschäftsfreunden.«

»Jockelbauer und Weis?«, fragte Schuler.

»Genau! Und natürlich ich, Ingenieur Seyb und der Wirt.«

»Und Sie gingen dann zu Ihrem Quartier?«

»Nicht gleich. Seyb und ich schlossen uns den drei Kartenspielern an und tranken noch ein Bier im Gasthaus ›Sonne‹. Erst gegen Mitternacht, als auch hier Feierabend war, trennte ich mich von Seyb und suchte meine Unterkunft auf.«

Nun kam endlich der Dolmetscher. Polizeihauptmann Schuler berichtete von dem Mord und begann mit der Befragung der Italiener. Er zeigte auf das Messer und sprach Giuseppe an: »Herr Bredari, ich kam schon öfters in den Genuss Ihrer Aussagen und bin nun gespannt, was Sie mir heute auftischen.«

»Mama mia! Das ist mein Messer! Ich bin nicht der Mörder! Grieshaber ist mein Freund! Heute Morgen, nach dem Aufstehen, wollte ich mir mein Messer umschnallen, doch ich fand nur einen leeren Gürtel. Ich musste gestern bei meiner Geburtstagsfeier das Messer verloren haben. Glauben Sie mir, Herr Commissario, wir alle waren nach der Festa dermaßen betrunken, dass wohl keiner in der Lage gewesen wäre, nach Triberg zu gehen, um Signore Grieshaber zu töten. Warum auch? Fragen Sie meine Kameraden, wie besoffen wir waren.«

Alle nickten, bis einer auf Francesco zeigte: »Der war der einzige nüchterne Kamerad.«

»Und Sie waren in Triberg?« Schuler tippte sich an die Stirn. »Ach so, stimmt. Grabendörfer schickte Sie. Und Sie können bestätigen, alle Ihre Kameraden waren stark betrunken.«

Francesco nickte. »Das kann ich bestätigen. Als ich zurück in die Unterkunft kam, schnarchten schon die meisten der Kameraden und Giuseppe konnte sich kaum noch auf den Beinen halten.«

Polizeihauptmann Schuler war etwas unschlüssig. Trotz der Aussage von Francesco blieb für ihn Giuseppe der Mörder. Ein besseres Indiz als das Messer des Italieners, der wohl einen Rausch vortäuschte, gab es nicht. Und endlich hatte er den verhassten Burschen an der Angel. Er ging auf den Italiener zu und sagte: »Herr Giuseppe Bredari, ich nehme Sie vorläufig wegen des Mordverdachts an Oberingenieur Walter Grieshaber fest. Alles Weitere wird das Gericht klären.«

Unter den lauten Unschuldsbeteuerungen Giuseppes nahm er ihn mit ins Gefängnis nach Wolfach.

IN DER SCHWEIZ

Der Umzug von Karlsruhe nach Enge gestaltete sich dank der Transportmöglichkeiten der Eisenbahn einigermaßen problemlos. Lina Gerwig freute sich auf das neue Heim direkt am Züricher See. Beim Abschied sicherte Domänendirektor Beger seiner Tochter zu, er werde sich während des Schweizer Aufenthalts um die verlassene Villa und um den Garten in Karlsruhe kümmern. Ein Rest Möbel blieb in Karlsruhe, bedingt durch das kleinere Haus in Enge. Vom Bahnhof Zürich aus transportierten gemietete Pferdefuhrwerke die mitgebrachten Möbel in das zweistöckige Haus direkt am Züricher See. Den Beziehungen von Doktor Escher verdankten die Gerwigs die Anmietung des einfachen Landhauses mit einem großen Garten im Züricher Nobelvorort Enge, in dem viele reiche Unternehmer in Villen mit großen Parkanlagen wohnten. Unweit von ihrem Haus, das Lina liebevoll »Schwalbenrain« taufte, befand sich der prächtige Herrensitz »Bevoir« von Dr. Alfred Escher. Lina Gerwig freute sich auf ein trautes Beisammensein für die nächsten neun Jahre mit ihrem Mann. Während sie sich um die Einrichtung und Dekoration kümmerte, arbeitete ihr Mann bereits wieder mit Hochdruck an dem neuen Projekt. Berge von Arbeiten türmten sich vor ihm auf, galt es doch den Bau der Gotthardbahn möglichst schnell zu organisieren. Zum Leidwesen seiner

Frau war nun ihr Mann mehr unterwegs als beim Bau der Schwarzwaldbahn. Reisen nach Luzern, zum Gotthard und in das Tessin benötigten einen hohen Zeitaufwand, denn überall standen Entscheidungen an, die eine Anwesenheit des neuen Oberingenieurs verlangten. Gerwig richtete in Zürich das technische Zentralbüro und in Luzern entgegen seiner Meinung mit Rücksicht auf den schweizerischen »Kantönlisgeist«, die topographische und geologische Abteilung ein. Dazu kamen Baubüros in Luzern, Wassen, Göschenen, Airolo, Faido, Bellinzona, Locarno und Lugano. Zunächst plante er die schwierige Trasse der Nordrampe am Gotthard. Hier konnte er aus seinen Erfahrungen beim Bau der Schwarzwaldbahn schöpfen. Er kopierte seine Triberger Doppelschleife in die Gegend von Wassen. Zu diesen umfangreichen Planungen kam die Einstellung des ihm unterstellten Stabes des technischen Dienstes dazu. Für den Baubeginn benötigte er insgesamt 249 Ingenieure, Architekten, Geometer, Geologen, Aspiranten und Zeichner und zu deren Hilfe noch 93 Angestellte als Aufseher, Bauschreiber, Schreiber, Magazinverwalter und Abwarte. Angetrieben von Escher stürzte sich Gerwig vehement in seine neue Aufgabe. So hatte sich seine Frau das gemeinsame Leben in der Schweiz nicht vorgestellt. Am späten Abend störte sie ihren Mann am Schreibtisch und machte ihm Vorwürfe:

»Robert! Ständig bist du unterwegs, und wenn du endlich einmal zu Hause bist, arbeitest du die halbe Nacht. Ich bin so einsam.«

»Liebling! Diese Überbeanspruchung bei den Planungen lässt spätestens nach, wenn der Bau endlich begonnen hat. Nun will Escher aus staatspolitischen Gründen den Tessinern nachgeben und die Linien zur Südrampe, die sogenannten Talbahnen Lugano–Chiasso und Locarno–Bellinzona–Biasca vorziehen. Bereits Ende 1874 sollen diese neuen Eisenbahnverbindungen fertiggestellt sein. Ich fürchte, der Termin ist nicht zu halten, doch Escher meint, es wäre für die Gesellschaft verheerend, wenn bereits der erste Termin überschritten würde. Ein enormer Zeitdruck für mich. Dabei bin ich mitten in den Verhandlungen über den Bau des großen Gotthardtunnels. Insgesamt gibt es sieben Bewerber, darunter die englische ›Tunnelling Company‹, die Escher favorisiert. Ich dagegen tendiere mehr zum Bauunternehmer Louis Favre aus Genf. Deshalb …«

»Robert«, unterbrach ihn seine Frau, »du sprichst nur über deine Arbeit. Lass uns doch einmal ausgehen. Tanzen gehen!«

»Geduld! Später Liebling! Das wird schon! Such dir doch eine Freundin.«

»Darauf haben die Schweizer Damen nur gewartet. Eine Deutsche! Eine Ausländerin! Wir bekommen öfters eine Einladung zu den berühmten Abendgesellschaften von Doktor Escher, doch du sagst aus Termingründen immer ab. Und für alleinstehende Damen ist ein Besuch nicht schicklich. Ich bin immer so allein. Ich kann nicht jeden Tag nur spazieren gehen und die Enten füttern. Neun Jahre halte ich diese Einsamkeit nicht aus.«

Gerwig hörte dies wohl, äußerte sich aber nicht dazu, denn seine Gedanken beschäftigten sich schon wieder mit neuen Ideen für seine Planungen.

Eines Tages fuhr eine Kutsche vor und Freund Beha kam zu einem unerwarteten Besuch. Freudig lief ihm Lina Gerwig entgegen.

»Johann Baptist, wie schön, dass du uns besuchst!«

Beha schaute sich um. »Wo ist Robert?«

»Frag nicht! Unterwegs für einige Tage im Tessin. Aber komm herein! Hoffentlich bleibst du lange!«

»Leider nur für ein paar Tage. Vielleicht sehe ich dann Robert noch. Ich habe ihm extra meine neueste Kuckucksuhr mitgebracht.«

»Schau, Johann Baptist.« Lina zeigte im Wohnzimmer an die Wand. »Hier hängen bereits zwei deiner Werke. Aber mir kommt soeben eine Idee. Heute Abend ist wieder eine der berühmten Abendgesellschaften bei Eschers. Wie immer ist die Hautevolee von Zürich versammelt. Wenn du einverstanden bist, überreichen wir Doktor Escher deine Uhr. Dies ist gleichzeitig eine gute Reklame bei der Schweizer Gesellschaft für dich und ich komme endlich einmal wieder unter die Leute.«

Doktor Escher zeigte sich bei der Übergabe der Kuckucksuhr begeistert. An diesem Abend lernte Lina Gerwig Eschers einziges Kind, die verwöhnte, fast extravagante Tochter Lydia kennen. Lina als kinderlose Ehefrau entwickelte in den kommenden Wochen des Alleinseins mütterliche Gefühle zu dem Mädchen und vermittelte ihr später Aufenthalte in Karlsruhe und Baden-Baden. Für Lina eine willkommene Gelegenheit, immer wieder einmal die badische Heimat zu besuchen.

Bereits am 7. August 1872 schloss Gerwig mit dem Bauunternehmer Louis Favre aus Genf einen Vertrag über den Bau des großen Gotthardtunnels ab. Der mit geringen Schulkenntnissen ausgestattete Favre hatte sich als gelernter Zimmermann Kenntnisse in allen Bereichen des Tunnelbaus angeeignet und stellte beispielsweise die Handbohrungen für die Sprenglöcher auf Maschinenbohrungen um. Mit dem in französischer Sprache abgefassten Vertrag kam es bei der Ausführung des Tunnels zu Differenzen zwischen Favre und Gerwig. Die im Vertrag genannten »moellons« interpretierte Favre als Bausteine, während Gerwig größere Quader verlangte. Diese hätten für Favre Mehrkosten von mehreren Millionen Franken bedeutet. Gerwig sprach zwar die französische Sprache, wie ihm 1839 die Großherzogliche Badische Polytechnische Schule von Karlsruhe in seinem Abiturientenzeugnis »mit vorzüglichem Fleiße bei sehr gutem Erfolg« bescheinigte, doch Verträge beinhalteten gewisse Tücken. Immer wieder gab es auch mit den anderen Verhandlungspartnern Sprachschwierigkeiten. Nicht im Beisein von Doktor Escher, denn dieser wechselte je nach Bedarf problemlos von der deutschen Sprache in Schwyzerdütsch, Französisch oder Italienisch. Am 7. November des Jahres legte Gerwig dem Verwaltungsrat der Gotthardbahngesellschaft die gewünschte Planung zum Bau der Tessiner Talbahnen mit allen nötigen Details vor. Dabei kam es zu Meinungsverschiedenheiten innerhalb der Expertengruppe. Gerwig wollte ähnlich der Nordrampe auch im Süden mit der Steigung der Bahntrasse in Richtung Airolo möglichst früh beginnen, fand aber keine Zustimmung. Meinungsverschiedenheiten gab es nicht nur südlich des Gotthards, auch im Norden stritten sich die Verantwortlichen um die heikle Frage des Luzerner Bahnhofs. Hauptsächlich ging es darum, ob der bereits seit 1864 bestehende Bahnhof der Eisenbahnlinie Zürich–Zug–Luzern ausgebaut und mit der neuen Gotthardbahn verbunden werden könne oder ob ein neuer Bahnhof entstehen sollte. Zusätzlich zu den vielen notwendigen Planungen für die Gotthardbahn nahm Gerwig zum Leidwesen seiner Frau weitere Aufträge für Gutachten an, wie beispielsweise den großen Rangierbahnhof in Basel und den Neubau des Bahnhofs Solothurn. Seine Fachkenntnisse, sein Improvisationstalent und sein tatkräftiges Schaffen stärkten seinen Ruf als genialen Eisenbahnbauer innerhalb der gesamten Schweiz.

VOR GERICHT

Keinen Zeitdruck verspürte dagegen die Staatsanwaltschaft in Offenburg. Giuseppe saß seit Wochen, oder waren es Monate, er wusste es nicht mehr so genau, im Gefängnis von Wolfach ein. Seiner Schätzung nach musste bereits mindestens ein halbes Jahr seit seiner Inhaftierung vergangen sein, denn wenn er aus seinem vergitterten Zellenfenster blickte, sah er bereits die ersten Blätter von den Laubbäumen fallen. Gleich nach seiner Einlieferung brachte man ihm seine Sachen aus dem Lager. Auf seine Frage nach dem Geld, das er in der Matratze aufbewahrt hatte, erklärte ihm Polizeihauptmann Schuler nur lapidar: »Gefunden, aber beschlagnahmt!«

Die ersten Wochen nach seiner Einlieferung wurden für ihn zur Hölle. Nun machten sich Entzugserscheinungen bemerkbar, denn Alkohol gab es nur für den Gefängniswärter. Und dieser sprach diesem reichlich zu, ohne etwas an seine insgesamt vier Häftlinge abzugeben. Neben Giuseppe saßen nur drei weitere Gefangene ein. Deutsche! Giuseppe verstand kaum ein Wort, wenn diese sich in ihrem Schwarzwälder Dialekt unterhielten. Das Zusammensein beschränkte sich auf den täglichen einstündigen Rundgang im Gefängnishof und während der Arbeit. Stundenlang mussten sie Stroh flechten, Hüte und Matten sowie Strohbesen und Bürsten herstellen. Geld gab es dafür keines. Manchmal ein Päckchen Tabak, den Giuseppe dann in einer Pfeife rauchte, die wohl ein ehemaliger Häftling in seiner Zelle zurückgelassen hatte. Während der Zeit seiner Haft magerte sein Körper ziemlich ab, denn die Kost bestand überwiegend aus einer täglichen Brotsuppe, Kartoffeln mit Schale, etwas Gemüse und manchmal ein paar Äpfeln. Einmal die Woche, Giuseppe vermutete immer sonntags, gab es ein Stück Ochsenfleisch. Und zum Trinken gab es immer nur Wasser, Wasser und wieder Wasser. Manchmal überlegte Giuseppe, ob er nicht fliehen sollte. Es wäre ein Leichtes, dem oft betrunkenen Wärter den Schlüssel zu entwenden und abzuhauen. Doch zu Fuß über die Alpen? Er hoffte immer noch auf eine baldige Verhandlung und auf seinen Freispruch. Die Gerechtigkeit müsste endlich siegen, denn er war nicht der Mörder. Der letzte Kontakt mit der Polizei lag allerdings schon länger zurück. Damals verhörte ihn Polizeihauptmann Schuler in Begleitung eines Dolmetschers zum Hergang der Tat. Immer wieder stellte er die gleiche Frage: »Wie wurde Grieshaber ermordet?« Der Polizeihauptmann ließ dabei keinen Zweifel, für ihn war Giuseppe zweifelsfrei der Mörder. Immer wieder beteuerte der Italiener seine Unschuld. Schuler erklärte ihm noch, demnächst käme ein Staatsanwalt aus Offenburg und dieser würde ein offizielles Verhandlungsprotokoll erstellen. Schließlich ginge es um Mord und dafür wäre statt des Amtsgerichts Wolfach, das Kreis- und Hofgericht in Offenburg zuständig. Da in Offenburg das Gefängnis neu gebaut werde, bliebe er vorerst in Wolfach. Einen Mörder hätten sie bisher noch nie in ihren Mauern gehabt, erklärte ihm der Polizeihauptmann. Seine drei Mitgefangenen wären keine Mörder. Einer sei des Holzdiebstahls verdächtigt, einer war Wilderer und ein anderer saß ein, weil er auf dem Pferdemarkt ein Pferd verkaufen wollte, das ihm nicht gehörte. Zum Schluss stellte er ihm noch die Frage, woher er das viele in der Matratze versteckte Geld hätte. Giuseppe antwortete: »Angespart!«

Nach einer Ewigkeit, wie es Giuseppe dünkte, kam endlich der Staatsanwalt aus Offenburg zur Erstellung der Anklageschrift. Seine erste Frage, ob er der Mörder wäre, denn ein Geständnis würde das Strafmaß verringern, verneinte Giuseppe zornig und unterstrich seine Aussage gestenreich mit den Händen. Immer wieder stellte der Beamte die Frage nach dem Messer. Giuseppe konnte es sich beim besten Willen nicht erklären, wie sein Messer unter den Brunnen am Triberger Marktplatz gelangt war.

»Als ich die Einladung zu meiner Geburtstagsfeier im Tunnel an meine Kollegen aussprach, hatte ich das Messer mit Sicherheit noch. Vor der Feier zog ich mein dreckiges Hemd aus, legte den Gürtel mit dem Messer ab und wusch mein Gesicht und den Oberkörper am Brunnen vor unserer Baracke. Ob ich hier vielleicht mein Messer liegen ließ, weiß ich nicht mehr. In Vorfreude auf meine Festa traf ich auch noch den Oberingenieur Grieshaber, der mir gratulierte und eine Flasche Schnaps schenkte. Anschließend feierten wir kräftig. An mehr kann ich mich nicht erinnern. Und warum sollte ich Grieshaber ermorden, mit dem ich ein freundschaftliches Verhältnis pflegte?«

Nun verlangte der Staatsanwalt vom Polizeihauptmann Schuler die Protokolle von seinen Untersuchungen. Dieser musste zugeben, er dachte gar nicht an eine detaillierte Niederschrift, denn er nahm den Mörder umgehend fest. Außerdem war ihm dieser Italiener schon bei anderen Straftaten verdächtig erschienen, doch leider konnte er ihm damals noch nichts nachweisen. Aber dieses Mal war der Fall für ihn eindeutig.

»Von allen Befragungen und Aussagen fertigte ich ein Gedächtnisprotokoll an.«

Der Staatsanwalt las Zeile für Zeile dieser mit dem Bleistift erstellten Protokolle ganz genau. Doch damit gab er sich nicht zufrieden.

»Kein einziges Papier ist von den Befragten unterzeichnet. Das mag wohl für das Großherzogliche Amtsgericht in Wolfach genügen, doch einem Richter beim Schwurgericht reicht dies in keinem Fall aus. Wenn es um Mord oder Totschlag geht, ist eine Akkuratesse angesagt. Holen Sie unverzüglich das Versäumte nach und ergänzen Sie die Unterlagen noch um die Aussagen der drei Kartenspieler und der Witwe von Grieshaber. Der Wirt sprach von zwei Vergewaltigungen, die der Jockelbauer dem Toten vorwarf. Wer weiß, betrogene Frauen sind zu allem fähig.«

Innerlich verfluchte der Polizeihauptmann den jungen Staatsanwalt. Dieser war wohl von sich dermaßen überzeugt und ignorierte die Erfahrung eines alt gedienten Polizisten, der weiß, wann ein Täter lügt. Und der verschlagene Italiener war für ihn eindeutig der Täter. Mit seinem Protokollführer machte er sich auf den Weg, nachdem bereits in Wolfach Flößer Weis seine Aussage unterschrieben hatte. Ihre Kutsche hielt vor dem Haus Grieshaber in Gutach.

Die schwarz gekleidete Witwe empfing sie mit schweren Vorwürfen: »Untersucht nun die Polizei endlich den Mord an meinem Mann. Die Eisenbahngesellschaft verweigert mir eine Witwenrente, bevor nicht alles geklärt ist. Mein lieber Mann hat diesen Tod nicht verdient. Nun wachsen die Kinder ohne ihren Vater auf.«

Polizeihauptmann Schuler wies seinen Begleiter an, dies aufzuschreiben und mit Tränen in den Augen unterschrieb die Witwe Grieshaber das Protokoll. In Hornberg unterzeichnete Ingenieur Seyb, der inzwischen die Nachfolge von Grieshaber angetreten hatte, seine Aussagen. Weiter ging es zum Jockelbauer. Der Jockelbauer bestätigte nochmals den Vorwurf der Vergewaltigung, den er an dem Abend lauthals vor allen Gästen erhoben hatte, und wiederholte seine Aussage, dass er in der mondhellen Nacht mit der Kutsche von Triberg nach Hornberg fuhr.

»Und wann kam der Bauer nach Hause«, fragte Schuler die Jockelbäuerin.

»Das lässt sich schwer sagen«, antwortete die Bäuerin.

»Unsere einzige Uhr hängt in der Wohnstube. Doch eines weiß ich, er kam sehr spät. Aber es war noch dunkel. Und noch eins, mich freut es, dass der Saukerl von Grieshaber seine verdiente Strafe bekommen hat.«

»Den letzten Satz nehmen Sie nicht ins Protokoll auf«, wies der Polizeihauptmann seinen Schriftführer an.

In Triberg angekommen, kehrten die beiden Beamten im Hotel »Ochsen« ein und ließen sich ein Vesper servieren. Auch der Wirt bestätigte mit seiner Unterschrift die gemachten Aussagen. Auf die Frage nach den drei Kartenspielern konnte er ihnen eine Adresse in Triberg nennen. Nach dem Essen suchten sie den arbeitslosen ehemaligen Mitarbeiter der Eisenbahn auf. Dieser reagierte sehr erstaunt, dass sich nach so langer Zeit die Polizei noch für die Kartenspieler interessierte. Nachdem der Protokollführer den Namen, die Adresse und das Datum seiner fristlosen Entlassung durch Grieshaber aus seiner Tätigkeit bei der Schwarzwaldbahn notiert hatte, fragte der Polizeihauptmann nach den anderen beiden Kartenspielern.

»Nennen Sie uns auch die Namen und die Adresse der beiden anderen.«

»Einer wohnt hier in der Nachbarschaft und der andere wohnt in Nußbach.«

»Laut Aussage des Wirts spuckte einer von ihnen Grieshaber vor die Füße, als er die Wirtsstube betrat. Ist das richtig?«

»Ich spuckte nicht! Wenn ich mich richtig erinnere, war es der Spieler aus Nußbach. Der Dreckskerl von Grieshaber hat uns alle drei grundlos entlassen. Dafür hätte er eine Abreibung verdient. Als wir dann noch von der Vergewaltigung hörten, hätte er mehr als eine Abreibung verdient gehabt. Sie müssen wissen, unser Kamerad aus Nußbach kannte die vergewaltigte Maria Winterhalder aus der Kantine sehr gut. Und dass Maria ums Leben kam, daran dürfte der Schuft einen gehörigen Anteil haben.«

»Und ihr drei habt ihm dann in der Nacht eine ›Abreibung‹ verpasst?«

»Das war unser Plan. Nachdem der Wirt wegen der Auseinandersetzung sein Lokal schloss, tranken wir noch in einem anderen Gasthaus den einen oder anderen Krug Bier. Die beiden Ingenieure Grabendörfer und Seyb schlossen sich uns an. Auf dem Heimweg verabschiedete sich Grabendörfer und wir gingen mit Seyb zum Hotel ›Ochsen‹. Seyb zeigte uns noch die Schlafkammer von Grieshaber und ging dann in seine Kammer. Wir klopften an die Türe, doch der Dreckskerl machte einfach nicht auf. Glauben Sie, Herr Polizeihauptmann, wir töteten Grieshaber nicht. Er sollte nur ein paar Schläge bekommen. Aber nicht einmal dies gelang uns.«

Nun fehlte noch die Unterschrift von Grabendörfer. Nach einigem Suchen auf der Baustelle erreichten sie ihn endlich. Bei seiner Unterschrift fragte er, ob sie auch Francesco sprechen wollten, den Einzigen, der in der fraglichen Nacht bei der Geburtstagsfeier wohl nüchtern war. Und der könnte sicher bestätigen, dass Giuseppe in dieser Nacht zu betrunken war, um in Triberg einen Mord zu begehen. Er müsste ihn aber erst aus dem Sommerauer Tunnel holen lassen.

Schuler verneinte, denn er wollte mit der Kutsche noch vor Einbruch der Dunkelheit wieder in Wolfach sein. Auch die Befragung der anderen beiden Kartenspieler verkniff er sich, denn die eine Aussage reichte ihm. Er hatte nun die gewünschten Protokolle einschließlich der Unterschriften für den Staatsanwalt beisammen. Grabendörfer schärfte ihm bei der Abfahrt noch ein, er solle doch beim Schwurgericht veranlassen, dass Francesco als Entlastungszeuge für Giuseppe vorgeladen wird.

Bei einem Gespräch mit Giuseppe versprach Polizeihauptmann Schuler dem Italiener einen baldigen Verhandlungstermin, denn nun lägen alle Unterlagen in Offenburg und seine Überstellung in diese Stadt müsste demnächst erfolgen. Von einem Zeugen Francesco zu seiner Entlastung hielt Giuseppe allerdings wenig.

»Francesco? Nein, nicht den! Der ist mir nicht wohl gesonnen. Er wollte mich bei einer Tunnelsprengung bereits töten oder zumindest schwer verletzen.«

Schuler interessierte sich dafür wenig. Wie er den peniblen Staatsanwalt inzwischen kannte, wollte der sicher nicht auf die Aussage von Francesco verzichten. Weitere Wochen zogen ins Land, ohne dass ein Verhandlungstermin genannt wurde. An Weihnachten machte der Gefängniswärter Giuseppe Hoffnung. Nachdem er dem frierenden Häftling zwei weitere Wolldecken in die unbeheizte Zelle legte, sprach er ihn an: »Verhandlung. Domani«. Doch die Verhandlung fand erst im März 1873 vor dem Kreis- und Hofgericht im »Alten Ritterhaus« von Offenburg statt.

Pünktlich um 10.30 Uhr begann die Verhandlung in Sachen »Giuseppe Bredari zum tödlichen Nachteil von Oberingenieur Walter Grieshaber«. Die Uhrzeit entsprach dem Fahrplan der Eisenbahn von Hausach nach Offenburg, damit die Geladenen rechtzeitig zur Verhandlung kommen konnten. Der oberste Richter forderte Giuseppe auf, sich vom Sitz zu erheben, denn dieser, vom Einzug der Richter beeindruckt, achtete nicht darauf, dass sich alle anderen im Gerichtssaal erhoben hatten und blieb sitzen, was ihm vorab schon Unmut einbrachte. Bisher kannte Giuseppe nur den schwarz gekleideten Amtsrichter aus Wolfach. Der Richter und seine zwei richterlichen Beisitzer, alle in ihren langen Talaren und mit einer weißen Perücke bekleidet, nahmen, flankiert von zwei in Zivilkleidung erschienenen Schöffen, am Richtertisch Platz. Rechts davon saß der junge Staatsanwalt als Ankläger. Links saß Giuseppe und neben ihm sein Pflichtverteidiger und der Dolmetscher. Mit einem Holzhämmerchen klopfte der oberste Richter auf den Tisch und eröffnete die Verhandlung. Nach der Verlesung der Anklageschrift rief er einzeln die Zeugen auf, die mehr oder weniger die Aussagen der verlesenen Protokolle bestätigten. Zu einem Zwischenfall kam es, als die Jockelbäuerin aufgeregt bei ihrer Aussage Walter Grieshaber als Vergewaltiger der Maria Winterhalder beschimpfte.

Die Witwe Grieshaber schrie: »Verleumdung. Mein Mann ist Vater und Christ. Nie würde er so etwas tun.« Sie beruhigte sich fortan nicht mehr und der Gerichtsdiener führte sie auf Weisung des Richters aus dem Saal. Den Vorwurf der Vergewaltigung verfolgte der Richter nicht weiter, denn beide Personen hatten den Tod gefunden und konnten deshalb nicht mehr befragt werden. Nun folgte die Vernehmung der drei Kartenspieler. Als der Richter hörte, einer der Spieler wohne in Nußbach, fragte er interessiert nach: »Sie wohnen in Nußbach?«

»Direkt neben dem Lager der Italiener.« Der Zeuge wirkte etwas unsicher.

»Und Sie fanden sicher das Messer, das Herr Bredari am Brunnen liegen ließ?«

»Herr Richter! Ich schwöre, ich fand kein Messer. Wir wollten in dieser Nacht Grieshaber nicht töten, sondern ihn nur richtig versohlen. Dieser Schuft hat uns ohne Gründe entlassen, und als ich an dem Abend vom Jockelbauer hörte, er hätte auch noch die Maria aus unserer Kantine vergewaltigt, hätte er diese Hiebe mehr als verdient gehabt.«

Der Richter notierte sich diese Aussage. Bevor sich der Zeuge setzen wollte, rief ihn der Verteidiger zurück.

»Wie gut kannten Sie Maria Winterhalder?«

Der Zeuge lief rot an und antwortete leise: »Nur aus der Kantine. Sie hatte leider nur Augen für den Italiener.«

»Und als der Italiener starb?«

»Dann umgarnte sie Grieshaber und ich traute mich nicht, sie anzusprechen.«

»Keine weiteren Fragen«, ließ der Verteidiger wissen.

Als Letzten rief der Richter Francesco in den Zeugenstand.

»Laut Verteidiger war Giuseppe Bredari mit Walter Grieshaber befreundet und hätte deshalb kein Motiv, seinen Freund zu töten. Sie arbeiten schon länger in der Gruppe von Bredari. Können Sie diese Aussage bestätigen?« Francesco warf einen Seitenblick auf den Angeklagten.

»Bisher blieb uns Arbeitern die Freundschaft zwischen Grieshaber und Giuseppe verborgen. Deshalb wunderte ich mich am Abend vor dem Mord, als ich Zeuge wurde, wie Oberingenieur Grieshaber unserem Vorarbeiter Giuseppe eine Flasche Schnaps zum Geburtstag schenkte.

Außerdem gab er ihm drei Geldscheine. Ich wollte mich unauffällig entfernen, da hörte ich die Worte ›Antonio‹ und ›Balken‹. Das weckte mein Interesse, denn der verunglückte Antonio ist mein Freund. Als ich wieder um die Ecke blickte, weil der Tonfall lauter wurde, gab es anscheinend einen Streit. Mir schien, Giuseppe war mit der Höhe der Bezahlung unzufrieden.«

»Da haben wir das Motiv«, rief der Richter. »Geldgier!«

Nun sprang Giuseppe auf: »Ich habe Geld genommen. Aber ich habe ihn, und ich schwöre bei meiner Mutter, nicht getötet.«

»Lassen Sie gefälligst Ihre Mutter aus dem Spiel«, herrschte ihn der Richter an. »Und für was haben Sie Geld bekommen?«

Nun setzte sich Giuseppe wieder und besprach sich mit seinem Verteidiger.

»Herr Bredari gibt zu, es gab eine kurze Auseinandersetzung wegen der Geldzahlung, doch was Herr Pantone anscheinend nicht mehr hörte, Grieshaber gab ihm noch einen Schein und damit war alles geregelt«, antwortete der Verteidiger.

»Und für was gab es das Geld?« Der Richter ließ nicht locker.

Nun schrie Francesco: »Damit er die Balken präparierte! Wegen dieser Sabotage ist mein Freund Antonio ein Krüppel für sein ganzes Leben. Der, und dabei zeigte Francesco mit dem Finger auf Giuseppe, der hat ihn auf dem Gewissen.«

Zerknirscht gab nun Giuseppe die Tat zu. Doch gleichzeitig beteuerte er seine Unschuld am Mord. Im

Zuschauerraum setzte eine Diskussion ein. Nur noch wenige glaubten an die Unschuld von Giuseppe. Der Richter klopfte wieder mit seinem Holzhammer auf den Tisch und wandte sich an Francesco:

»Signore Pantone! Sie tranken laut Aussagen als Einziger bei der Geburtstagsfeier keinen Alkohol. Sicher können Sie nun Herrn Bredari ein Alibi geben, dass er in der fraglichen Nacht sein Nachtlager nicht verließ.«

Francesco stockte für eine Weile. Sollte er nun Giuseppe noch den Tod seines Bruders vorwerfen? Das sähe vor Gericht wie ein Racheakt aus. Er entschied sich für eine andere Aussage: »Es war sehr dunkel. Dennoch sah ich, wie Giuseppe vom Bett aufstand und hinausging. Wann er zurückkam, kann ich nicht sagen.«

Giuseppe war außer sich.

»Lüge! Alles Lüge! Francesco will den Bruder räch…« Nun stockte Giuseppe.

»Nur keinen Mord zugeben«, dachte er. Resigniert lehnte er sich zurück. In Gedanken holte er sich den Sturz von Sergio zurück. Sergio ertappte ihn und seinen Trupp nachts beim Materialdiebstahl. Am nächsten Morgen meldete er dies dem Oberingenieur. Nachdem dieser etwas zögernd reagierte, verlangte er einen Termin bei Gerwig, um den Raub zu melden. Damit wäre alles aufgeflogen. Eine unehrenhafte Entlassung oder sogar Haft für alle Beteiligten wäre die Folge gewesen. Grieshaber versprach ihm einen Termin für den nächsten Tag. Aufgeregt informierte er mich und ich schlug ihm den »Unfall« vor.

Der Richter besprach sich erst mit seinen Beisitzern und dann mit den Schöffen, ob man den Zeugen Francesco Pantone vereidigen sollte. Alle waren sich darin einig, dieser sympathisch wirkende Junge machte einen absolut vertrauenswürdigen Eindruck.

Der Staatsanwalt forderte nun lebenslange Haft wegen heimtückischen Mordes aus Geldgier an Walter Grieshaber. Mit Blick auf den apathisch wirkenden Giuseppe begann der Verteidiger sein Plädoyer.

»Hohes Gericht. Für mich stellt sich die Frage, wie kommt das Messer meines Mandanten unter den Brunnen am Triberger Marktplatz. Es ist nicht einmal erwiesen, ob es sich dabei um die Tatwaffe handelt.«

»Die Wunde im Bauch des Getöteten passt genau zur Größe des Messers«, warf der Richter ein.

Unbeirrt fuhr der Verteidiger fort: »Vermutlich wollte man mit dem Messer den Verdacht auf Herrn Bredari lenken. Selbst wenn es das Messer meines Mandanten sein sollte, der Tod erfolgte nicht durch den Messerstich, sondern durch Erwürgen. Ein naheliegendes Motiv ist für mich nicht Geldgier, sondern Tod aus Rache. Wegen den beiden Vergewaltigungen verdächtige ich mehrere Personen. Den jungen Mann, der heimlich in Maria Winterhalder verliebt war und eventuell das Messer in Nußbach fand. Außerdem ist nicht einwandfrei geklärt, ob der Jockelbauer wirklich in dieser Nacht direkt mit seiner Kutsche nach Hornberg fuhr oder ob der Flößer Jonathan Weis, der neben der Kammer von Grieshaber nächtigte und angeblich nichts von dem Mord hörte, Rache an Grieshaber übte. Alle diese genannten Personen konnten Grieshaber erwürgen.«

Nun entrüstete sich der Richter: »Einer von denen stach Herrn Grieshaber in den Bauch, erwürgte ihn, ging dann zum Brunnen und reinigte sich und das Messer von Herrn Bredari. Herr Verteidiger, wir nähern uns immer mehr einer Märchenstunde. Was meint eigentlich Ihr Mandant, Herr Giuseppe Bredari, dazu?«

Apathisch winkte Giuseppe ab. Zu sehr beschäftigte ihn der Gedanke, warum Francesco ihn so sehr belastete. Wusste er oder ahnte er, was damals auf dem Gerüst an der Hornberger Eisenbahnbrücke geschehen war?

Das Gericht zog sich zur Beratung zurück. Bei der Urteilsverkündung erhoben sich alle von den Plätzen, auch der sehr nervös wirkende Giuseppe.

»Im Namen des Volkes«, begann der oberste Richter.

»Das Gericht folgt in etwa dem Vorschlag des Staatsanwalts und verurteilt Herrn Giuseppe Bredari zu 20 Jahren Haft. Das beschlagnahmte Geld wird in den nächsten Wochen Herrn Antonio Ferdani ausgezahlt. Soviel mir bekannt ist, wohnt er in San Giacomo Filippo, Italien. Damit schließe ich die Verhandlung.«

Beim Verlassen des Gerichtssaales begegnete Polizeihauptmann Schuler dem jungen Staatsanwalt.

»Ich sagte Ihnen gleich …«

Der Staatsanwalt winkte ab: »Klar, Sie wussten schon immer, wer der Mörder war.«

ABSCHIED

Unter den Bauarbeitern der Schwarzwaldbahn rumorte es gewaltig. Irgendjemand verbreitete die Nachricht, der Bau von neuen Eisenbahnlinien im Tessin hätte seit Januar bereits begonnen. Mit Mühe konnten die Ingenieure die Arbeiter überzeugen, wenn Ende des Jahres 1873 die Schwarzwaldbahn fertiggestellt wäre, gäbe es weiterhin genügend Arbeit im Schwarzwald. Schon jetzt lägen zahlreiche Pläne von Firmen vor, die sich entlang der Schwarzwaldbahn ansiedeln wollten. Einige der Arbeiter hörten dies sehr gerne, denn sie fassten bereits Fuß im Schwarzwald und heirateten einheimische Frauen. Nur wenige kündigten, darunter auch Francesco, und reisten wieder zurück über die Alpen, um dort ihr Glück bei der Gotthardbahn zu versuchen. Mutter Pantone konnte ihr Glück kaum fassen, als sie nach eineinhalbjähriger Abwesenheit ihren Sohn Francesco wieder in die Arme schließen konnte. Sie küsste ihn und tastete ihn behutsam nach eventuellen Verletzungen ab. Sie atmete auf.

»Gott sei Dank bist du wieder heil zurückgekehrt und nicht tot wie dein Bruder Sergio oder ein Krüppel wie unser Nachbar Antonio.« Immer wieder blickte sie ihn an. »Du bist in Germania zu einem richtigen Mann geworden.«

Stolz zeigte Francesco seiner Mutter das Empfehlungsschreiben von Ingenieur Grabendörfer, das ihn als herausragenden Sprengmeister beschrieb. Mutter Pantone gefiel es allerdings nicht, dass ihr Sohn bereits in einer Woche weiter zum Bau der Gotthardbahn aufbrechen wollte. Die Nachricht über die Heimkehr von Francesco verbreitete sich schnell im Dorf San Giacomo Filippo und so dauerte es nicht lange, bis Antonio humpelnd den Heimkehrer aufsuchte. Herzlich umarmten sich die beiden.

»Francesco, erzähle, wie geht es im Schwarzwald? Ist die Bahn bald fertig? Wie kommst du mit Giuseppe zurecht?«

Antonio bestürmte den Jungen mit einem Schwall von Fragen, doch dieser vertröstete ihn, er wolle mit Rücksicht auf seine Mutter über die Erlebnisse im Schwarzwald erst berichten, wenn sie alleine waren.

Er flüsterte ihm zu: »Komm morgen, wenn meine Mutter in der Schule unterrichtet. Dann erzähle ich dir alles.«

Antonio konnte es kaum erwarten, bis die beiden sich am nächsten Tag endlich alleine trafen und Francesco mit seinen Schilderungen begann.

»Grieshaber ist tot – ermordet?«

Antonio konnte es kaum glauben. Er rief: »Grieshaber tot? Den Tod hat dieser Schuft mehr als verdient. Aber ermordet? Weiß man von wem?«

»Erst vor zwei Wochen verurteilte das Landgericht Offenburg Giuseppe aufgrund meiner Aussage zu 20 Jahren Haft.«

»Giuseppe der Mörder von Grieshaber? Kaum zu glauben. Die beiden waren doch mehr oder weniger befreundet«, rief Antonio überrascht.

Nun erzählte Francesco die ganze Geschicht.

»Giuseppe war es auch nicht. Er gab zu, bei deinem Unfall, den Balken im Auftrag von Grieshaber, präpariert zu haben. Dieser sah sein lukratives Geschäft mit den Holzlieferungen gefährdet, da der Jockelbauer nun billiger im Auftrag der Flößerei Weis liefern konnte. Du hast Grieshaber und Giuseppe zu verdanken, dass du ein Leben lang ein Krüppel sein wirst. Immerhin sollst du demnächst das beschlagnahmte Geld bekommen, das Grieshaber an Giuseppe für die Sabotage im Tunnel zahlte. Ich wollte dich damals rächen und stellte Giuseppe bei einer Sprengung im Tunnel ein Bein. Leider verletzte er sich nur leicht. Meine Chance bekam ich bei der Geburtstagsfeier von Giuseppe. Vor der Feier beobachtete ich eine Geldübergabe zwischen Grieshaber und Giuseppe. Langsam stieg in mir der Verdacht auf, dass Giuseppe nur ein Werkzeug des Oberingenieurs war und dies vermutlich auch beim Todessturz meines Bruders. Während der Geburtstagsfeier beleidigte Giuseppe mich und meine Mutter. Daraufhin verließ ich die Feier. Zufällig begegnete ich Grabendörfer, der mich mit einer Botschaft zu Grieshaber schickte, der im Hotel ›Ochsen‹ in Triberg nächtigte. Als ich wieder ins Lager kam, waren alle Kollegen sturzbetrunken. Nun reifte in mir ein Plan. Als alle schliefen, ging ich zu dem schnarchenden Giuseppe, nahm ihm das Messer weg und machte mich auf den Weg nach Triberg. Keiner bemerkte mich, wie ich die Treppe im Hotel ›Ochsen‹ hochschlich. Ich wusste, in welcher Kammer Grieshaber schlief. Vorsichtig klopfte ich. Nach einer Weile kam Grieshaber an die Tür und fragte, wer da sei. Ich flüsterte, dass ich eine neue wichtige Meldung von Grabendörfer hätte. Daraufhin schob er den Riegel zurück und öffnete. Als er mich mit dem Messer in der Hand erblickte, wollte er sofort die Türe wieder schließen, doch ich war schneller und rammte ihm das Messer in den Bauch. Er knickte lautlos zusammen und ich stieß ihn zu Boden. Nun lag er vor mir im fahlen Mondlicht, das durch das Fenster schien, und starrte mich ungläubig an. Mit einer Hand zog er das Messer aus seinem Bauch und mit der anderen versuchte er die Blutung zu stoppen. Er öffnete den Mund und wollte um Hilfe schreien. In diesem Moment kniete ich nieder und drückte ihm seine Kehle zu. Für mich lag vor mir der eigentliche Mörder meines überaus geliebten Bruders. Er wehrte sich, doch ich drückte immer fester zu. Dabei dachte ich an Sergio. Ich schnürte ihm solange die Kehle zu, bis er sich nicht mehr bewegte. Nun war der erste Teil meines Planes erledigt. Ich nahm das blutige Messer, schloss die Tür und schlich leise die Treppe hinunter. Vor dem Gasthaus angekommen, ging ich zum Brunnen am Marktplatz. Dort säuberte ich das Messer und legte es unter den Brunnentrog mit der Gewissheit, dort würde es jemand entdecken. Anschließend eilte ich zu unserem Lager nach Nußbach zurück und legte mich ins Bett. Alle schliefen noch ihren Rausch aus. Keiner meiner Kollegen hatte etwas bemerkt und auch nicht Giuseppe. Wie ich vermutete, nahm die Polizei, nachdem sie das Messer gefunden hatte, Giuseppe als Mordverdächtigen fest. Leider musste ich fast ein Jahr auf die Verhandlung warten, bis ich mit meiner Aussage vor Gericht Giuseppe ans Messer liefern konnte. Erst dann konnte ich nach Italien zurück. Jetzt kennst du meine

Rache. Aber kein Wort zu irgendjemandem und schon gar nicht zu meiner Mutter.«

Eine Weile herrschte Stille. Langsam erhob sich Antonio. Gestützt auf seine selbstgefertigten hölzernen Krücken humpelte er auf Francesco zu. Er ließ eine Krücke fallen, legte einen Arm um Francesco und drückte ihn lange und innig an seine Brust.

»Francesco! Grazie! Molto Grazie!«

Mit dem ersten Spatenstich begann im Januar 1873 im Tessin der Bau der Gotthardbahn. Zuerst gingen die Arbeiten schleppend voran und Gerwig fürchtete bereits um den prognostizierten Termin der Fertigstellung für den Dezember des nächsten Jahres. Auch Escher und die Direktion hatten Sorge und drängten den Oberingenieur zur Eile. Daraufhin konzentrierte Gerwig die Arbeiten und gegen Ende des Hochsommers ging der Bau mit Hochdruck voran. Erst schien alles wie beim Bau der Schwarzwaldbahn unerwartet schnell zu entstehen, doch nun wehrte sich die Natur gegen den Bau. Die Differenzen mit dem Tunnelbauer Louis Favre, der Ärger um die Gestaltung des Luzerner Bahnhofs und die wachsenden Probleme beim Bau der Tessiner Talbahnen hinderten Gerwig daran, an der feierlichen Eröffnung der Schwarzwaldbahn am 10. November 1873 durch den Großherzog Friedrich I. teilzunehmen. Wie er hinterher erfuhr, herrschte bei dieser Feier eine ausgelassene Euphorie. Freifahrten für alle und vor den beflaggten Bahnhöfen spielten Musikkapellen und immer wenn die mit Girlanden geschmückten schweren Dampfrösser mit Tender aus der Baureihe »Löwe«

und »Greif« von der englischen Lokomotivschmiede Sharp, Roberts & Co. in Sicht kamen, begleiteten Hochrufe und Böllerschüsse die Ankunft der Züge. Gerwig bedauerte sehr, dass er bei diesem Fest nicht anwesend sein konnte, doch die Schwierigkeiten im Tessin ließen ihm keine andere Wahl. Immer wieder trat wegen der heftigen Regenfälle der Fluss Ticino über die Ufer. In der Unglücksnacht vom 14. auf den 15. August wälzten sich Zehntausende Kubikmeter Steine und Geröll flussabwärts und zerstörten alles, was in den Wochen zuvor mühsam aufgebaut wurde. Im Dezember 1873 verhinderte der hohe Wasserstand des Luganer Sees jegliche Erdarbeiten. Ungeachtet dieser Naturkatastrophen trieben Escher und die Direktion Gerwig an, alles aufzubieten, um den Bau der Tessiner Talbahnen termingerecht zu beenden. Am 6. Dezember 1874 eröffnete die Linie Lugano–Chiasso und am 20. Dezember Locarno–Bellinzona–Bisasca. Die Kosten der 62 Kilometer langen Tessiner Talbahnen verteuerten sich um das Dreifache von 13,5 Millionen auf 38,3 Millionen Franken. Doch nun begannen die Vorwürfe. Häme kam über Gerwig. Der Deutsche baue zwar solide und schön, doch kümmere er sich nicht um die Kosten. Öfters fielen Worte wie Opulenz und Verschwendungssucht. Kritik gab es auch, weil durch den eiligen Bau Bepflanzungen, Pflasterungen, Weganlagen, Maßnahmen zur Entwässerung und weitere Ergänzungsarbeiten fehlten. Gerwig galt als Sündenbock Nummer eins. Mit wachsendem Unmut verfolgte Lina Gerwig die permanente Rufschädigung ihres Mannes. Nun kühlte sich auch noch aufgrund der Spannungen das bisher freundschaftliche Verhältnis zur Familie Escher ab. Als sie ihrem Mann drohte, für immer nach Karlsruhe zu ziehen, hatte Gerwig genug. Er reichte am 16. Februar 1875 seinen Rücktritt vom Posten des Oberingenieurs der Gotthardbahn ein. In der Sitzung vom 7. April genehmigte die Direktion die Entlassung und verfügte über eine großzügige Entschädigung von 100.000 Franken. Diese Entschädigung brachte ihm weitere Häme und den Neid bei der Schweizer Öffentlichkeit und Presse ein. Nach nur drei Jahren Tätigkeit bei der Gotthardbahn verlässt der Deutsche mit Taschen voll Geld die Schweiz, so der Vorwurf.

Nach einem Aufenthalt wegen eines noch zu erstellenden Gutachtens in der Schweiz wählte Gerwig bei seiner Rückfahrt am 29. Mai 1875 die Route durch den Schwarzwald. Die Stadt Triberg bereitete ihm einen ehrenhaften Empfang. Kanonen- und Böllerschüsse begleiteten seine Ankunft und am Bahnhof standen der Bürgermeister, der vollzählige Gemeinderat und eine große Menschenmenge, die dem genialen Erbauer der Schwarzwaldbahn zujubelten. Wenige Monate später trat Gerwig wieder in den badischen Staatsdienst ein. Er plante weiterhin viele Bauvorhaben. Ab 1878 vertrat er den Bezirk Villingen–Bonndorf als nationalliberaler Reichstagsabgeordneter in Berlin, wo er als willkommener Fachmann auch beim Bau des Reichstagsgebäudes mitwirkte. Wegen seiner Verdienste bei diesem Bau ernannte man ihn zum außerordentlichen Mitglied der Königlich-Preußischen Akademie des Bauwesens.

Die Fertigstellung seines letzten Bauprojektes, die Höllentalbahn mit dem imposanten 222 Meter langen und 37 Meter hohen Ravennaviadukt, erlebte der Bauingenieur nicht mehr. In der Nacht vom 5. auf den 6. Dezember 1885 riss ihn ein Blutsturz mitten aus seinem Arbeitsleben. Seine letzte Ruhestätte fand er als verdienter Bürger auf dem Ehrenhof des Hauptfriedhofes der Stadt Karlsruhe. Zehn Jahre später starb auch seine Frau.

SCHWARZWALDBAHN

VARIANTEN FÜR DIE LINIENFÜHRUNG

1857 – 1865

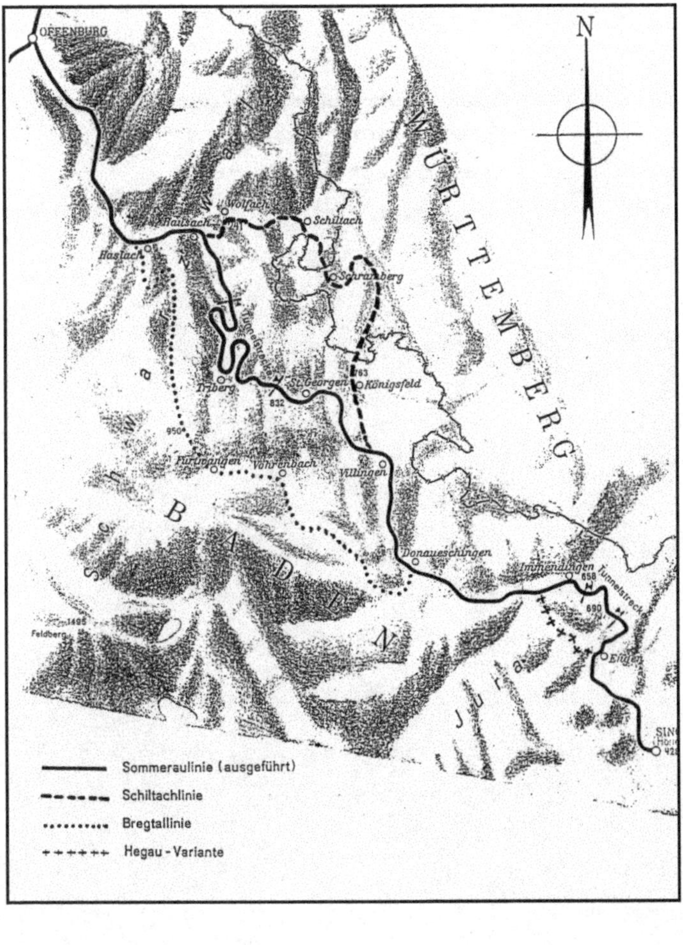

ERNST OBERMAIER
Mörderischer Schwarzwald

978-3-8392-2189-1 (Paperback)
978-3-8392-5569-8 (pdf)
978-3-8392-5568-1 (epub)

KRIMINELLER FREIZEITPLANER Rund um die Triberger Wasserfälle löst der brandenburgische Kommissar Danilo Kötter spannende Kriminalfälle wie den Mord mit einer Überdosis Viagra in Schnapspralinen, eine Brandserie auf einsamen Schwarzwaldhöfen, eine Schwarzwälder Kirschtorte als Dopingmittel, den Mord wegen einer futuristischen Kuckucksuhr oder die kriminellen Machenschaften in der Schwarzalb-Klinik. Dabei lernt er nicht nur den Schwarzwald und die Bewohner sondern auch seine Assistentin Sandra Lechner kennen und lieben.

GABRIELE LOGES
Paris, Sigmaringen oder Die Freiheit der Amalie Zephyrine von Hohenzollern

978-3-8392-2246-1 (Paperback)

HOCHKARÄTIG Angelika lebt in Sigmaringen und fährt nach Paris, um über Amalie Zephyrine von Hohenzollern-Sigmaringen zu recherchieren. Dieser Fürstin hat das kleine Land Hohenzollern zwischen Württemberg und Baden viel zu verdanken, denn als Freundin von Napoléons Frau Joséphine hatte sie direkten Zugang zur Macht. Beide Freundinnen hatten die Schrecken der Französischen Revolution hautnah erlebt. Sigmaringen ist aber auch der Ort, an den die Vichy-Regierung nach der Befreiung von Paris gebracht wurde. Angelika entdeckt ein Netz von abenteuerlichen Beziehungen.

Das Neueste aus der Gmeiner-Bibliothek

Unser Lesermagazin

Bestellen Sie das kostenlose Krimi-Journal in Ihrer Buchhandlung oder unter www.gmeiner-verlag.de

Informieren Sie sich …

www … auf unserer Homepage:
www.gmeiner-verlag.de

@ … über unseren Newsletter:
Melden Sie sich für unseren Newsletter an unter www.gmeiner-verlag.de/newsletter

f … werden Sie Fan auf Facebook:
www.facebook.com/gmeiner.verlag

Mitmachen und gewinnen!

Schicken Sie uns Ihre Meinung zu unseren Büchern per Mail an gewinnspiel@gmeiner-verlag.de und nehmen Sie automatisch an unserem Jahresgewinnspiel mit »mörderisch guten« Preisen teil!

GMEINER SPANNUNG

WWW.GMEINER-VERLAG.
Wir machen's spanne

Schwarzwaldbahn